春天裡的人與鳥

謹以此書獻給：我的太太張世之女士

生活如此美好

莫昭平
前時報出版公司總經理

二〇一四年夏天，我因緣際會在美國印第安那州Bloomington認識了曾任臺灣清華大學外文系主任的楊敏京教授和他的夫人。楊老師那年七十八歲，畢業於臺大外文系，是我的大學長，他從清華退休後，即和夫人住在當年負笈的印第安那大學的大學城Bloomington，偶爾也來臺灣小住。

我發現楊老師和師母的生活充滿情趣（比如說，我們的第一次見面，就是他們帶我去樹林裡採野菇），他們悠遊於文學、音樂、藝術、田園和旅遊，其樂無窮，羨煞人。楊老師既是英美文學專家，又雅好音樂，還會二胡，書法、水墨畫……，夫人則是園藝、草藥和太極拳、氣功、昆吾劍……達人。更了不起的是，他們把自己的愛好發揚光大，在異鄉傳播起中華文化，還榮膺印大推舉為「中華文化大使」。

楊老師陸陸續續把他們美好的生活寫成一篇篇散文，我有幸成為楊老師的小友，他每成一文，往往便會寄給我看，我因此得以分享他們的的愉悅愜意和鶼鰈情深，深感他們真是非常會享受生活的現代沈三白和芸娘。

楊老師的文章，讀來讓人興味盎然，或在文末突來一手，讓人驚喜不止，如「春天裡的人與鳥」；或用情極深，讓人感動低迴，如「媽媽教我的歌」；或細心敘述，讓人彷彿可以照著ＤＩＹ，如「我的裝裱師傅」；或峰迴路轉，讓人拍案叫絕，如「印大五午音樂會」；或讓人會心欣慰，深覺與有榮焉，如「給洋人寫大字」；或由小見大，讓人增長知識，如「黑眼菊」；或經驗特殊，讓人開闊眼界，如「質子口譯員」；或淡泊明志，讓人佩服欽羡，如「斗廬吟」……。不勝枚舉，只能列舉數篇，其他的就讓讀者好好發現和享受閱讀的樂趣吧。

很高興這本散文集的出版，除了記錄了楊老師伉儷多彩多姿的生活和樂觀爽颯的生命態度，更讓許許多多的讀者得以分享、欣賞、和學習。

自序

楊敏京

二〇〇一年仲夏，筆者從台灣國立清華大學外文系屆滿退休，幾位音樂界的好友，特地在校園裡，籌開了一場史無前例的「退休音樂會」。於是，在幽雅甜美的琴韻歌聲裡，便風風光光地「畢業」了。

隨後，偕內人一同赴美，寄居「印州花城」（Bloomington, Indiana）。那是一座環境清幽的「大學城」——「印第安那大學」的所在地。大學與小鎮相依而立，學生與居民人數各約五、六萬，也是我的母校，一切都很熟悉。就在那兒，開始了與眾不同的另類退休生涯。

自此，沒再做過一天與英語教學有關的工作，反而是「落葉歸根」，返回中華文化的源流裡，尋求賴以安身立命的「行業」了。未多經思索，立即選定「書法」，作為自己努力追求的目標之一。這當然是因為原即情有所鍾，只苦於那時教學兩忙，無暇顧及，如今可隨心所欲地練起字來，其樂何似！

數年之後，從「書法練習」發展成「書法教學」。未幾，又有數次「書法展」的記錄。後來，從「書法展」再演變成「書畫展」。這前後累進的「心路旅程」都在這本「散文集」裡可見其蛛絲馬跡。

再說，打從大一「新鮮人」起，便參加了「台大熏風國樂社」，練就了一種「另類」的樂器—南胡。數十年之後，在異鄉退休生涯裡，這把胡琴與我，如影隨形，相伴作歌，傳遞了無數次的「華夏心聲」。

內人原主修音樂，後來又深深地愛上了「太極拳」、「氣功」、「昆吾劍」這一套中華文化的精粹。日日勤練，更上層樓，與我一文一武，相輔相成，忙著推廣中華文化，以諸樣實例加深聆者對中華文化的認識，開拓他們的胸襟與目光。多年之後，終於雙雙被印大「東亞語言中心」，推選為「中華文化大使」，為此小小成就，深感榮幸。另外，也以中國書法、太極、及胡琴的專長，膺選為「印州傳統藝術」（Traditional Arts Indiana）中兩位東方代表，常相偕應邀赴印州各地，向鎮民介紹書法、示範太極、演奏琴藝，深獲民眾讚賞。

內人又鍾愛園藝，種菜蒔花、兼習中國草藥，竟日忙個不停，樂在其中。「散文集」中論及花卉、菜蔬的種植，艾草、紫蘇的收割，蓮子、白果、百合的採擷，都是她努力辛勞的成績。

每年秋、冬之際，我們常定期返國，回歸故里，在寶島小住、旅遊。所見所聞，也隨遇而記，陳述感懷。「散文集」中也有一部分是記述這樣的經歷與觀察。

此外，在每日繁忙的生活裡，時時不忘閱讀（《中國文學欣賞全集》一套共四十六冊）、聆樂（印大有全美最好又最大的「音樂學院」）、覽劇、賞畫、舞蹈、踏青、採菇、觀鳥、垂釣、泛舟……。從多方面充實自己，讓人生更豐碩、更美好。這些各式各樣的喜好，也都或多或少在『散文集』中可略見其端倪。

親愛的讀者，竭誠歡迎您來參加我們的行列，大家攜手同行，一起放情遨遊高歌，品嘗這多彩多姿、綺麗豐沃的人生風貌。

民國一〇五（二〇一六）年
丙申二月
台北、花城

前言　漁家樂

漁人一字一字
織成
一張張電子網，
趁滿天繁星閃爍，
向汪洋大海撒去！
等上弦月將天狼星射落，
太陽神由海平線衝起。
忽然！知心語
一尾，
一尾，
乘著
電光
與風，
飛傳
游回。

頓時，
海上彩霞飛舞，
一片金輝燦爛！

目次

乙　海外生活與遊歷

丙　音樂、藝術、詩歌、戲劇、與閱讀

甲

寶島生活與遊歷

秋師三顧

梁實秋先生，眾所週知，是學術界的泰斗，精通英美文學，中國古文學根底深厚，不論在散文、彙典、莎譯、文學批評、與英國文學史各方面，都有無可企及的成就，終身孜孜不倦，點滴成金，嘉惠學子，受人景仰崇敬。

我生而有幸，於六十年代，就讀國立臺灣師範大學英語研究所時，忝列其門下，研讀莎劇，聆其教誨，碩士畢業論文也是以莎劇（與音樂）為題，由先生指導。

雖說如此，後生小子的我，生性拘謹，了無「說大人則藐之」的胸襟，除了上課時間之外，不便也有些不敢去打攪師長大人，所以和先生始終保持著一點不應有的距離。

不過，記憶中卻有三次例外，曾親赴其府，向先生請益，聞其嘉言妙語，至今念念不忘。那時先生已由「雲和街」（即今之「梁實秋先生故居」）喬遷至「安東街」另一棟居所，花園及屋舍都較前者寬暢美觀。

一顧

時在六十年代初期，先生於教學之外，仍擔任前述「英語研究所」所長之職，正如火如荼，加緊莎劇的中譯工作，深感時不我予，無法兼顧繁瑣的行政工作，便決心辭去所長職位。當時也在所裡任教、年紀較輕的楊景邁先生（他教授「英語作文」與「古英文」），覺得事態嚴重，沒有梁先生領導，對研究所的名聲與未來，都有負面的影響，茲事體大。於是，登高一呼，招集了全所二十幾個新舊研究生，浩浩蕩蕩，來到安東街所長官邸，叩門求見。

門開處，梁先生驚見這麼一大批師生，突然湧來屋前，不知來意如何，先是一愣！等眾人紛陳誓死擁戴他繼續擔任所長之職時，他臉上釋放了燦然的微笑，鶴立院心，向大家說：「各位的好意，我很是感激與心領。但是，手邊工作未了，去日苦多，來日苦短啊！」

說罷，院裡一片悄然，唯聞秋風颯颯，大家面面相覷，欲述無言。最後都靜靜地退了出來，無功而還。

二顧

先生於一九七二年退休後，與師母一道移居美國西雅圖，和小女兒文薔一家同住，跟兒孫共享天倫之樂。未久，意外之事發生了。據悉，一天兩老外出散步，一前一後，走在街邊。突然，一架要命的扶梯意外倒下，正砸在師母身上，身受重創，搶救無效，溘然仙逝。事出突然，老師痛不欲生，無以自遣，在百般苦楚中，回憶數十年夫妻甜蜜往事，以淚洗面，寫下了「槐園夢憶」一冊。

書成，一時洛陽紙貴，讀者紛紛搶購拜讀，一灑同情之淚。一聽說，有的讀者還正讀得興味盎然，淚痕未乾之際，忽驚聞先生與韓菁清女士有了感情。一時，攪得滿城風雨，一片訝然，同情者少，驚慌者多，因前後兩事銜接得實在太緊，不知該如何應對。

此時，楊景邁先生又再次登高一呼，號招了全所原班人馬，以「衛師」為名，浩浩蕩蕩又開赴「安東街」老師寓所，叩門求見。

門開處，老師大吃一驚，問：「你們這是所為何來？」

眾人吱吱喔喔，不知如何啟口。有嘴利的回說：「我們是……關……心……老師的……安……危呀！如今……。」

聆罷，老師臉上再次露出燦然的微笑，說：「感謝各位的好意！這是『如人飲水，冷暖自知』呀！」

園裡正是陽春三月，一片惠風和暢，杜鵑齊放，萬紫千紅，春色撩人。眾人面面相覷，啞然而退，又是無功而返。

三顧

前「兩顧」，已如上述，都是浩浩蕩蕩、大隊人馬前往的團體行動，我則是「濫竽充數」，夾雜期間。見了老師大人，都由幾位膽大口利又充滿民族正義感的學長發言，輪不到區區啟齒。

這「第三顧」則不同了，是單槍匹馬上陣的。

同時，「第三顧」發生的時間很確切，時在前「兩顧」之間：一九六八年八月二十四日之前兩週。

所為何去？

是專程給老師送結婚喜帖去的。

經過近五年的愛情長跑，終於有了定論。世之與我訂於上述的日子，在台北和平東路一家教堂結婚。

去見老師之前，先以電話奉知，說即將登門造訪送帖⋯⋯。

門開處，老師笑容可掬地讓我進入院子。兩人就立在院心說話。我向秋師報告了一些婚禮的安排，當日上午先在教堂舉行婚禮，向晚在飯店舉行婚宴⋯⋯，並呈上囍帖，恭請他屆時賞光出席。老師說：「我因患有糖尿病，不能吃油葷的東西，婚宴恐無法參加。不過，我會去教堂觀禮的。」

之後，我從手提袋裡，取出事先準備好的四開宣紙兩張，向他懇求說：「老師，可否請您給學生寫一幅字，作為紀念？」他並不推辭，接過紙，便說：「好吧！下週來取。」

一切都進行順利，我暗自慶幸，此行之不虛。不知何故，忽然心中泛起想多說幾句話的衝動，一時忘了「言多必失」的古訓。

便說：「向老師報告，學生的這位未婚妻，教了三年幼稚園之後，才考上大學，所以比一般女孩兒大一點，比較……。」

未等我把想說的話說完，老師忽然惱著臉，搶先嗆聲說：「比你小就好！」其實，我是想說：「……比較成熟懂事……。」但所有的話都骾在喉嚨裡，一句也說不出來。只得唯唯而退，吃了一計悶棍。

一週後，偕世之同去拜見秋師、取字。老師對世之的印象極好，得知是文化大學音樂系的高才生，主修鋼琴。他笑呵呵地說：「妳真聰敏！」

老師把寫好的字遞給我，說：「久不習字，有點生疏了！」我欣然回說：「只要是老師寫的就好。」

一週後，在眾多親友的關愛聲中，婚禮與囍宴都順利舉辦完成。事畢，在照片裡，欣見秋師也坐在觀禮席上，親自到場，為我們祝福。

這便是「秋師三顧」的前後經過情形。我把多年前發生的往事，點點滴滴，從腦海記憶中搜尋下來，落筆成文，兼作對秋師無限的懷念與景仰之忱。

梁實秋先生部分作品參考時間表

- 一九三九～一九四六年《雅舍小品》
- 一九二八～一九四八年《雅舍小品補遺》、《雅舍小說與詩》（陳子善編）
- 一九三〇～一九六七年《莎譯》（前後三十八個年頭）。
- 一九六九年開始撰寫《英國文學史》，《英國文學選》。
- 一九七二年退休赴西雅圖，梁師母於一九七四年去世，《槐園夢憶》寫成。
- 一九七五年隻身赴西雅圖兩月多後返台
- 一九七九年《英國文學史》（一百萬字）及《英國文學選》（一百二十萬字）完成。
- 一九八五年出版。
- 一九八七年十一月七日去世。

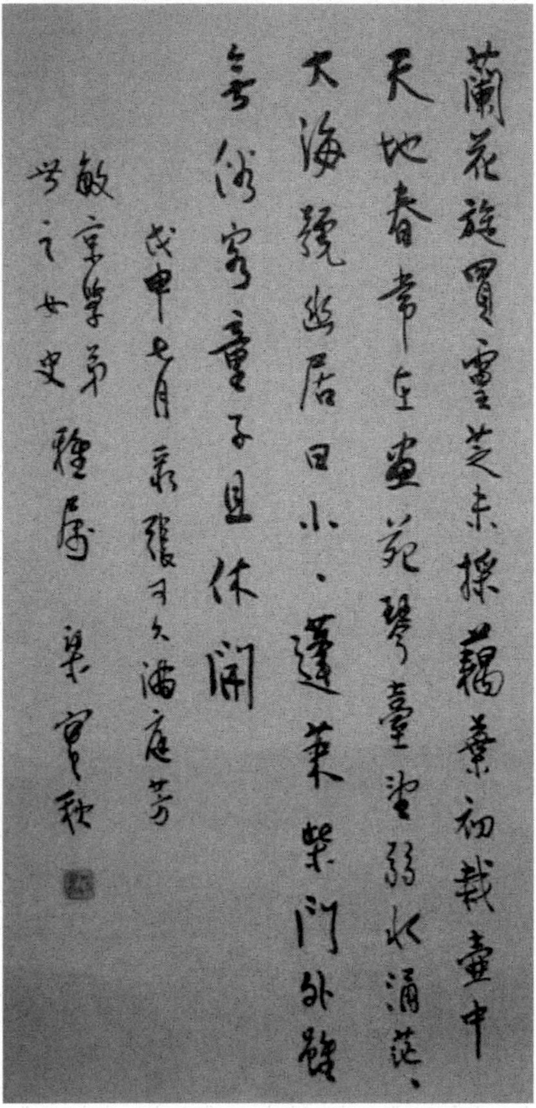

秋師墨寶：給筆者的結婚紀念

兩棟釋放異彩的屋子

去秋，我們返台小住，順利地在台北師大背後「浦城街」小巷裡，找到一間暫可棲身的小套房。一房無廳，不設炊事，斗室雖小，倒也清爽舒適，安全方便，四通八達，令人頗有賓至如歸之感。

「浦城街」是個住宅區，幾條小街窄巷，彎來扭去，東通「師大路」，西接「羅斯福路」，北臨師大校園，呈一大三角狀之社區。剛遷入的頭幾天，走在巷子裡，東轉西拐，忽左忽右，柳暗花明，一村又現，常覺有如行在迷宮裡一般，摸不著頭緒。

過了一陣子，漸有起色，尤其為了解決每日三餐的民生問題，踏破鐵鞋，尋尋覓覓，大街小巷，無遠弗屆。逐食而行的勢力範圍於焉漸次擴大，甚至突破籬籓，延伸到車水馬龍的「羅斯福路」對面巷子裡去了。

一天，無意間，忽然先後發現了兩棟與眾不同的屋子：一在斗室之東，一在斗室之西。步行都約十多分鐘可達。

東邊是：「梁實秋先生故居」。

西邊則是：「貫英圖書館」。

前者隱於與「浦城街」平行的一條小巷——「雲和街」上；後者則要穿過「羅斯福路」，鑽進「金門街」，走過兩個弄子才到。

「梁實秋先生故居」是一棟日式平房，修繕保存完好，包夾在四層公寓之間，屋門左側，高懸學子皆知的「雅舍」兩字。屋之四周，有一人高的黑色鐵柵牢牢圍住，門雖設而常關。屋前窗下，種有幾叢枝葉扶疏的南天竺，綠葉鮮麗，婷婷玉立，甚是悅目雅緻。屋右鐵柵頂上，矗立著一叢叢的九重葛，有紅的、紫的、粉的、黃的、白的……，相互爭豔奪目，五彩繽紛，煞是好看。

最引人矚目的，是前院鐵柵門內右側，拔地衝起一棵巨無霸的鋸齒葉大樹（據梁文薔說，是「麵包樹」），高及三樓，樹分三岔，枝葉繁茂，想是屋主當年手植，正好像徵著先生在散文、彙典、與莎譯三方面的非凡成就。

再說，實秋先生是我的老師，與他有一段師生之緣。當年在師大英語研究所攻讀時，曾追隨聆教莎劇研究，後來碩士畢業論文，也是以莎劇與音樂為題，由先生指導。結婚時還贈我一幅元曲名家張可久的「滿庭芳」墨寶，並親臨觀禮祝福。如今，睹屋思人，憶起昔日種種，能不悵然！

那麼斗室之西的「貫英圖書館」呢？

恕我孤陋寡聞，真是一無所知。圖書館如何以「貫英」冠之，更是不得其詳。那天無意間走入巷子，眼前閃現這棟上下四層的樓房，屋前一字排開衝起十棵高及四樓的大王椰子樹，就覺得此屋必非等閒。

走到大樓入口，見牆上釘著「貫英圖書館」幾個大字的木牌，心中有些納悶，便入內向管理員詢問。回說：「那邊牆上有詳細說明，請去一看便知。」

果然，滿牆從上到下，印著密密麻麻的資料，圖文並茂，看得我驚心動魄，忐忑不能自已。

原來「貫英先生」姓王，山東東平縣人，民國前六年生，弱冠少年時即創辦「單家國民學校」，擔任管理委員。民國二十三年從軍，三十六年退役，隨軍來台，決心「行乞救國」。民國四十四年起，開始了「拾荒生涯」。

他踩著一輛破舊的三輪車，車上掛有「廢物老人」四字，風雨無阻，沿著臺北大街小巷，撿拾棄置的破銅爛鐵、紙盒報紙，再將之轉換成銀，一點一滴，積少成多。終於在民國六十七年，以拾荒所得，成立了「私立貫英圖書館」，嘉惠學子。隨後多次積資捐贈學校、文化機構，獎助清寒學生，為教育長年盡心盡力，終獲「拾荒老人，勤儉興學」之美譽。為了表揚貫英先生一生不屈不撓，勤儉興學的精神與毅力，民國七十一年，臺北市政府指示台北市立圖書館協助管理「貫英圖書館」。

啊！原來如此。這麼說來，王老先生不正是今之「武訓」嗎？

感動之餘，特地上二樓找到主任李少維先生，承他親訴了許多貫英老先生生前的感人事蹟。主任說：「王老先生每天都來圖書館，親自參與工作，並繼續拾荒。直到民國七十九年不慎跌倒受傷，才告停止……。老人家於民國八十七年逝世，享年九十三歲。民國八十八年十二月二十日，將臺北市立圖書館『古亭分館』更名為『貫英先生紀念圖書館』，以表彰各界對先生拾荒興學事蹟的感佩。」

隨後，他又告訴我一件鮮為人知的內情。主任說：「本分館有協助臺北地方法院檢察署辦理緩起訴業務，有些館內工作人員，不瞞您說，都是犯有小過失，被派來執行工作，義務勞務的。來了之後，等他們曉得了王老先生的德風義行，都深受感動，從善如流了。」

啊！兩棟屋子，一在我東，一在我西，分別釋放出異樣的光澤，照亮了過往的行人。兩位主人翁，終其一生，孜孜不倦，經之營之，努力以赴，給社會與人群帶來無以估量的福祉與影響。

兩人的切入點或許不同，但在其有生之年，皆能擇善固執，數十年如一日，點滴成金，卓然不群，造就非凡，讓路過其門牆的後生，不禁深深喟歎：「高山仰止，低迴久之。」

表伯母

內人的「表伯母」，姓「陳」名「金石」，祖籍福建，是緬甸華僑。夫家姓許，故稱之為「許表伯母」。老人家今年（甲午）五月十七日仙逝於台灣高雄，享年九十有六。

許、張（內人的尊親大人）兩家是表親，按「一表三千里」的說法，姻親關係原不甚密切。但我們與「表伯母」之間很投緣，有許多共同的話題，是長輩中深受我們敬重的，且樂與之遊。

表伯母嫁入許府，育有四男一女，除兩男在台（都已先她而去）之外，其餘均長住海外（美、加、法、各一）。許表伯是台灣的外交人員，早年任駐南洋、越南、高棉（柬埔寨）等地參事、領事、等職。後出任總領事，駐非洲諸友國多年。所以，表伯母也有「大使夫人」的尊號。

表伯母深好畫藝，早年曾拜溥心畬為師，是大師的入室弟子，深受老師器重，壁上懸掛著溥氏當年贈送的「放鶴圖」名畫（依宋人蘇東坡之「放鶴亭記」而作），及她自已的一幅山水畫。

表伯母最津津樂道的一件大事，是她在中非碴德（Chad）任「大使夫人」期間，曾舉辦過一次「百畫大展」。從「作畫」、「裝裱」、「製框」、到「上牆」，全一人一手包辦，為許總領事的外交戰贏得「轟轟烈烈」一場勝利，獲得友邦人士極高的讚譽與尊敬。百幅之中，有一幅「百蝶圖」，畫了一百隻蝴蝶，栩栩如生，翩翩飛舞，與會人士看得目瞪口呆，讚不絕口。

另一件她也津津樂道的往事，是早年如何與表伯認識的。據她講，那一年，她就讀的緬甸僑校慶祝校慶，舉行籃球比賽，表伯與幾位外交人員前去參觀助興。在熱鬧滾滾的球場上，他看到一位身形姣健、球技高超、美妙絕倫的女將，不禁心為之動矣！事後，立即託人去說媒，不久，兩人便千里姻緣一線牽了。

後來，許總領事任滿歸國，於一九七五年病逝。表伯母從一九七九年起，獨居台北近郊深坑翠谷山莊，大隱谷中，前後長達三十餘年。

她熱愛生活，深好藝術，一人獨居，把依山傍溪的三樓公寓整理得井井有條。屋前寬敞的陽台上，設有假山流泉，大理石桌石凳，盆景花卉，清麗可喜。朋友來訪，圍桌而坐，飲茶賞景，近山蒼蒼翠微，遠山雲霧飄渺，最是賞心悅目。

入屋，是大客廳，牆上掛的是溥老師的「放鶴圖」。其旁則是她自己的一幅山水畫，群山矗立，島浮水中，柳葉飄飄，魚舟搖搖，一幅江南水鄉澤國的景緻呈現眼前。茶几案頭，盡是她多年來蒐集的玉器、古玩、象牙雕刻、等等。一張長沙發，則是她觀賞電視藝術節目的寶座。

向左，是畫室。案上文房四寶，羅列有序。牆邊有平台鋼琴一座，愛樂之意在焉。另一邊則是玻璃大書櫃，亮麗雅緻，櫃裡盡是大冊書畫，并展示著許多她與表伯當年的合照，郎才女貌，相得益彰。

向右，是臥室。最裡面，是廚房及飯廳。都清爽亮麗，乾淨宜人。

表伯母特別喜歡她的表姪女，相互惜愛之情多年不減。也許是「愛屋及烏」的原因吧，她對我這個表姪女婿，也是另眼看待，關愛有加，尤其知道我想學國畫時，主動願意收我為徒，高齡八十餘，仍奮力揮毫，為我作示範。知道我想學裝裱，親自下山，領我去拜見師傅。老人家彎著腰，一拐一拐向前走著，精神抖擻，令人感動。

或許，她認為這個表姪女婿是「孺子可教」吧，視我為藝友同好、忘年之交，先後贈送了我兩方大硯、一隻龍型筆架、及一隻巨型竹雕圓筆筩，現在都保留案頭，睹物思人，作為永久的記念。

每年我們返台小居，都要去深坑看望她。年復一年，老人精神爽朗依舊，哈哈大笑，嗓門還是不小，談笑風生。之後，便一車下山，去吃「深坑豆腐」，味口仍然很好。餐後，再一車送她返舍。繼續聊呀聊，直到夜幕低垂，華燈初上，才悻悻然告辭而別。臨走，她立在階前，揮著手說：「別忘了過幾天再來！」

返美後，彼此常有魚雁往還，互道近況與懸念。一次，與她通越洋電話，說著說著，她忽然咳嗽起來，咳個不停，接著是一片啞然，寂寞無聲，把內人嚇壞了，以為表伯母在那邊突然昏倒了。趕快另打電話給臺北的親戚，促請快些飛車去營救。幸好只是一場虛驚。

不論如何，九十多歲的老人，還一人獨居，隨時都怕會有狀況，令人憂心忡忡。

去年四月中旬，不幸之事終於發生了。他一人在家，摔倒中風。幸好搶救即時，生命保存下來，但言語和行動都大受損傷，亟需人照顧。幸有她高雄的孫兒立仁一家，把她接去同住，盡心盡力照料。

去年底，我們返台，特地南下高雄去拜望。

老人家從床上慢慢爬起，坐上輪椅，到客廳與我們見面，眼裡含著歡喜的淚水，口中訥訥不能暢所欲言，相對而視，欲說又止，一切都盡在不言中。

環顧左右，老人家有孫兒（立仁）、孫媳（淑敏）盡心照顧，又有兩個可愛的曾孫（宏、安）繞膝相伴，人生至此，夫復何求？

次日，大家在餐館再小聚一次，大快朵頤，互道珍重而別。

沒想到，那竟是相見的最後一面，天人永隔，悲痛不已。

表伯母，您老人家請安息吧！

《離散》行

離散文稿奉君前，南港甲骨引人還；
蓬蓬銀絲往難憶，他者今朝應尊賢。

這次返台小居，為期甚暫，卻順利完成了幾樣要事，並會見了不少至親好友，相敘別情，令人快慰莫名。其中能與散失多年的李有成教授重逢小聚，最是讓我感到衷心慰然，餘韻回蕩，裊裊不絕。

有成與我相識近半個世紀，那是七十年代初期，我剛從英國留學歸來未久，在國立師範大學英語系任教，教授了一班「大二英文作文」，有成是那個小班（二十來人）中的成員之一，剛從「馬來西亞」歸國升學，很努力向上，表現不凡，給我留下深刻的印像。

之後，我赴美進修，在印大攻讀英美文學，一去十載。有成於師大畢業之後，順利考入台大外文研究所，先後獲得比較文學碩士與博士學位，在他專攻的領域裡，有突破性的表現與成果，著作等身，獲獎不少，成為「中研院歐美研究所」特聘研究員及所長，並成為國際知名學者。

大約在十七、八年前某日，我們在台大文學院的長廊裡不期而遇，那天有成正要去授課，匆匆小敘後、交換了彼此的訊息而別。過後不多久，我從清大外文系任滿退休，遷美寄居，忽忽十餘載，彼此未克通問，失去了聯絡。

今春回台小居，適逢「中研院史語所」推出「殷商甲骨文及青銅器」特展，每週三、六兩天對外開放。於是，便呼朋喚友，同去參觀，恭逢其盛，品嘗華夏三千年前殷墟古文物。

首次去時，即發現「歐美研究所」就在毗鄰，但因事繁，未及相訪。二次再去，剛好有成出國開會，未克相見。終於在「三顧茅廬」時，與他見面了。

他從樓上匆匆快步跑下來，與我們（有內人同行）相見，口中不斷呼喚著：「老師，師母！多年不見了，多年不見了！」我抬頭看著這位銀髮蓬蓬、身形福泰、笑容可掬的來人，眼前忽然閃現當年那位翩翩少年，數十年過去了，時間改變了一切，但那份濃烈郁馨的情誼依舊，相見時的剎那令人有些難言的激動。

有成即領著我們上三樓，去參觀他的研究室。「亂得很噢！，請老師師母原諒。」他一路上為我們作心理準備。

果然，一間不算小的大研究室，滿架、滿牆、滿地盡是書，書成了「阿堵物」，行路都難，這是不折不扣的「坐擁書城」。牆上有三幅字畫，牆角有一幅大得無法展示的書法，均俱逸興驚鴻之氣。

隔壁的單德興教授也過來與我們相見，大家合拍了幾張照片，以茲留念。隨後，有成領我們更上層樓，在休憩室裡小聚，一邊喝咖啡，一邊隨心所欲地閒聊著，互話闊別，並欣賞「新加坡」國寶級藝文人士陳瑞獻的巨作——《寓言畫冊》，真是圖文並茂噢！原來他就是方才牆上那三幅字畫及一幅巨型書法的作者，也是有成當年的舊識，作品已國際知名，價值連城矣！

因有成中午有事要赴會，小聚不久就結束了。臨行，他說：「有一本小書要送給老師。」他恭恭敬敬地在首頁背面簽了名，註明贈送日期，把書遞到我手中——《離散》（2013）。

這是有成最新的學術著作，是繼《他者》（2012）之後的「姐妹」篇。不知與我這樣的讀者有何關聯？

歸後細審，才發現書中所論述的竟是「自古即有的人類生存處境，更是全球化時代的普遍現像。」他以華人及原住民的經驗為題，仔細分析小說、電影、及回憶錄文本，寫得情、理兼俱，很是精彩……。

讀著，讀著，猛然警覺，自己的身影似乎也在書中時隱時現。我的一生不正是《離散》主題的見證嗎？從小跟著父母逃離戰亂，由西安、經南京、到四川，抗戰八年，變成了蜀中的「下江人」。抗戰甫畢，國共酣戰，匆匆隨政府遷移來台，住了幾十年之後，依然是寶島上的「外省郎」。退休後移美寄居，十多年來，被洋仔視為是「台灣人」。去大陸旅遊，則被老中稱為「台胞」。這一聯串的身分錯置不正是『離散』引發的後果嗎？這「四不像」的處境難免令人憂心忡忡，戚戚無以釋懷。

有成聽我述說了心中的惶恐與不安，則解釋稱：「《離散》也有正向的一面，可以四海為家，隨遇而安，甚致樂不思蜀。一位英國朋友就深以無他處可去為苦，老呆在一個地方，無聊透頂！」

善哉！善哉！天下事至少總有正、負兩面，互為表裡，相依互釋，只看你如何應對了。《離散》可以是離鄉背井，流離失所；也可以是悠遊四海，遨臨天下。

於是，遂破涕為笑，眉展宇開，欣然以有成的《離散》而興榮快慰起來。

與李有成教授合影于中研院歐美研究所

山居逸趣

山氣日夕佳，飛鳥相與還，
此中有真意，欲辨已忘言。

陶淵明〈飲酒其五〉

吾友秦君，係交大資深教授，在其科學研究領域裡，假電磁波之助，依萬有引力，探測宇宙天文亙古奧秘，學有專精。

此外，難得的是，他又深好藝文，對探索人類心靈奧秘很是熱衷，且已習之有年。彈得一手精湛的古典吉他，促弦遊刃自如，探幽取勝，妙趣橫生，令人激賞。小提琴也拉得不錯，或獨奏，或重奏，悠悠揚揚，動人心弦，樂己娛人。近年來，他把領域再次擴大，加習大提琴之外，又由「樂」延展到「藝」，拜師習畫，一上手即勇敢地挑戰易學而難工的人像畫，成果斐然。不論形象與透視、明暗與深淺、表情與性格，皆能掌握與表達，指日可待矣！

我們之間有許多共同的興趣，時可相互切磋琢磨，交換學習心得，樂在其中。

去秋返台小住，曾赴竹拜會交大諸友，與教授相聚時間較多，並下榻其府。在閒聊中，他說：「在竹東『文山』頂上，我有一棟山居小屋，四野風景極好。下次來時，帶你們上去看看。」

十一月下旬，二度赴竹，又宿秦府。次日晨，教授驅車，領我們上山。沿高速公路，朝竹北方向馳去，過了「頭前溪」大橋不久，便轉入山區，道路忽然變窄，彎曲難行，有時只容一車通過。來到一個岔路口，他說：「此處右轉，便是上山之路。不過，想先帶你們左轉下去欣賞田野風光再說。」

車子向下拐了好幾個S形的陡坡，終於來到平地，在一畦方田旁停好。一下車，眼前忽然呈現整片一望無垠、金黃閃爍的稻田，稻穗結實壘壘，垂掛路旁，晶瑩可愛，讓人眼睛為之一亮！稻田的盡頭，綠蔭叢中見有幾棟農舍田家。再向遠處看，只見山脈縱橫起伏，層層相疊，真是一派田園秋色，令人陶醉！教授打趣地說：「你們下次再來，看看能不能在這田園村舍裡租屋而居，小憩幾天。」內人立即表示贊同，頗有躍躍欲試之意。

稍後，調頭上山，東彎西拐，沿著山路往上攀馳。四野林木蔥鬱，竹籬茅舍，農家時現。教授說：「課後無事，常愛開車來此山中遊逛！」顯然，他對這山巒疊嶂之美，林園修竹之盛，深有體悟。

忽然經過一片菓園，沿著山岩的斜坡上，種有千株萬株橘樹，黃澄澄圓碌碌的橘子，垂掛滿枝，近的幾乎伸手可得。但仔細一瞧，果實外皮上都敷有厚厚一層白粉，難怪飛鳥小蟲皆不敢問津。

山路不斷往高處盤旋，再向上行駛一陣，海拔愈來愈高，見道旁設有「觀景平台」，便停車小憩。

噢！遙望對面綿延不斷的山脈，如波似濤，縱橫起伏，層層疊疊，由濃漸淡，翠微朦朧，與天色幾近同化，正應了詩人王維膾炙人口的名句：「山色有無中」。教授路熟、山更熟，遙指眼前一峰一巒，直呼其名，如數家珍。我們只認識最右側的「五指山」，蓋五峰矗立如掌，一望便知，況且三十多年前，全家五人，曾一一地攀登過，記得最後爬到「小指」時，天色已暗，路徑又不熟，幾迷失山中。最後，靈機一動，遂在昏暗中，沿著山澗往下急走，終得脫險，緊張之情至今記憶猶新。

府身下望，遙見對面兩重朦朦山巒之間，包夾著一片平坦寬闊的農地，其中阡陌縱橫，屋舍儼然，溪水潺潺流過，頗有「世外桃源」的景緻。便指著說：「有機會極想去那兒一遊！看看是否也有夾岸桃花，落英繽紛……。」

再停車休息了兩次，已攀至「文山」之巔，來到一個柵口，這便是教授山居社區入口。啟柵入園，見路徑兩旁，有六、七戶人家，屋舍皆興建於小山頭平台之上，東一棟，西一棟，庭院圍遶，菓樹、花叢滿徑，迴旋步道穿梭其間。真沒料到，家居寶島山區裡，也可享受這樣稱意舒適的屋舍園林。

教授的小屋，位於社區最高點，一棟上下三層的房子，四周鮮草如茵，花圃飛紅，翠林圍遶，並可俯覽遠處層層疊嶂的山巒。這樣快意的山居逸趣，正應了莎翁所言：「就是帝位也不能換。」

小屋門開，第一層是工作室。落地窗盡收戶外森森翠綠風光，桌椅安排舒適雅緻。教授說：「山居也有網路，可以遠距與學生作學術討論，很是方便。」

第二層，是臥室。有寬床，衣櫃則嵌在扶梯下，節省空間，又很美觀。

第三層，是屋頂花園。白日可看山，夜裡宜觀星。有大陽傘撐於園中，木椅圍遶，盆中時花都正盛開，九重葛有鮮紅的，還有橘黃的，很是罕見。

參觀完畢，下到院心，見有一顆木瓜樹，樹幹不大，卻結菓滿滿一大串，且碩大無朋。教授移凳攀上，剪了兩顆大而微微轉黃的，一顆送我們攜回享用。他一再說：「今天天候特佳，風和日麗，萬里無雲，山色清朗，又有好友來訪，很是難得喔！」

回程下至半山，在唯一的一家餐館用飯，蒼蒼翠微的起伏山巒，就映在窗外叢林之下，雞犬相聞，竹葉飄飄，野菜山雉，飽餐一頓，留醉山翁，下崗而歸。

竟日「文山」之遊，品嘗了這宜人的山居逸趣，似人間仙境，一日千年，夢縈魂牽，令人難以忘懷。

澎湖印象

十月初，我們回到闊別近兩年的故園——台灣。雙十前夕，在台北「小巨蛋」參加了一場熱鬧滾滾的「四海同心」聯歡大會。僑委會並費心安排了一系列的旅遊活動，我們立即決定報名去「澎湖」。

想去澎湖的理由很簡單。對風聞已久的「跨海大橋」，及新近才知道的「花嶼」小島十分嚮往，亟欲前去，一窺究竟。

從台北機場起飛，不到五十分鐘便已著陸，抵達目的地，大伙紛紛走下扶梯。空勤小姐笑著對我說：「外面風大，小心您的帽子！」

果然，一步出機艙，陣陣勁風便橫掃而來，轟隆！轟隆！颳得人東倒西歪，趕緊一手挽住太太、一手按住帽子，匆匆奔入候機室。

哇！這個勁風相迎的見面禮，還真印象不淺呢！

隨即登車赴馬公市郊的「南海遊客中心」。導遊帶領大家來到一面高牆之前，牆上印製了澎湖海域彩色衛星圖，他指著說：「澎湖共區分為一市（馬公），五鄉（湖西、白沙、西嶼、望安、七美），由北到南，大大小小島嶼共有六十四個，退潮時，還可增加到近百個，其中只有二十七個島上有人居住……。」

我仰望著這呈三角狀，由北朝南，逐漸散開的群島，大大小小星羅棋佈地灑在大海之中，忽然憶起數十年前遊歷希臘時，見到遍佈在愛琴海中的大小島嶼，何其類似哉！

「遊客中心」很壯觀，上下三層，陳列了許多與當地民俗有關的物器，琳瑯滿目，其中最引人矚目的就是「王船」。

所謂「王船」，是一艘九尺長、三尺半寬的木舟，製作得美輪美奐，五彩繽紛，繪有鮮花、龍身，船首並書曰：「合境平安」。澎湖人多依海捕魚為生，「王爺」是他們的守護神，他乘著「王船」，代天巡狩，以免疫疾肆虐，確保海航平安。每年都有一次盛大的祭祀活動，包括「遶境」、「建醮」、「焚船」三個步驟，是在地人生活中的一樁大事，人人樂在其中。這是他們的神話，也是他們的信仰。

隨後，在「澎湖生活博物館」裡，再次目睹「依海為生」的主題：各式各樣木製船艘模型，從輕便的雙槳小舟，到大型的深海漁船，有五、六種之多，好似在向遊客大聲宣示：「請看！這些就是咱們在狂瀾中賴以為生的工具。」

次日上午，「離島之旅」。去「虎井」「桶盤」兩嶼，都在「馬公」本島西南海外約十浬處。快艇先駛至「虎井」之「西山」，小客車把大家載上山頭。只見十幾尊一人多高的石雕羅漢列竚道旁，遠遠還有一座高聳的白玉觀音，都栩栩如生，引人注目。

忽見道旁岩邊，傲然兀立著一壘一人多高的卵形巨石！它面向大海，卓然不群，經常年風吹雨打日灼，渾身早已龜裂，頂上還攀附著綠意昂然的仙人掌，依然企立無恙。另一邊山坡雜草叢中，則巨石壘壘，灰中呈黃，或孤立，或成雙，或群聚，似怒目巨人，指向青空。其後遠處，則聳立著一柱柱排列整齊的玄武岩，頗像希臘羅馬神殿的石柱，又似巍巍巨人，裂口狂吼，瞋目獰視，鎮守家園。

「桶盤嶼」狀似倒掛之桶盤，未經人工雕鑿，質樸自然。石柱型的玄武岩環島而立，其下濱海處有蜿延曲折的人行步道，漫步其間，一面可仰觀巍巍石柱，一面則俯覽浩浩海洋，碧水藍天，晶光閃鑠，漁舟點點，雲霞飛揚，令人心曠神怡！

當日午後，從馬公市出發，乘車北行，途經「白沙鄉」，過「跨海大橋」，到「西嶼鄉」。沿途參觀了許多景點（如：「大義宮」、「古厝」、「大風車」、「丁香魚廠」、「張雨生紀念館」等等），其中給人印象最深刻的，莫過於「通梁古榕」。

這棵古榕，乍見之下，還以為是到了一片枝葉繁茂的榕林之中。等仔細一瞧，驚悉這裡原來只長有一棵榕樹，經過三百多年的成長茁壯，另發了九十六枝氣根，都已深紮土中，碩壯繁茂，盤結揪纏，峨峨然與主根不相上下。導遊說：「鄉人曾想再添三株氣根，湊足成佰，但始終未能如願。」

第三天上午，乘車來到馬公市最南郊的海岸線，「風櫃洞」及「溑裡沙灘」。這是望海觀潮最佳景點，與昨天才去過的「虎井」及「桶盤」兩嶼遙遙相望。

是時也，晴空萬里，蔚藍的海水映著飄飄白雲，對面的大小島嶼似巨鯨，在浪濤中載沉載浮地緩緩漂游著。這樣一望無垠的海景，看得人不醉也難！

下午，參觀「菜園休閒漁業區」，不知園裡種的是那種「菜」呀？等上了船，出了海，被送上漂浮浪濤中的「星光海上平台」，才知道是來參加「蠔蠣進補大會餐」的。

平台上有頂有牆，其中安置有數十張大方桌，賓客早已滿座，都正熙熙攘攘，開懷猛啖中。七、八人圍坐一桌，一盆盆蠔蠣已置案頭，桌上熊熊爐火早備。來吧！各位！烤而啖之，其樂何似！。

鄰桌有人更添酒設宴，話拳使令，引吭高歌。啊！啦啦！啊！啦啦！今朝有蠣今朝啖，莫待蠣盡空對月。

海上波濤洶湧，勁風穿堂而過，平台東搖西晃，人似醉眼惺忪，桌上棄置的蠣殼旋即堆積如丘，人人啖得人仰馬翻，欲罷不能，樂不思蜀矣！

三天兩夜的「澎湖之旅」到此終於要畫下句點，該是打道回府的時辰了。

對了，來澎湖之前，我在書裡讀到一篇介紹「花嶼」的文章。該島位於馬公市西南二十浬外，孤懸大海之中，船程要五十分鐘，這次肯定是去不成了。

島上有一位任教近三十年的老師黃國揚先生。據悉，他從二十來歲被分發到該島任教起，就再也沒有離開。當年同去的老師，耐不住島上的冷清與孤寂，有的第二天便拎著行李上船走人。

為了孩子們的教育，他不忍離開，勇敢地待下來，接受挑戰，後來還娶了島上陳家姑娘為妻，成家立業於斯。努力教學之餘，他又悉心研究，現在已是那兒的地質、生態、與環保專家。

下次再來澎湖，必先駕一葉輕舟，直駛「花嶼」，去拜見這位傳奇人物——黃國揚先生。

百疾灸草

我們家的前後院，經女主人十幾年來的辛苦栽培種植，春天一到，一波又一波的各色花卉接二連三地湧出綻放，此起彼落，五彩繽紛，看得人禁不住也心花怒放！

但有一種植物，初春剛屆，它就迫不及待地不請自來，而且來勢洶洶，鋪天蓋地，搶佔地盤，有點當仁不讓的氣勢，它就是艾草。

艾草雖無錦花可賞（但成長到七八月葉間出穗，細花，結實累累盈枝，中有細子，霜後始枯），出土未久，葉片倒也長得琳瓏剔透，小巧可愛：每枝小葉桿上長了兩對左右對稱帶有深鋸齒形的翠綠小葉片，小葉桿的頂端再添上一片類似稍大的小葉。每桿共分「五尖」，面青背白，有茸而柔厚。它深深抓緊泥土，穩穩向上成長茁壯，靜觀各色繁卉花開花謝。到了五月初五端午節，已然婷婷玉立，高已過膝，成了女主人的最愛。

她很有耐性地一株一株把艾草連根拔起，再齊根剪下，約二十株綁成一捆，爬上鋁梯，又一捆一捆把艾草倒掛在車庫的大木樑上，自然風乾，備作療用。

艾草這東西有啥療用呀？

按明代名醫李時珍編著的《本草綱目》所載，艾（學名artemisiac argyi；俗名Mugwort, Moxa）可乂疾，久而彌善，故字從乂。醫家用之灸百病，故曰灸草。治病灸疾，功非小補。艾理氣通血，血隨氣而行，氣行則血散：止吐血下痢，止傷血，止崩血，止腹痛，溫中逐冷除濕……。還有許許多多的療用，恕不一一細載。

女主人把風乾了的熟艾由樑上取下，裝入近半人高的大紙袋，一袋一袋又一袋，移進地下室去過冬儲存。能治百病的艾草靜悄悄地躺在大紙袋裡，怡然自得，與世無爭，度著「英雄無用武之地」的平靜歲月。

終於，今春二月初，它大顯身手、揚眉吐氣的機會來臨了。

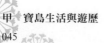

去年（二〇一一）十月中旬，吾姐突告病危，匆匆返台探望，孰料竟以幾小時之差而天人永訣，沒能見到最後一面，引為今生憾事。等喪事料理完畢，順便利用那兒完善的全民健保，作每年一次的健康檢查。喜得賤體大至粗安，惟心臟有些老化，需要維護。於是就由心臟入手，作進一步的各式檢驗，從心臟又節外生枝到血液。經心、血兩方面的醫生來回仔細推敲，尋求最佳醫療之法。

各式檢驗報告出爐了，醫生的診斷卻不盡相同，莫衷一是。眼看三個多月都快過去了，離我二月初返美的日期漸漸接近，該如何往下走？剛好在台北榮民總醫院聆聽了一場專題演講：「認識冠狀動脈疾病症狀與血管支架治療」。許多心裡的疑惑與顧慮都迎刃而解，明白了不少與自己身體相關的問題。最後把檢驗結果拿去向一位資深的心臟科醫生求教，他仔細綜觀後說，目前心臟功能尚好，無須手術治療，服藥控制就可以了。血液方面亦然。於是便領足了藥，打點行李，準備如期登機返美歸舍。

沒料到在登機的前兩天，忽然感染了正猖獗橫行的B型流感，先是鼻涕流個不止，我心知大勢不妙。數小時之後，咳嗽，發燒，頭脹，體虛……都接踵而至，胃口大傷。匆匆取了感冒藥，就硬著頭皮如期登機啟程了。

這次二十幾小時的長途跋涉，是我記憶中最漫長最痛苦的旅程。長時間窩在機艙座位裡，睡不好，咳不止，燒不退，吃不下，體無力，苦不堪言。幸有內人沿途照顧協助，好不容易於次日午夜前安抵家門。二話不說，倒頭便睡。

次日醒來，驚覺右大腿疼痛發麻，無法伸直。疼痛與麻木的感覺慢慢由胯順著大腿背面往下延伸，直至膝蓋，且有再向下竄行的趨勢。整個右腿忽然癱掉了，只得拄根拐杖，在疼痛中勉強移步。一下子人好像變成平添了十幾歲的老翁，一拐一瘸地作寸步之行。心中不免暗自焦慮狐疑：萬一失去了一隻腿該怎麼辦？

稍後向疼痛麻木處仔細一瞧，赫然發現皮膚上湧現大片大片的紫色瘀血，正在漸漸擴大，顏色也在加深。驚慌中即向懂中醫的內人相商，她見我大腿上大片的瘀血也嚇了一大跳，趕緊教我穴道按摩：血海，梁丘，委中，犢鼻，足三里……都一一按摩敲打。又以電話向住在波士頓有中醫執照的堂弟請教，回稱可用艾條灸，內人覺得灸療只是局部的，不如用艾水泡來得全面。

她即從大紙袋中取出陳年艾草，一片一片把艾葉摘下，置入大鍋中加水煮沸，然後將黃晶晶的滾燙艾水參入熱水盆裡，用毛巾泡入熱氣騰騰的艾水，再把浸有艾水的熱毛巾裹在腿的疼痛麻木處。就這樣每天早晚各一次，一遍一遍又一遍地敷艾水，一連敷了二十多天。終於艾水帶動了腿中瘀堵之氣，正如書中所載「血隨氣而行，氣行則血散」。瘀血終於慢慢散去，疼痛也漸漸紓緩，走路亦漸趨平穩而無須拄拐杖了。

一個半月之後，身體終於恢復正常，行動也能自如了，雖然體力有時仍覺得差一些。在此，我要特別感謝我的太太，是她把珍藏多時的艾草給我療用，並親自調理，從旁協助，耐性有嘉，方能解除腿疾。

中國草藥的神奇療效終於得到了一次親身的驗證。在用艾草熱敷的同時，內人又將台灣帶回之蓮藕粉煮成濃汁，早晚各服一大杯。蓮藕亦是去瘀血的良藥，外敷內服，雙管齊下，果然療效卓著神速。古人療疾的寶貴經驗讓我及時受益，免去腿患之苦，恢復健康，衷心感激敬佩不已。

捷運驚聞

臺北的捷運交通系統，眾所周知，是四通八達，清潔舒適，快速又方便。乘客多能遵守乘車規則，不擁不擠，順序而上，或坐或立，各就各位，輕聲細語，鮮有喧嘩。尤其車門兩旁，都設有「博愛座」，對銀髮族關愛有加，常是虛位以待，使耄耋之人頗有賓至如歸之感。

上週六午後，天青氣爽，惠風和暢，是出遊的好時機，咱二老乘捷運去了「新北投」一趟，在「梅庭」參觀「于右任先生書法特展」。之後，沿著蒸蒸溪水，順著接踵人潮，上下遊逛了一圈。看看天色將暗，便即打道回府。

我們在「北投站」轉搭「新店線」回臺北。啊！週末乘客真多，車廂內人如沙丁，擁擠不堪。但憑著額前的銀絲斑鬢，門開處，我們依然順利各在「博愛座」上找到一個暫可落腳的座位，中間有厚厚人牆阻隔，互不相見。

與我並肩而坐的是一位年輕人。

忽然，在他面前出現了一位花白的斑髮者，大約有六十來歲的樣子，體型還算碩壯，身著一件灰色夾克。只見來人俯身低首，向年輕人伸出右臂，掌心向上，四根指頭來回彎曲了幾下，隨即下令說：「起來！起來！」

年輕人先是一愣，抬頭見來人面紅耳赤，口吐異味，心知不妙，趕緊起身，拔腿便跑！

這位老兄一點也不客氣，大搖大擺地在我左側坐下，伸出兩腿，置兩肘於膝上，以掌心把頭摟住，口中嘰嘰呱呱亂叫：「×的！頭好痛喲！頭好疼呀！……。」。

接著，他撥動手機：「喂！小劉，你×的！誰叫你灌我喝酒，喝多了，現在頭痛得要死。×的，以後給我小心點……！」

罵過人之後，醉漢又自怨自艾地喊著：「喔！頭痛呀！老婆要罵人啦！」

滿口的酒氣已迅速擴散到車廂內每個角落，空氣裡似乎懸掛著千千萬萬的酒離子，四處飄蕩，酒氣燻天，無遠弗屆，難耐不堪。

鄰座一位中年漢子忽然與他答起腔來，問：

「是喝多了？」

「是啊！」

「喝那種酒？」

「紅酒！」

「阿呀！千萬不要喝紅酒噢！白干最好，我走遍大江南北，喝的都是白干，從不頭痛。」

「真的？」醉漢半信半疑。

聊到這裡，那人到站，起身下車而去。

醉漢故態復萌，又開始唧唧咕咕喊將起來：「王××！頭痛得要死呀！……。」

我因近水樓臺，深怕醉漢一時鎮守不住，哇的一聲，吐了出來，則首當其衝矣！

還好，他又在撥電話：「喂！噢？是鄧嫂，鄧哥在不在？是是是……。老鄧！你×的，自己的手機怎麼讓老婆用！……對了，又是被那一群王××的灌醉啦！頭好痛噢！待會兒老婆要……！」

他糗話尚未說完，乎然車廂的另一邊，爆起一聲怒吼：「咻！」的一聲，撼動了整節車廂，其聲之剛、之猛、之勁、之強……，猶如一個九級地震的威力，把所有的乘客都嚇呆了，連醉漢似也恍恍惚惚，不知所措。

只見那邊車座上，蹦起一位銀髮長者，巍巍然矗立於人叢之中，向著醉漢怒目而視，又是一聲撼天動地怒吼：「羞！」

說時遲，那時快，從長者旁邊，跳出一位銀髮婦人，她駐立兩雄之間，向醉漢搖手示意……。到底她在說啥呀？

是：「不好意思」？

或是：「不要理會」？

還是：「……」？

我弄不清楚。

正於此兩雄對陣，戰況一觸即發之際，人牆的那一邊突然響起一聲鳳鳴：「楊敏京！到站下車啦！」

我這才從戰局的驚恐中清醒過來，趕緊拎起背包，擠破人牆，殺出重圍，躍出車門，尾隨鳳羽，落荒而逃。

後記

以上所述，百分之九十九都是親眼所見、親耳所聞。是我之幸、還是不幸，在旅途中巧遇了這麼一場「驚聞」。在一個進步的社會裡，偶而也會出現一些殘餘的渣滓，不足為怪。既已見，既已聞，覺得有責任把「驚聞」照實記錄下來，作為「明日會更好」的參考。

于右任書法展：新北投

臺北街頭驚魂記

去年十月初，我們由美返台，隨即在台北浦城街巷子裡找到一間小套房，住處順利解決了，謝天謝地。接下來便打算在附近找一家銀行，處理存款、提款事誼。沒料到，頭一天走出小巷，往「羅斯福路」街對面一瞧，正好就有一家「郵政儲蓄銀行」。真是天如人願，不費多少周折，存/提款的問題也就安排妥當了，好不暢快！

週三晨，近八點，兩人一道出門，準備去台北「世貿大樓」參觀「國際旅遊展」。走出小巷，太太指著通衢大街對面的銀行說：「喔！過去領點錢吧。」我一摸口袋，真是錢囊羞澀，卻有點想偷懶，便回道：「好！我就在街這邊等妳如何？」於是目送她一步一步穿越六線大道，朝著銀行門口走去……。

我獨自一邊等，一邊順著街邊人行道，朝右手方向緩緩蹓躂著。不覺走了好幾十步，來到一家咖啡專賣店前，噢！陣陣噴噴香味，撲鼻而來，讓人未飲先魅。剛好店前石柱下有一把小圓櫈，心想：「何不借坐一陣，偷得這浮生片刻之暇，欣賞欣賞台北街頭晨間風光！」

行色匆匆的青年男男女女，著裝結領，迷你短裙，手拎皮包，提著早餐，頂個陽傘，戴付墨鏡，踏地磕磕有聲，朝氣澎渤，衝刺而過。也有登著市政府提供的黃色U-Bike，風馳電掣來去的。偶而也見到失神落魄，迂迂而行，不知所之的。總之，在朝陽晨曦裡，人人都在忙，忙著上班，忙著賺錢，忙著四處跑。唯獨這位久久方歸的蒼頭過客，兀坐街邊，東張西望，無所事事。

且慢！且慢！其實在下也很忙哪！

你看，欣賞路過行人之外，我還把視線投向遠方，使盡眼力，觀察太太行蹤。看她何時在人叢裡出現，待她走近時，從柱後一躍而出，給她一個小小的驚喜。

喔！來啦！來啦！等來人稍走近些，仔細一瞧，不對，不對。如此這般，接連幾次，欣喜之後總是悵然，太太依舊未見蹤影。看看手錶，九點半都過了，她已過街一個多小時，怎麼還不見回來？莫非是……？

緊張之餘，忽然想起太太帶有手機。對了，撥個電話，不是一切都清楚了嗎？於是，趕快順街找，終於在街邊找到一架投幣公用電話。在人聲噪雜中，撥通後，響了十來下，無人接。過一會兒，再撥，仍是無人接。撥過第三次，還是啞然無人。這下子，我不由得驚慌起來，心裡開始發毛啦！

與銀行搶劫有關的故事聽多了，難免會朝這方面去揣測：是不是剛領好錢，一出門便被人盯哨綁架啦？現在正困囚室，眼被矇，口被封，手被綑，無法接電話，歹徒正在盤算如何走下一步……？愈想愈糟，愈遭愈急，整個人忽然在街邊有點想蹦跳起來，眼冒金星，額滲涔涔，恍恍然不知所措。

一陣深深悔意突發心頭，悔不當初，偷懶心重，未陪伴太太一同過街領錢，保之護之……。如今，一切都為時晚矣！

報警!?警察局在哪兒呀!?但心中仍存一線生機。

我用最快的速度，連奔帶跑，趕到「建國南路」我們常去的「市立圖書館」，在電腦室人叢裡，東瞧西瞄，尋人未獲。即坐下給遠在天邊的三個孩子寫封電腦信，向他們告急說：「媽咪不見了……。」

之後，又奔馳到「信義路」一家我們常去的書局，依然毫無蹤影。

最後，只好趕快跳上公車，一路衝到「世貿大樓」，正是中午十二點，「國際旅遊展」才開始要進場。人潮洶湧，萬頭鑽動，這將如何找人？

還好，人潮不久便在入口處形成一個「人」字，排成兩條長長的隊伍，向左右岔開。於是，我便選擇了最佳立足點，駐立在「人」字兩撇相接處，左看看，右瞧瞧，以「守株待兔」的方式尋人。

等啊！等啊！大約在十二點半前後，正苦等無著時，前方人叢裡，如夢似幻地，忽然冒出一個似曾相識的身影，定眼一瞧，果然就是那「眾裡尋她千百度」的人，太太終於出現啦！

我高興地衝上去，給她一個熱情的擁抱，喜極欲泣地問：「妳去哪兒啦？怎麼電話都不接？」

「你去哪兒啦？」她笑著反問我，又說：「街頭這麼喧囂嘈雜，甚麼電話鈴都沒聽見呀……！」

在滾滾紅塵、茫茫人海的台北街頭，一對白髮銀絲族，失散了近四個小時的悲、喜劇，就此打住。

後記

太太後來簡述了她的故事：領完錢，過街回來，不見老爺蹤影。等了一陣，仍不見人，以為是等不及，先獨自跑去「市立圖書館」看電腦信去了。於是便安步當車，穿過「浦城街」小巷，走到「和平東路」，乘了兩趟公車，抵達「世貿中心」才十點半，距開場尚早，便四處遊走，苦等不見人，東邊看看，西邊瞧瞧，心中焦急萬分，人山人海，哪裡去找人？到如今才算見面了……。

租屋記

據台北市政府二〇一四年底統計，北市市民住屋「自有率」為百分之七十一點四，租屋而居者（共十七萬戶）為百分之十八點一。這租屋而居的十七萬戶之中，有百分之八十二點六表示是因為房價貴得太離譜，買不起。（請注意：若把以上的百分率，加、減之後，所剩的百分之十點五，應是無窠遊民了，為數也應在十萬戶之譜。）

我們去秋返台小住，不幸也添列在這百分之十八點一租屋而居的行列裡，所幸幾乎每天都是早出晚歸，屋子只是歇腳睡覺而已，住滿了兩個月，便抽身而出，返回異鄉自己的小窩去。

相形之下，小妹茵茵便沒有這麼幸運了。

茵茵已年過六十，先生七、八年前不幸病故，膝下虛空，精神沒有寄託。於是，一骨腦把心思全投放在飼養寵物身上。她打些零工，租屋而居，養家活口，夜半還不辭苦辛，外出喂養流浪貓，頗如顏回一般，人不堪其憂，茵茵卻不減其樂。

但是，「台北居大不易」，再加上她那群寵愛有加的貓狗，屋主見了都搖頭，連租屋而居都漸不容易了。幾易巢窠之後，就快要面臨無屋可住的困境。幸好適逢貴人，一位也是酷愛寵物的屋主梅太太，把茵茵及她的寵物都收留下來，平價租給她樓底類似地下室一大間屋子，任寵物自由來去，各得其所。茵茵有屋可居，貓狗有窩可臥，自覺時來運轉，對梅太太感激不盡。

但好景不長，沒住多久，一場豪雨之後，屋子原形畢露，毛病都冒出來啦！牆縫滲水，潮濕不堪，霉跡斑斑；室前過道，積水不退，泥濘難行。長住在這種濕氣蒸騰的環境裡，我們擔心會對健康有害。於是便向她建議說：「不如趁我們還在，另找住處，屆時也可一同去看房子，出主意。」

一天，茵茵興高彩烈地來找我們，說：「有了！有了！就在『濱江街』，『客家文化中心』背後，離現在住的『金門街』不遠，三樓，兩房一廳，租金和目前單房的一樣，有電話，可以約好過去看一看。」

我們一聽，也覺得條件不錯。即說即作，便打電話與屋主聯絡。對方是一位老太太，說：「現在要陪老公去醫院看病，下午四、五點再來好不好？」

當日午後四點半左右，我們按址前往，找到『濱江街』那棟屋子。向上看，見是一大棟樓房公寓，有七、八層之高，皆已年久失修，破舊不堪。公寓與公寓之間，則順牆擺設了許多地攤，有賣水果的、蔬菜的、肉類的、服裝的、皮包的……。貨色也尚齊全，買賣也頗活絡。幾個婦人正站在街旁閒聊，耳聞其中一個問：「這大樓何時拆了改建呀……？」

不一會兒，見地攤的那一頭，有一位拄杖的老太太向著我們招手，想必就是屋主何老太太了，我們趕快走過去與她見面。人矮矮胖胖，看起來滿和藹可親，約有七、八十歲的樣子。她對我們上下打量了一下，說：「來來來！帶你們上去看房子！」

老太太在前，我們尾隨其後，順著公寓左側樓梯一層一層慢慢往上爬。沿途所見，滿地盡是灰塵蛛絲、紙屑雜物，完全是一個無政府主義的光景。上到三樓口，見牆邊放著大大小小一大堆的空酒瓶，像是在向訪客宣稱：「此地曾有酒仙在焉！」

左轉入甬道，黝黝黯黯，深不見底，只有兩盞道亮不明、像鬼火一般的無罩小燈，高懸屋樑之上，照得甬道暗影幢幢，令人怵然。甬道兩旁，左一戶人家，右一戶人家，一直向前延伸過去，都是鐵門深鎖，似已人去屋空，一片寂然。每戶門前，都堆著大包小包的雜物，亂七八糟，簡直與英國小說家狄更斯（Charles Dickens 1812~1870）所描寫的倫敦貧民窟別無二致。我頗擔心隨時會有毛茸茸長尾尖嘴的大老鼠竄出襲人。

老太太來到右手邊第三間門口，在昏暗中，用鑰匙向門孔裡使命地東轉西轉，最後終於「喀嗒」一聲，把外面的鐵門打開了。等她把裡面的木門向內打開後，門開室現，我們隨後魚貫而入。

看起來一切都極破舊，牆上疤痕壘壘，斷軒破櫥，年久失修，但的確是小小的兩房一廳，廚衛皆全，通風良好。茵茵看後表示滿意，立即盤算著那間住貓，那間住狗……。便怯怯地對老太太說：「我有幾隻貓和狗，你同意我帶牠們來一起住嗎？」「那有甚麼問題！」老太太放聲慨然回說，「只要繳了押金和月租，你愛怎麼住就怎麼住，我才不來煩你。甚至你還可以當二房東，找個女生來一起住，都沒問題。」

「聽說這棟公寓快要改建了，是不是……？」「不會，不會！」，老太太斬釘截鐵地說，「改建講了十幾年都無下文，那會這麼快！我們在這裡一住幾十年，養育了四個小孩……。住這屋子的人都有福氣，會發的！你放心地住吧！覺得跟你們很有緣分呢！」

老太太人這麼好，說得如此懇切，茵茵深為所動，我們也覺得機會難再，可以藉此跳出那水氣熏天的舊窩，便掏出一千元台幣代繳了訂金，相約五天後交押金兩萬，月租七千，取鑰匙，遷入。

之後，我們因事去了高雄一趟，幾天後回來時，茵茵急急來找，說：「不好啦！不好啦！那棟屋子住不成了。」

「怎麼回事呀？」茵茵回說：「事後心裡覺得不踏實，次日下班，便順道過去向那兒的住屋管理員打聽，說是還有不到一個月就要拆房改建了！」

哎！租屋居，大不易，每走一步，都要謹防陷阱，落下去就難爬上來啦！還好，我們只損失了一千元。

後記

半年之後，茵茵來信說，終於另找到合意的住處，已搬離了原來那「水深火熱」之地。我們自然也深為她高興。

療心記

有好一陣子，常感胸口不很自在，有些「悶悶然」，時好時壞，時清時濁，心情與體力都頗受折損，其苦難言。先後經醫生檢查，都說是「心肌缺氧」所致，暫可服藥，終須治療。

去年十二月初外出旅遊歸後，即赴「北醫」（台北醫學院）掛號就醫。血液科蔡醫生推薦了心臟科的姜醫生，建議我先作一個更撤底的檢查，以便對癥下藥。正好「北醫」從德國進口了一台名叫「High Definition Dual Source CT」的儀器，中文還未定名，全台第一架，性能超強，用劑低微，可作三百六十度的偵查，能「明察秋毫」，但須自費，正在趕著裝配啟用中。我即率先報名，預定在「聖誕日」中午，接受檢查（我暗想：選訂這個黃道吉日，不知有何象徵意義？）。

「High Definition Dual Source CT」（已正名為「超高陣列高階影像」）是一台潔白亮麗的測量儀器，一個狀似中空的巨型「甜甜圈」，約一人高，豎直而立，圈內有一個窄窄長長的平台，可依電鈕控制，滑入、滑出。我退去身外之物，換上藍衫，被兩位白衣天使安排躺在這張平台上，注射了「顯影劑」（說是用劑輕微），舌下含了一粒「救命丸」（闊張心血管，以利檢查）。忽然，天使翩然而去，室內亮亮、冷冷、寂寂、清清。正仰首疑慮中，忽覺平台開始向「甜甜圈」

裡滑動，雙腿先入，等胸口滑到大圈內，平台悠然而止，忽聞四周響起「轟隆轟隆」之聲，大圈內似有啥東西，圍繞著我的身軀在快速轉動。約莫過了十來分鐘，平台再向圈內滑動了一些，又是一陣「轟隆轟隆」之聲，不絕於耳。約二十分鐘之後，平台從「甜甜圈」內緩緩退出，室內終歸寧靜，白衣天使霍然再現，說：「可以起來了！」我昏昏沉沉爬起身來，問：「檢驗結果何時可知？」，「請等候一下，到樓上，由照影室主任當面解釋。」看完立體顯影，還是須由心臟科醫生判斷。

次日，即掛號就醫。姜醫生在電腦螢光幕上把檢驗結果打開，指著「左冠狀動脈」的頂端說：「看！問題就出在這裡啦！」。他把那條拉直了的冠狀動脈，左看、右看、前看、後看，旋轉著看，最後建議說：「看情形，要盡快作心導管入內檢視，以確定治療方式。」我也時覺胸口悶得發慌，很不舒服，便同意盡快作進一步的檢查與治療。醫生說：「最快要等到元月五日（即四天元旦年假之後）。」算算還要等待九天，無可奈何，只好同意了。即去樓下預辦住院手術，又去照影室取得一張檢查結果的磁碟片。

再次日（十二月二十七日）赴桃園看外甥，心頭又悶得難受，外甥認識一位桃園「敏盛醫院」心臟內科黃醫生，一通電話掛過去，黃醫生正在值班，便立刻趕去掛急診。

見了黃醫生，他二話不講，即把帶去的磁碟片插入電腦，一看便說：「左冠狀動脈阻塞嚴重，危在旦夕，你真能耐噢！你們商量看看，最好立即住院治療。」

我似已無其他選擇的餘地，立即註冊入院，住入兩人一間的二等病房，週六、日，連打了兩天的點滴，又因夜半胸悶，鼻孔插上氧氣管。

週一近午，護士通知是動手術的時候了。即退去身外之物，換上白衫，連人帶床，被推入手術室，早已有兩位白衣天使候駕在側。又是一間亮亮、清清、冷冷的屋子，奇奇怪怪的各式儀器，方的、圓的，林立左右。我由病床被推上手術台，蓋上了厚厚重重的被毯，台子自動升高。醫生面帶口罩來到台側，說：「阿伯，放輕鬆！只是打麻藥針有些疼。」一位助理把我左手臂使勁拉直，掌心向上，固定，在手腕處塗上濃濃黃黃的消炎藥水，之後一針刺入，手腕便失去了知覺。我閉上雙眼，任君擺布吧！

醫生把心導管順著左腕的血管開口處往心臟方向推，推著推著，他忽然略帶沮喪的口氣說：「怎麼摸到看不到？」再推、再推，又說：「還是摸到看不到！」說過第三遍，他終於宣布：「手臂血管太細，導管進不去，放棄！」他當機立斷，「改作大腿！」

於是助理趕快把厚毯掀開，在右大腿鼠蹊處，剃去部分陰毛，塗上黃澄澄的消炎藥水，又是一針。其後不到二十多秒鐘，醫生說：「找到了！問題的答案找到啦。好，趕快問家屬！」醫生走出手術室，去和站在室外、焦慮萬分的內人商量，看手術要如何進行。片刻之後返回，向助理及護士說：「開始裝支架！」

我平躺在台上，兩眼微閉，只聽見醫生說：「送氣球……再高一點……小心！……再向右一點……不要動……慢一點……送支架到位……。」

「壓力二十二！」醫生高喊著。控制室裡的護士也跟著高聲回誦：「二十二！」

「收氣球！」……「收氣球！」

「支架撐開！」……「支架撐開！」

接著，就聽到「霹！」的一聲，像是鋼絲被剪斷的清脆聲。

「壓力二十四！」……「二十四！」

「收氣球！」……「收氣球！」

「支架撐開！」……「支架撐開！」

又是「霹！」的一聲。

「壓力二十六！」……「二十六！」

「收氣球！」……「收氣球！」

「支架撐開！」……「支架撐開！」

再是「霹！」的一聲。

如是這般，號令不斷由醫生下達、護士緊接重複著，並在控制室裡按下電鈕……。裝配支架的工程就這樣一段一段、艱苦地向前推進，約莫一小時之後，終於完工了。最後，在血管內打了一個強而有力、奇痛無匹的止血針。醫生如釋重荷，在室內大吼一聲：「成功了！」我痛得幾乎流下淚來。

總算有驚無險，「療心」手術順利完成。

我從手術台被連推帶滑，掉落到病床上，在房門口見到焦急如焚的親人，大家默然無語，微笑以對，真是恍如隔世。

在「加護」病房裡待了一天，白衣天使川流不息地，一會兒量這，一會兒量那，一會兒又驗血，點滴與氧氣管把人困滯在床，動彈不得，寂然一晝夜。

次日，被推回普通病房，由內人細心照顧，一切都漸恢復正常，尤其是胸悶的困擾已悠然消逝，真是謝天謝地。與內人一聊，才知道在緊急的當兒，同意裝了兩個支架，左、右冠狀動脈各一，怎麼自己一點感覺也沒有？

乙未年（二〇一五），元月一日，出院，由外甥護送歸舍休養。

元旦伊始，萬象更新，重新作人。

後記

手術完成之後兩週，回醫院復診。取藥、檢查之外，順便向黃醫生請教了一些有關「療心」的細節與過程。據醫生說，左冠狀動脈的頂端拐彎處，的確阻塞極嚴重，因地處要津，又是彎道，支架裝配非常困難，惟恐有失，已事先安排作「By-Pass」的醫護人員從旁待命，當時血壓已驟降到七十，情況極為緊急，幸好有驚無險，即時裝配完成。聆後，我捏了一把冷汗，暗叫：「好險！」

二二小記

一個週五的早晨，眼看啟程返舍的日子還剩下不到一週了，我決定獨自去台北火車站附近的「公保大樓」跑一趟，見醫生、拿點藥。

「療心」的手術已完成近月，一切都很順利成功，胸口也不再發悶了，自我感覺良好。唯獨右腿膝蓋以下時有浮腫現象，且皮膚乾、癢無時，這可能是動手術時使用了「麻藥」與「止血」兩針的後遺症，想請醫生開點止癢去乾的藥膏。

而且，太太也想要一種腳底皮膚止乾去癢的藥膏。臨出門時，她交代說：「若醫生只肯給一盒，就自費再買一盒。」

「小事一樁，沒有問題！」

我高高興興地躍上公車，不一會兒便來到「公保大樓」，掛「皮膚」科，上三樓見醫生，陳述所須，醫生頗為好心，有求必應地開了處方，下樓批價取藥。

批價櫃檯小姐算了一算，說：「一共兩百二十二塊。」

我掏出小皮夾，打開一看，「怎麼不多不少，只有兩百塊？」再在其他口袋裡東摸西摸，左搜右尋，就是一個銅板也無。真後悔，方才出門匆匆，忘了向太太請求支援。

我說：「差二十二塊，怎麼辦？」

「把加買的這一盒藥退掉錢就夠了啦！」她好心地為我解困。

我想了想，退掉？不行，不行。太太的藥物，返舍後會不夠用的。不能退，那嚒二十二塊錢從何而來？環顧左右，都是老弱殘兵，可憐兮兮，茫茫人海，我該向誰去討？去要？

忽然憶及幾天前，獨自走過熙熙攘攘的火車站地下道時，一個中年婦人突然迎面而來，走到我前面，悄悄地問：「有一百塊錢嗎？」她那焦慮無助的眼神一閃而過。

「沒有！」我急急狠狠地回答她，心想：「壞女人！」

事後，我有點兒後悔，何不伸出援手，幫她一下？她可能真的差一百塊錢，搭火車錢不夠，買便當欠一點，或是……。

我別無他法，只好把健保卡與處方都扣留在櫃檯小姐那兒，專程奔馳回舍，領取這短缺的「二十二」塊錢。一路上，我為此事感到很窘，也覺得有些荒謬，不斷暗中告戒自己說：「楊敏京呀，楊敏京，你終於品嚐到『一塊錢逼死英雄漢』的滋味了吧!?切勿忘今日的『二二』之困。」

馬槽失蹄

馬槽撰文奉君看，
大屯山窪溫流泉；
忽發輕狂躍馬上，
松喬難期聊自安。

又是一個星期六的清晨，陽光普照，天青氣爽，惠風和暢，該是出遊的好時光。在台大文學院前廊練過太極拳，立即整裝出發，翻過山，去「馬槽」。這次是二度重遊，距上次初遊已相隔了五週之久。

那次去時，「療心」尚未開始，是冒著時時胸悶的危險而去的，只因拳友的一番亟力推介，說：「『馬槽』地處群巒之窪，風景秀麗，可觀梅賞櫻，又有溫泉可泡，對心血管循環頗有助益……。」並告訴了上山乘車路線的訊息等等。

今晨二度出遊，「療心」已畢，胸悶解除，天候特佳，我們又已是識途老馬，心情極為輕鬆愉悅。在台大右側「新生南路」站，搭乘一〇九號「假日公車」（只有每週六、日才開），直向陽明山頂進發，半個多小時，便來到「陽明山」巔、「紗冒山」之側的「第二停車場」。上次來時，在場邊公園裡，喜見枝枝白梅盛開，這次則是株株紅櫻怒放，令人驚豔連連，喜不自勝。

即轉乘一七一七赴「金山」的客運車，翻過崎嶇盤旋的狹窄山路，過一彎又是一彎，不斷向山下奔馳，越過架在溪谷之間的大橋，忽見右邊山澗飄起陣陣煙霧，渺渺茫茫，那便是硫黃礦泉的源頭。公車遶著山嵊一圈一圈不斷往下沉落，左邊「大屯」山脈的壯麗峰巒則節節往青空裡拔起，巍巍峨峨，矗立在藍天白雲之下，高山仰止，令人神往。

上次來時，難免有點緊張，不知「馬槽」該在何處下車？幸好司機先生極為和善，相告說：「馬槽有好幾處溫泉，都很不錯，其中以『花藝村』最棒。」臨下車時，又贈送了我們幾張「花藝村」的招待券。等下了車，才發現該「村」尚在五公里左右的坡道之下。也算運氣好，剛舉步欲行，一輛轎車忽然駛來，停好，車窗落下，前座女士伸首相問：「是去『花藝村』吧？來來來，請上車同去。」就這樣，我們便輕鬆愉快地到達了目的地。

這次我們在『花藝村』站下了車，即沿著蜿蜒寬闊的馬路往下走，沿途兩旁的山坡與山窪，滿眼青翠，綠蔭叢叢，泉水涓涓，豔陽斜射，把路邊高聳的芒草，照得金輝閃爍。豔紅櫻花，這兒一叢，那兒一簇，看得我們不禁心花怒放，大呼不亦快哉！配有圓球形「氣象觀察站」的大屯山主峰，高聳天際，雲霧繚繞……。這一路的魅人美景，恐怕只有這樣慢慢步行方能深得其味。

走著走著，不覺已來到「花藝村」。

當然，大伙都是有志一同，前來「泡湯」的。分單人池與大眾池兩種，據說單人池通風不良，以選擇大眾池為宜，且票價低廉（每張招待券可抵五十元）。女左男右，各趨一端，互不相見，相安無事。

初次來時，我依指示，向右通過甬道，再左轉，一腳踏進大眾池的門欄，被眼前的景象嚇了一跳！池裡池外，盡是赤條條一絲不掛的「亞當」，大家退去了身外之物，坦誠相見，以天為衣，以地為裳，以水為鄉，自自在在，安之若素。我遲疑了片刻，終於鼓起勇氣，也就入境隨俗，加入了天體營的行列，緩緩沉入蒸蒸池水之中，充分享受了泡湯的逸趣。

此番二度池畔重遊，心情舒暢開朗許多，見怪不怪矣！尤其這次是有備而來，大、小浴巾，吃的、喝的，一應俱全，池裡池外，各得其宜，一邊泡湯，一邊觀山賞櫻，其樂何似！

約三個小時之後，與內人在外面餐廳會合，豔陽金輝下，紅櫻垂繞中，又共享了一頓豐盛的山中午餐。隨後，安步當車，攀上回程。只因都是上坡路，走起來吃力一點，但暖輝斜照，群巒在望，惠風習習，竹葉晃——晃——，

鳥囀啾——啾——，芒叢燦燦，紅櫻蕭蕭，蝶影翩——翩——，流泉潺潺，耳畔茵茵，此情此景，似與「悠然見南山」相彷彿！

在「花藝村」招呼站稍等待了片刻，由「金山」開上來的公車適時而至，竟是幾乎客滿。太

太在前面找到一個座位，我則在車尾落座。

司機似駕著一匹野馬，一路向山頂衝刺而上，左彎右拐，瘋狂地按著喇叭，警告路旁單車騎士，狂嘶著：「讓路，讓路，咱家來也！」我在車尾被摔得東倒西歪，彈跳飛舞。一時間：「滴哩噹！滴哩噹！耳邊忽聞馬蹄響，在下欲作少年狂，左持鞭來右執韁，著魔變牛仔，高棲馬背上，顛撥彈跳樂洋洋！樂——洋——洋！」

遠處的大屯山峰巒，在車窗外不斷急速起伏下沉，野馬飛也似地，一層一層又一層，奔上陽明山巔，終於停靠在斜坡路邊。太太在前向我招手示意，該下車了。我揹起背包，急急擠過人群，快步跑向車頭，剛把「悠遊卡」刷過，一腳踏出車門，噢!?馬失前蹄，踏了個空，不知不覺間，噹踉一聲！人已翻滾倒地，四腳朝天，躺在斜坡路上，頭朝坡下、腿朝坡上，眼冒金星，四肢鬆軟，動彈不得，只聽道旁行人驚呼連連，卻爬不起來，顯得異常狼狽。

正值此緊急關頭，兩位見義勇為的中年婦人，跑上前來，向內人說：「阿媽！請讓開，我們來拉他。」兩人各拽住我的一隻手，使勁1、2、3！合力把我拉了起來。我恍恍惚惚，由她們攙扶著一拐一拐，走到路邊，在矮石牆上坐下，要太太看看後腦，沒見流血。摸摸左肘，有些疼痛。摸摸左膝，扭傷不輕，彎曲困難，所幸並無骨折。

猛然想起，摔落之前使用過的「悠遊卡」，怎麼不見了？摸摸口袋，未見蹤影。莫非是掉在公車裡被帶走了？正焦慮中，忽放眼往前看，見馬路中央有一片甚麼東西，拐步上前一看，果然正是我的「悠遊卡」，孤零零地橫臥路心。

於是，隨即忍痛搭車，下山返舍，結束了二度「馬槽」之遊。

後記

返舍後細審，發現左肘有擦傷，左膝與左腿也各有傷痕，最嚴重的是左膝背面的筋骨遭到扭傷，蹲不下去，疼痛難耐。

兩天後，週一去醫院掛骨科，醫生仔細撿查，左膝部位照了三個不同方向的X光片，未見骨傷，誠屬萬幸，但發現左小腿回撇到一百度左右便被卡住了，不能自然蹲下。

醫生說：「先給些內服及外敷的藥，一週後再來複診吧！」

「上了年紀的人千萬不能摔跤噢！」臨去時他這樣告戒著。

我心想，如果平日未勤練太極拳，今天可能就不會這麼幸運了。

馬槽：花藝村

第三次警告

孟母三遷美譽傳，茅廬三顧天下安？
三次警告非小事，他日開除難自圓。

這次返台小居，前後不足兩個月，跨「馬」尋「羊」，收穫非小，其中最值得一提的便是，有驚無險地完成了「療心」之術，緩解了胸悶之苦，重獲新生。又能與諸親友擇日小聚，互道闊別，最是稱心滿意，暖人心田。更參加了許多藝文活動，增長見識，大開眼界。一切都平順如意，安逸自在。

不料，在啟程返舍前最後一週，卻先後出了三次紕漏，得了三個警告，自覺力有未逮，行事不慎，心急氣燥，失手落足，引以為戒。

第一個「警告」發生在看醫生、取藥時，陡然發現短缺了二十二塊錢，領藥受阻，一時尷尬為難，深深體會了「一塊錢逼死英雄漢」的滋味。其中詳情已記述在〈二二小記〉中。

第二個「警告」則發生於去台北北郊大屯山窪「馬槽」泡溫泉的歸途，一腳踏空，從公車上摔了下來，情況至為緊張危急。其中細節，也已記述在「馬槽失蹄」一文中，冒犯了「老年人千萬不能摔跤」的禁忌，所幸上天保佑，未攘大禍，驚恐萬分，餘悸猶存。

第三個「警告」竟然發生在登機的前一刻，迷迷糊糊，急急忙忙，真是匪夷所思，且請聽我慢慢道來。

羊年元月二十八日上午十時前後，好友「古哥」驅車專程送我們由台北去桃園機場，一路行車順暢，安抵目的地。向航空公司報到、通過安檢之後，尚有一個多鐘頭方才到登機時間。看看為時尚早，兩老便悠哉悠哉地，拎著小行李袋，揹著電腦包，慢步走向登機口。

這第二航館的通道真是亮麗非凡，節毗林立的免稅商店，一家比一家精緻美觀，「歡迎光臨！」「歡迎光臨！」之聲，此起彼落。街旁兩邊牆上，張貼出各式各樣大型海報，展現寶島四時之美、文物之盛，給即將遠行的遊客心坎上留下難捨的回憶。另外，還設有「圖書館」、「美藝展覽場」、「書畫臨筆坊」……，營造出一種書香氣氛、文化福地的情趣，主事者用心之良苦可見一斑。

我們走了約莫一半路，來到一個岔路口，照往例，向服務櫃檯小姐各要了兩枚免費銅幣，是專為按摩椅起動之用的。

向右走了不遠，便是「按摩椅室」，裝潢得分外清爽雅緻，四、五架黑色太師按摩椅，以修長秀竹盆景與外界密密隔開，真有「獨坐幽篁裡……」的感覺。按摩椅又高又大，與一般者頗不相同。你一坐上去，就好像墜入一個軟綿綿的山窪裡，從頭頸到腳底，無一處不被恰恰嵌牢，處理得服服貼貼。當銅幣「哐蹚！」一聲落入孔中，椅中怪手即刻上下收緊，開始工作。它使出渾身解數，一會兒拿捏，一會兒敲打，似連珠小鋼炮，「嗒嗒嗒……！」，在後腦勺、在頸項、在脊背、在腰間，上下不斷地轟擊著，讓你筋骨爽然、渾身舒泰。啊！這還不夠，它又轉移陣地，開始在大腿下方不斷拿捏、敲打。繼之到小腿，再降至腳踝、腳背、腳底，無遠弗屆，涓滴不漏。

一套作畢，正好十分鐘。二幣續投，則是二十分鐘。看看距登機已不到半小時了，心裡有點著急，便促內人速行。她說：「且慢！想找個公用電話，給台中的弟弟話別辭行。」「這嘛吧，行李都給我，妳去打電話，我們待一會兒在登機口見，快些回來喲！」

找到登機門，走下樓，一間偌大的屋子，已擠滿了旅客。我選了一個離登機口較近的位子，放下行李，坐著等。過一會兒，開始登機了，照例，頭等艙者先入。等著，等著，終於輪到我們了，可是太座依然磬無蹤影，還有十多分鐘了，旅客都上得所剩無幾，望穿秋水，心裡開始發急。

眾裡尋她千百度，驀然回首，那人卻在樓梯開口處，悠悠然晃了過來，快呀！我向她不斷招手。兩人匆匆拎起行李，驗了登機證，步入甬道。

走下通道還不到半途，忽然驚覺肩上少了一樣東西。啊！電腦袋不見了!?

這一驚非同小可，猛然一想，極可能是放在椅子上忘了拿。趕快回頭就跑，太座也回頭緊跟在後。跑到驗證入口，放眼一看，果然那隻黑茸茸的電腦袋正孤零零地斜靠在座椅上。不管三七二十一，我一個箭步衝向電腦袋！

說時遲，那時快，幾個安檢人員，一群空姐，慌忙尾隨向我衝來，齊聲大喊：「走不得！留人啊！」

等大夥神情緊張地衝到面前，我已拿起電腦袋，向他/她們傻笑著說：「對不起，電腦袋忘了啦！」一齣頗俱戲劇性的虛驚場景就此匆匆草草結束。（據太座隨後相告說：「幸好是在國內，若在國外，你這樣不按規矩瞎跑，安檢人員一時性急，可能會開槍射擊，性命難保噢！」）

走入機艙，坐定之後，一顆心仍砰砰在跳，真險！萬一電腦掉了，則全軍覆沒矣！所有多年來的照片、文稿及其他檔案，全部一筆勾消，付諸東流，其慘無比。常聽說，有人在機場，趁旅客忙亂中，專偷電腦，拎起便走，快速無匹。這真是羊年好運亨通，有驚無險，失而復得。但此事只可一，不可二，今後不可不提高警覺，隨時留意。

若在學校，三個警告，便記一大過，三個大過後，便要開除。看樣子，若再失手，離「開除」之日不遠矣！

慎之！慎之！是為記。

斗室吟

斗室小唱邀君聽，日出山崗又一新；
嚐嚐東西南北味，室外喜傳區區名。

這次返台小居，很幸運，在北市「溫州街」找到一個暫可棲身的小套房。屋子雖極「迷你」，但風水甚佳，一切生活條件似乎比上次「浦城街」的小屋猶有過之。

你看看！它與台大校園只有一街之隔，跨過「新生南路」，步行不到三分鐘，便進入偌大的校區，可散步、可練拳、可餐飲、可觀劇、可閱讀、可聆樂、可賞鳥、可遊園，可看花、可聞鐘、可舊地重遊，可參加各式各樣的藝文活動……，內容豐碩、方便之至。這些都暫且不表，請先來「斗室」瞧瞧吧。

「斗室」高踞七樓之上（有電梯代步），正面朝東，門前有長廊。清晨推門而出，涼風習習，佇立廊前，放眼東望，台大校園，鬱鬱蔥蔥，樓舍儼然，儘收眼底，一覽無遺。

再極目而東，群山迢迢，層層疊嶂，鬱鬱蒼蒼，迤邐伸展，似水墨山水之秀瑩蒼茫。

若逢天青氣爽，巒後忽吐紅光，一霎時，萬丈金輝，染得滿天飛紅燦爛，把翠巒山影襯托得格外清晰分明。俄頃，忽然山巔湧出一絲燎眼金邊，閃閃爍爍，徐徐增大，轉成牙圓，向上沖起！再沖起！半輪耀眼紅球冉冉由山顛翻湧而出，輝輝煌煌。

瞬間，圓滾滾的火球已然蹦離山頂，騰空而起，彩霞飛舞，金光四射，灑滿幽谷大地，讓人雙眸不敢逼視，不禁驚呼：「太陽爬上了東崗！」

您似不必甘冒舟車勞頓之苦，遠去「阿里山」觀雲海、看日出，「斗室」前的彩霞晨輝不是已夠精彩魅人、一覽難忘？

「斗室」一進門，便是一間約十步見方的小書房，桌椅俱全，桌右置有兩個半人高的鐵質書架，呈L形岔立一旁。最奇妙不過的是，豔陽金輝從右邊窗門平射而入，道道金光，把人、書、桌、壁，照得煌煌透亮，既暖和如春、又晃晃明朗，約莫歷一個半小時而不衰。

書房之後，便是一間長方形「和室」，地板高出地面半尺多。原為打地鋪之用，因在下年邁起身不便，以一閒置的書架裝修了一克難小床，內人則依然打地鋪，另還有半間小小衣櫥。

再向內，玻璃梭門之後，即是盥洗室、衛生間。

「斗室」大致如此，簡樸無華，小巧琳瓏，乾淨清爽，誠所謂：「麻雀雖小，肝膽俱全」，應有盡有了。

噢！不！「斗室」唯獨不舉火，未設炊事。那麼室內住戶想必會遭忍饑挨餓之苦了吧？不，也不盡然，請別擔心！只要下到平地，一切民生問題立可迎刃而解。

君不見，這一帶是大學生生活區。課後，有成群結隊的年輕人前來用餐，因此餐館節毗林立，應運而生，東西南北，口味殊異，無奇不有。早餐有「老王素包店」兩個熱騰騰的「雪裡紅」菜包（或豆沙甜包），再加一杯甜豆漿。中午想吃火鍋？「阿姨小吃」就有，也有吃到飽的火鍋店。想用韓餐？兩、三家任君挑選。想吃日本料理？也有幾家可去。想用中東餐？「Sababa」是最佳選擇。想嚐碗道地雲吞湯麵？老牌「大聲公」不可不去（數十年前台大唸書時，「大聲公」是名噪一時、遠近皆知的廣東粥專賣店）。想吃刨冰或湯圓？「台一」就在路邊。其他如素食、麵食、自助餐、麵包店、鐵板燒、川味店、廣東餐、美式健康飲料專賣店、正宗義大利pizza店、英倫式蛋糕店、巴黎美食坊、烤鴨滷雞專賣店……，無一不俱，且多以味美價廉取勝。

初來時，內人曾擬就了一個「光顧計劃」，要「每日一店」，餐畢之後，作記錄、編號碼、加評語。結果，近兩月離去之前，尚有不少漏網之魚，未盡全功而還。

「斗室」另一附帶好處，是小妹茵茵是我們的芳鄰。寫到這兒，不得不感謝她為我們事先安排好這樣一個住處，得以賓至如歸，樂其所哉。

或早或晚，在她上、下班前後，常聽廊前一聲吆喝：「大姊姊！楊哥哥！你們在家嗎!?」三人常圍坐「斗室」小書房裡，或各捧杯熱咖啡，或各啃個素菜包，並肩促膝，天南地北，無所弗及，自由自在地閒聊片刻，享受一陣難得的親情與溫暖。

忽憶〈陋室銘〉裡，劉子歌曰：「山不在高，有仙則名；水不在深，有龍則靈……」。福地福人居，因其小，遂作〈斗室吟〉以記。

幽棲莫笑蝸盧小，
有雲山煙水萬重，
半世向丹青看，
喜如今身在畫中。
陸游〈戀繡衿〉

單飛行

行行重行行，與君生別離，
相去萬餘里，各在天一涯，
道路阻且長，會面安可期？

〈古詩十九首之一〉

這次出門返台，是一人上路，單飛獨行，這種獨行俠的行徑還是多年來第一遭。以往出門，總有太太相伴，從打點行李、登機、轉機、飢餐、渴飲、及旅途一切大小事宜，都有人照應，安排得井井有條，無須在下煩心，只要緊跟在後，上上下下，進進出出，吃吃喝喝，睡睡看看，幾眨眼，目的地也就到了。

這次可不同了。

五月天，舍下有忙不完的事亟待處理，尤其是前後院，群卉先後一一綻放，種苗紛紛出土，果樹時須除蟲，雜草處處狂飆，野兔、田鼠、麋鹿……日日出沒，無人留守照顧，即時處理，可想而知，必成「無政府狀態」，後果堪慮。

幾經考慮、商量、覺得還是以一人留守、一人出航為宜。

我因四個多月之前，心臟動過手術，該是回診、檢查、領藥的時候了，所以出航的必然是我，別無選擇。但一人萬里遠行，長途跋涉，難免會有意想不到的事發生，屆時隻手如何應付，令人憂心忡忡！

以往每次返台，都因居無定所，東飄西蕩，難上加難，因之望而卻步。這次情況略有起色，因上回住過的「斗室」，仍然保留在焉，有窩可歸，心中覺得踏實許多。於是，鼓足勇氣，買好機票，理妥行囊，戴上鴨舌運動帽，四月底便擇日啟程上路了。

臨上車（由「花城」駛往「印地安那坡理斯」機場的公車，為時約一小時），太太安慰說：「一人在外，凡事以安全為要，慢慢來，不要急，一定沒有問題……。」

機場報到、通過驗關、找到登機口，都一一順理成章，毫無問題。坐下來休息一下吧！取出太太事先備妥的滷雞腿、芹菜桿、蘋果，充充饑，獨宴一番。

看看還有半個時辰就要開始登機了，忽然櫃台服務小姐對著麥克風向旅客宣布說：「非常抱歉，本次班機因須留在原地修護，無法按時飛過來，煩請各位旅客另行安排旅程。」話剛說罷，旅客之間立刻起了一陣騷動，嘩！的一聲，大家匆匆排起隊來，一一重新安排旅程，等我會過意來，隊伍已排成長蛇，我立在蛇尾，茫然不知所措。

站在我後面的一位好心中年婦人，見我這異鄉老人，又是要頻頻轉機的長途之旅，便建議我趕快去隔壁服務櫃台接洽，那邊排隊人少，且都是同一家飛機公司嘛！

果然，服務小姐很快便為我重新安排旅程了，只見她在鍵盤上不斷地敲！敲！敲！我立在一邊，耐心地等！等！等！，心中暗想：「怎麼這樣倒楣，太太一沒同來便出了岔！」過了一大陣，終於有結論了：改由「洛山磯」（原是「底特律」）經「東京」到「台灣」，明天一早啟程。

明天一早？那我今晚住哪兒？

航空公司會招待，住旅社，附加兩張免費餐券。

無可奈何。於是，領回兩個行李箱，上了交通車，住進機場附近的「皇冠」大旅社。一間有兩張大床的豪華屋子，由我一人獨享。用過午餐，閒日無俚，成事兩樁：（一）把太太給的「艾草包」置入大浴缸裡，加上滿缸熱水，充分享受了一次多時欲之而未得的「艾水泡泡澡」，洗得渾身舒坦，毛孔曲張，不亦快哉！（二）完成「家庭弦樂四重奏」的英譯工作，即給女兒電傳寄去，免她久等。

躺在大床之上，仰天靜思：覺得好像世事之發生，多少都難免有點兒道理。航空公司把我「放鴿子」，起先覺得很沮喪，還未上路便被困在這前不著店，後不著村的地方，與親人失去聯絡（我無手機，家裡網路又不通）。但繼而又想：這何嘗不是一個預習獨立生活的大好機會。致少，有吃、有住，並未流落街頭，又泡澡，又譯文，各樣條件好得不能再好。唯一的麻煩是，次日清晨五點要搭車去登機，一夜未敢熟睡。

適逢旅遊淡季，機艙裡空位多多，我選了一排空位，拉長而臥，大睡兩覺，吃了兩餐，便來到東京。

從東京到台灣，機艙裡擁擠吵雜不堪，雖然飛行時間只有三個多小時，行行復行行，怎麼老是飛不到？

這時，忽然懷念起與太太同行的日子。我們有一個約定成俗的遊戲。每次空服人員來問：「喝甚麼飲料嗎？」我總是說：「番茄汁」。太太則總說：「紅梅汁」。等兩杯俱到之後，太太伸起兩手，各執一杯，端起來回相互摻和，讓番茄汁的酸味與紅梅汁的甜味，調配到恰到好處，相與舉杯為慶，回顧而笑，逸趣橫生矣！如今，一人孤坐，往日的遊戲遂付諸東流。

到了桃園機場，幸有外甥驅車來接，沖淡了許多鄉愁。兩天之後，他又親自送我回台北。等把行李搬運下車，獨上七樓，啟開「斗室」大門，我的「獨立」生涯終於正式起步。

獨立行之一：太極、聽課、與香草

獨上七樓入斗廬，腳下樹巔鳥咕咕；
東崗雲霞飛舞去，世間紅塵似有無。

剛把關閉了三個多月的「斗室」大門掀開，立刻有一股難聞的燜臭味，迎面撲鼻而來，我不禁倒退了幾步，晃了晃，穩住腳根，憋住氣，想想已無後路可退，只有勇敢向前。回頭再向「斗室」邁進，趕快衝進去，敞開大門，把冷氣與電扇齊開，猛力扇去室內的怪味。經過大約半天的努力，一切都漸恢復正常，燜臭味也漸漸消失了。

室內寂然，一切陳設依舊。

一進門的小書桌上，擺滿了上次用過的杯、盤、碗、筷，刀、叉、小熱水爐、小慢熱鍋……。桌左牆角紙盒上矗立著的小電鐘，依然滴嗒！滴嗒！準確地在計時，似活活潑潑的小精靈，輕聲細語地向主人招喚著：「歡迎歸來！歡迎歸來！」

書桌右側，半人高的鐵書架上，排列了半架子書，都是上次蒐集的，大多是想看而未果的。旁邊堆著一些雜物。

書桌正面和左側面牆上，張貼著前故宮副院長江兆申先生的畫作「春、夏、秋、冬」及一幅大型山水，把小小書房點綴得美輪美奐，頗俱一點兒書香之氣。

向裡踏上「和室」，安適的小床依然順牆而立，旁邊的地鋪不見了，顯得寬暢了一些。最裡邊的浴室、衛生間，哎！不看也罷。

這便是我「獨立行」的根——據——地。

如今，我是此間的主人，一人獨當一面，身顯位尊，並無養家活口之慮，也不必為任何人負責、操心，只要咱們自問自答，說了就算。再麼，斗室又不設炊事，無需添加開門「七件」煩人事。但無論如何，總得對自己的肚子負責呀！尤其在午夜夢回，饑腸轆轆，揚聲抗議之際，難免要安撫一下啦！

於是，粗定之後，立即跑去附近的「超市」一趟，抱回衛生紙若干包，吐司麵包一條，旗魚鬆一罐，黑芝麻糊及黑糖薑母茶各一袋，紅糖一包，香蕉一爪，蘋果一提，以應不時之需。

休息了一兩天，把時差調適過來了一點，便決定下樓去出征。

清晨六點左右，我揹著背包，拎著陽傘，戴上鴨舌運動帽，踏著不算輕快的步伐，跨過大街，走向台大校園。背包顯得有一點兒沉重，裡邊盛有我每日生活必不可少的東西，如閱讀用的一付眼鏡、小水壺、零錢包、日記本、筆記簿、……還有家私細軟。最重、也是最重要的是一台「蘋果」小型電腦。之所以要隨身攜帶，當然是因為要用它。另外還有一個心照不宣的原因，是怕丟。我常常會作噩夢，說是電腦被偷了，嚇出一身冷汗來。這台電腦裡有我全部的文字檔案，多年來的照片，等等，實在丟不得。至於這把陽傘麼，晴雨兩用之外，還可以當拐杖使，在腳力不濟時，幫著撐一撐，偶而還可以防防路邊野狗之類的動物。那麼這頂鴨舌帽呢？除了擋風、遮雨、護衛吾顱之外，也可讓宵小一眼看不穿你的實際年齡。

這麼一大早去台大幹啥呀？

當然是去運動。

不是去跑操場，也不是打網球，更不是拉單槓。是去文學院大門前庭下，參加一個不尋常的太極拳每晨團練。這個團體，上次來時就認識參加了，有二、三十位團員，個個努力勤練，力爭上游，人人和藹可親，一見如故。此番是一人歸隊，繼續加油苦練。

一年三百六十五天，風雨無阻，假日亦然，日日勤習不輟，由王（浩華）、吳（守智）兩位老師帶領著。一問之下，才知道是正宗的太極拳嫡傳，前面有響叮噹的人物：楊澄浦，鄭曼青，柯啟華。每晨六點二十五分，準時由喊了幾十年的老牌姜班長昂首大吼一聲：「上菜！」，拳練應聲而起，動作極緩，虛實分明，陰陽相調，一一到位，豪不含糊，由前柯老師喊口令（錄音），配以柔美慢板國樂，還有始終未見身影的小鳥，高高躲在樹叢裡，「鼕--鼕，鼕鼕鼕鼕鼕鼕！」地敲著鞭鼓助興，先練「三十七式」，緊接著又做「一百零八式」，前後約四十五分鐘，練畢令人感到心曠神怡，寵辱皆忘，飄飄欲仙矣！

練過拳，常緩步走去「學生活動中心」吃早點，「抓餅加蛋」是我的最愛，配以一杯溫「奶茶」，大享口福之娛。之後何去何從？就要看當日的行事曆而定了。

若排有「健康檢查」之類的活動，我自然要去醫院見醫生，排隊、等待、檢查、取藥，都不在話下，煩人的事少說也罷。要不然，我的第一選擇總是去台大總圖，那兒可以閱報，可以上網（只要在入口處申辦一下即可），更可以讀期刊、覽專書，查舊報（親眼看看自己未曾一睹的舊文章），隨心所欲，重享讀書之樂。

五月初某日，好友古哥及小莫夫婦，欣然相告說：「有一個『中國古代歷史及人物』的通識課程，目前正在進行，非常精彩，可以一聽。」

於是，五月七日，星期四上午九時前，提早赴「博雅一〇一」，出席上課。終於，在恰恰一甲子之後，我又重新當了「台大新鮮人」，揹著書包上學校。

一位中等身材、體型碩壯的呂（世浩）教授，面對滿堂兩、三百學生（其中約有十分之二是我們這種銀髮族），滔滔不絕地講授「秦始皇統一中國」，前後三個鐘頭（其間休息兩次），一會兒在大銀幕上講「太史公《秦始皇本記》」，一會兒口中念念有詞，背誦相關的詩、詞以印證，一會兒又以古論今，提出當下國事問題，要學生思考、回答。真是把一部古史念得鮮活有趣，今昔對比，引人深思。

接著，每星期四同一時間，我都欣然而去，聆聽呂教授精彩的「中國古史與人物」講座。非但如此，還遊說了另外四位拳友，一同去聽講，大家一字排開，並列而坐，聽得津津有味，相與稱快，不亦樂乎！

接下來每週四的課題分別是：「荊柯刺秦王」，「漢武帝」，「王莽篡漢」，……。都講得內容豐富，左右逢源，引經據典，逸趣橫生。呂教授苦口婆心，時時不忘開導在座這一批當今台灣的精英份子、未來的國家主人翁，說：「漢武帝十六歲登基，總理國家大事，發憤圖強，各位，有朝一日你若也當上國家元首，你有辦法嗎？你要怎麼作？好好想一想，不要再死讀書，讀死書，糊里糊塗地過日子……。」噢！期之殷，責之切，深深令人聞之動容。

「Google呂世浩」查尋了一下，才發現，呂教授已出版了三本書：（一）《帝國崛起：一場歷史的思辨之旅》（2015.1.5）。（二）《秦始皇》（2014.6.3）（三）《從「史記」到「漢書」：轉折過程與歷史意義》。並已在網路節目（YouTube）裡開授多種歷史教學課程，大受歡迎，名噪一時。

他是國立台灣大學歷史研究所博士，北京大學考古學及博物館系博士，國立故宮博物院器物處理研究員。最特殊的是，他生而有幸，受教於兩位不凡的名師：（一）毓老師（愛新覺羅），（二）阮（芝生）老師。啟開了他「思辨」的讀史法。

何謂「思辨」？

就是把歷史事件與人物，作為我們生活的參考，了解人性，啟發我們的智慧，時時問問題，求答案，使讀史變得「有趣」，進而變成與我相關而「有用」。這當然與一般只記記人名、地名、時間的讀史方法大異其趣。

噢！茅塞頓開矣！

我一向喜歡歷史，閱讀歷史多年，還辛辛苦苦為自己整理出一套「中國史古今朝代（包括每個王朝所有皇帝起訖時間）一覽表」。但「歷史總是歷史，我總是我」，始終與自己的距離拉得太遠，「有趣」之餘，未能發揮「有用」的功能，今後應當改變讀史法，善自為之。

五月十四日晚上六時半，在「植物系花卉館」有一場專題演講：「香草植物栽培及應用～居家香草聞、品、栽」。一看到這張海報，立刻想到千山萬水之外吾舍燦爛多姿的花園，並思念起日日在花園裡辛勤工作的妻子，此刻也許正在牡丹、勺藥、愛麗思……叢中，左顧右盼，清理枯枝敗葉，或收取薄荷、九層塔葉……。於是便決定按時去參加。

是一間「花卉館」裡的中型教室，每張長桌上早已置好一盆盆植物，有紫色、青色、淡黃的……，用手摸一摸，各有一股異香。

主講人鐘（秀媚）教授，對植物充滿熱愛，風趣無比、滔滔不絕地一一介紹桌上陳列著的各種香草：薄荷、香蜂草、芳香萬壽菊、九層塔、鳳梨鼠尾草、甜菊……。讓我大開眼界，一一品聞了各種香草的奇味，獲益非淺，尤其有些與我家院中者類似，又增添了些許思念之情，若內人也在場，她一定會如數家珍，快活無比噢！

台大園藝系：花卉館

獨立行之二：還島與樹友

校園上，除了「傳道、授業、解惑」的學術交流之外，還有許許多多，各式各樣的課外活動，相關的宣傳海報、旗幟，林林總總，飄飄揚揚，處處可見，令人目不暇給。忽然，其中一張讓我的眼睛為之一亮：「五月二十二日晚六時半，在『思亮館』有『還島：徒步環島六十七天』的專題演講及實況錄影觀賞。」

我因從小在台灣東海岸小城花蓮長大，依山濱海而生，小學、初中、高中都在那兒完成，高中最後一年的教室，幾乎就座落在海邊岩頂路旁，天天聆聽潮聲隆隆，極目遙眺海天一色、浪花飛濺、彩霞飛揚的奇景，所以對大海有一份驅之不去、難以割捨的感情。一見『還島』的告示，便迫不及待地決定去參加。

這是由「台灣海洋環境教育推廣協會」（簡稱：TAMEE，即Taiwan Association for Marine Environmental Education）主辦的推廣活動。協會會長陳人平親自出席主持，年輕、清癯、熱忱、口才好，腦筋靈，一邊放幻燈片，一邊侃侃而談。自稱是一群熱愛海洋的年輕人，近年來持續帶領大家沿海岸線徒步環島，走在家鄉海洋之濱，認識海邊的地質、生態、人文、產業的各種故事。期待大家對海洋的印象不再只是沙灘煙火、撿貝殼、香蕉船、水上摩托車等等。希望用徒步這種最慢的速度接近海洋，養成一種最尊重彼此的生活習慣……。

之後，開始播放二〇一四年，該協會舉辦的環島徒步之旅記錄影片。

一群男女老幼（年齡最長者七十，最幼者四歲），共三十多人，在該協會的安排、帶領之下，徒步繞行寶島一圈，前後六十七天。盡量依山畔海而行，揹著輕便的背包，走在沙灘海濱，日行約三、四十里，親眼目睹家鄉的好山好水（也有遭人為破壞、汙染的地方），一步一腳印，踏在沙灘卵石之上，雙腳浸潤在冰冰暖暖的海水裡。日出即行，日落而止，吃的是協會準備的便當（為了環保，不使用塑膠袋之類的化學物品，每人都自備不鏽鋼質便當盒），住的是路過的學校大禮堂或圖書館，席地而臥（各人的重裝行李則由協會用汽車載運傳遞）。風裡，雨裡，行行復行行，腳走出水泡來，戳破、放水、包好又上路。沙灘被防浪堤擋住了，就沿著海邊公路走，爬上山崗走，越過障礙走，路險地滑也得走，走！走！走！就憑著一股赤誠、傻勁、及對鄉土的熱愛，終於在六十七天裡，完成了環島徒步之旅，何其壯哉！偉哉！

相信人人都有海邊戲水的快活經驗，但要一口氣走完六十七天，總行兩千餘里，這可不是人人膽敢一試的行逕了。看完影片，低頭思量，深受鼓舞與感動，雖已無緣參與，願該協會日日有成，人人懂得如何把該屬於大海的「還」給大海，除了沙灘上的腳印，甚麼也不留。

我每日的「獨立行」生活，想想似乎與「魯賓遜漂流記」有一點兒類似，最不堪的是，連個「禮拜五」的侍從都沒有。除了清晨太極拳團練之外，總是獨來獨往，自得其樂。生活在這兩百多萬的茫茫人海裡，行走在這熙熙攘攘的大學校園上，雖然人潮洶湧，看來看去，都像是海邊千千萬萬、大大小小的鵝卵石，圓扑隆鼕，皆茫茫然，對我一點表情也沒有，不含笑，不點首，我似一股不著邊際的輕風，颸過去，不痛不癢，一點感覺都沒有。久而久之，我也就習以為常，不以為怪了。

說是「不以為怪」，其實心裡總覺得有點兒憋扭，我不是已回到自己的故國家園了麼？怎麼變成了一個不折不扣的「旁觀者」？四周川流不息的人潮，他們的喜、怒、哀、樂，我只能冷眼旁觀，暗自體會，卻無緣參與。我一向喜歡欣賞人像畫，也曾瘋狂似地在火車「區間車」裡偷偷為對座、被我選中的旅客匆匆作速寫。有時，一抬頭，畫中的人物已悄然下車而去，留下一些半成的記憶，令我啼笑皆非（當然，也有許多順利完成的人像畫作品）。如今，在街道或操場上，與我擦肩而過的男男女女、老老少少，何其多也，我暗中端詳他/她們眉宇之間的獨特表情，猜想他們的生平際遇，深深感嘆造物者獨特的奇技，以相同的材質（一鼻、一嘴、兩眼、二耳），卻雕畫出如此千奇萬變、嫵媚多姿的面容，而且又無一雷同！

終於，我認識了一位與眾不同的「新友」，說它是「舊識」也未嘗不可，因為六十年前它就已經在那兒，只是在我那青澀年華裡，彼此尚無緣邂逅。如今，每日清晨，去練太極拳的途中，都要路經其側（也可以說它天天都站在文學院背後東北角之處，耐心苦苦守候），彼此先遠遠互相注目、招呼，等到了面前，伸手輕輕相拂，細細共賞尊容，互道一日平安。唉！說穿了，它只是一棵文風不動的大樹。

校園上，各式各樣的大樹，何止千千萬萬，閣下何以獨鍾此棵？

不錯，大凡人之相知，多以趣味相投取勝，樹、人亦然。這棵大樹（後來發現另外尚有同種者四顆，都並列於其後，長相也都頗獨特，大名是：「白千層」。又發現，台大側門外，新生南路兩旁，盡是高高的「白千層」。再發現「和平東路」師大一帶，街兩旁全是「白千層」，多得不可勝數，但論「長相」之奇特，無一可與「吾友」相較量）讓我一見鍾情之處，就在於它特殊的長相，使我一見而驚，再見則奇，三見更喜。該樹高及三樓，它的下半截（約一個半人高處）長得很怪異，怎麼看都不像是樹幹，完全是盤根錯節，東凹西凸，這兒一包，那兒一瘤，忸忸怩怩，肥瘦無端，胖踵蜂腰，稀奇古怪，讓你啞然失笑，不知所措。等長到上面，樹幹又忽然恢復了常態，主幹分成三岔，像一個雙臂努力向上伸展，昂首對天張口狂號的巨人，一付歷經人生歷練、幾度爭扎、脫穎而出的形象，躍然眼前。

還有一個心照不宣的原因，是自己近日（醫生尚未查出原因）雙腳有些浮腫，人、樹相見，難免產生「同病相憐」之誼。

樹友：白千層

獨立行之三：醉月湖

醉月湖畔逍遙遊，三潭映月謫仙求；
白鷺翩翩舞弄影，水清木華任君留。

清晨，練過太極拳，大約是七點十分左右，距「總圖」八點開門還有三刻鐘的樣子，這是一段「自由活動」的時間，我可以在校園上閒逛。

先沿著文學院大樓東側向北轉，去和我的「老樹友」小聚片刻，遶著它轉一個圈，上下打量一番，摸摸這包，觸觸那凹，欣賞其古怪獨特的尊容。好吧，「白千層」老兄，多保重，咱們明兒見！於是跨過大街，上「第二活動中心」吃早點。之後，再朝北踱，路過「博雅樓」，入內取罐熱開水。信步更往北晃，穿過一段山櫻小徑，不過三、五分鐘便來到「醉月湖」。這是校園裡不可不遊的一景。

六十年前，有沒有「醉月湖」？

不得而知。

那個青澀年華裡，在下是個循規蹈矩的好青年，每天往返於「教室」與「宿舍」之間，乖乖唸書，靜靜聽課，淡淡生活，很少在校園上瞎跑，所以不知道有沒有這個湖。就是有，也應該是個爛泥潭。

如今的「醉月湖」，可非同尋常！

首先，湖名起得妙。「醉月」？多麼浪漫、誘人！我想就是謫仙太白先生再世，也不免要聞名起舞、對影成三人啦！

再說，它的玉顏也的確不凡，真是湖如其名，表裡如一。可是，等你走到湖的近旁，卻發現有一排高聳的「白千層」及他種揪結纏繞的巨樹，遮天蓋地，一絲兒湖影也無。再向前走幾步，又有一排密密麻麻的翠綠野薑花、及高高矗立著的鵝掌形青色植物，插天佇足，擋住了視線，湖水漾漾，盡在花叢之後。

別急！耐住性子，再朝右，沿著石板路向前走幾步。

啊！視線霍然開朗，步道左、右兩側，各顯出一灣湖水，皆呈橢圓型，一大、一小，滿池盡是袖珍式的團團睡蓮，千朵萬朵小白蓮，灑滿水面，哇！哇！蛙鳴，聲如洪鐘，聲聲驚人。一排從小到大的烏龜，整整齊齊地爬在水面斜枯枝上，一動不動，懶洋洋地曬著太陽。水中彩魚成群，悠然滑遊來去。放眼再往前看，見另有一個數十倍大、呈南狹北寬如葫蘆狀的湖水在焉，這不擺明就是「三潭映月」嗎？

在三潭匯聚之處，建有一水泥、木質圓形平台，台上設有半拱型長凳數張，圍列成圓，好讓遊客休憩留連。四周垂柳依依，流瀉及水，倒影晃晃，涼風習習。竚立台上，放眼北望，環湖清翠綺麗風光，一覽無遺。身後左、右兩小湖，水位較高，潺潺流水，經台下水道瀉入大湖。湖裡群鴨（與鵝及其他水禽），大大小小，戲於波間。黑天鵝、白鷺鷥（時而翩翩起舞，影投湖心）、紅頭鴨、還有不知名的禽類也浮游於粼波之上，鴿群上下展翅飛舞，翱翔於湖面樹間。又見赤嘴黑衫黃爪的鴨媽媽，領著一群毛茸茸的小小鴨，搖搖晃晃，在岸邊草叢裡覓食。

在大學校園裡，什麼都要與教學與研究扯上關係，「醉月湖」自然也不能例外。平台圍欄上釘有看板告示，文字與圖案並列：「生物控制水質改善計劃：以水面、水中、及池底的各種生物、植物，維持生態平衡。將微細氣泡，打入水中，提高水質容氧量，改善水質，達成食物鏈平衡」。並警告遊客，不得私自釋放生物入池。

漫步沿著環湖步道而行，穿梭於濃密林蔭之間，邊走邊瞧。見三湖沿岸，盡是用大塊鵝卵石砌成，人工打造的痕跡至為明顯。大湖心水中，高高矗立著一座六角綠頂紅柱、古色古香的涼亭，卻四下孤立，悄無通橋，唯飛禽插翼能渡，怡然聳立亭巔，傲傲然孤芳自賞，安泰怡然自得。

沿湖各式古木參天，有的直聳雲端，有的彎來扭去，伸向湖心，倒影搖洩生姿。木、石長凳，處處皆是，怕您走累了，歇一歇腳吧！

繞湖濱步道走一圈，見樹木的品種還真不少，略微數一數，計有：山櫻花、水柳、鳳凰木、樟樹、垂柳、豔紫荊、紫薇、浦桃、肯氏南洋杉、珊瑚刺桐、蓮霧、龍柏、杜英、印度橡膠樹、黑板樹、大葉按、及正榕樹，不下二、三十種之多，有的樹種是成群結隊而立，浩浩蕩蕩，器宇不凡。在欣賞「醉月湖」水上綺麗風景的同時，湖畔有這麼豐富的樹種，也夠閣下駐足品賞的了。

這座「水清木華大觀園」裡，魚禽偕居，湖光翠影，鬧中取靜，怡然自得，物我同化，天地一瞬，常讓人優遊其中而留連忘返！

噢！注意：「水深危險，嚴禁遊泳、垂釣！」

獨立行之四：樹人之歌

十年樹木苦不易，百年樹人難更難，
斬荊闢荒有人替，修成正果乏人覽。

若獨自再在台大校園上閒逛得久一點，我想自己極可能成為一個「半吊子」的植物學家。

信不信由你。

我是說，發現自己漸漸迷上了偌大校園上千千萬萬的樹種：它們的身型、它們的履式、它們的長相、它們的膚色、它們的髮型、它們的鬍鬚、它們的體香……。這是每天在校園上漫步，東瞧瞧，西看看，慢慢培養出來的一點「感情」。

好在早已有植物學專家，為我作好「闢荒斬荊」的前置工作，幾乎每棵樹腰上，都圍有一條鬆緊自如的彈簧鐵鏈，鏈上配有一塊小綠色名牌（或附近地上插有大一點的看牌）：中文芳名，拉丁原名，樹種科別，都一目了然。我獨自逡巡在校園上，左手持小筆記本，右手執筆，一邊慢慢逛，一邊匆匆記，展開了我的「樹人之歌」，就先從「文學院」咱們的老家開始唱起！

啦！啦！啦！……。

大樓西側呀！有一排高聳挺拔的「小葉欖仁」，葉密遮天，清涼爽怡。順勢略南，朱銘「太極池」畔，有「紅淡比」，「大頭茶」，「欖仁」（使君子科），「蘭嶼烏心石」（稀有品種，可惜病了，似已病入膏肓，診治無效，葉盡幹枯，嗷嗷待斃，可憐！）。文學院大門兩側，有許多枝葉扶疏的巨型樹種，左右各有五、六棵，都是「欖仁」，葉呈橢圓型，似爪狀一叢叢聚集，沖天而立，氣勢軒昂。正門與「傅鐘」之間，左、右各有「茄冬」一株，高大挺拔，碩壯繁茂，葉端結青實（小綠果果）壘壘。兩樹下，各長有幾棵「蘇鐵」，莖幹與枝葉呈「彎弓射虎」狀，健朗挺拔，似乎六十年前就是這個樣子，并沒長高長大多少。

且慢！請再仔細瞧瞧！最左邊這一株，不是長得既高且壯麼？細針對稱的長葉，一片片向四邊垂射翻轉，頂上還開了一座淡黃色、類似冠冕的圓球，鐵樹開花，甚是罕見噢！

文學院東邊，有「正榕」及「白千層」數株，其中一株「正榕」，鬚毛奄奄，也在違和之中，正打著點滴、挖了溝豁診治中。文學院背後，東、西兩邊，各有五、六株「白千層」，長得奇形怪狀，望而生畏，近則喜之，而怪中之怪，首推我的「樹兄」，它的奇特尊容已在另文中細述過了，恕不再贅。

沿「耶林大道」，迎著晨光向東走，去「總圖」的途中，左邊是「土木工程學系」。正門兩側，各有五、六棵高大碩壯，直沖樓頂的「樟樹」，樹桿呈烏色帶綠斑，枝椏東扭西拐，盤結向上，綠蔭拂天，自成一景，路過其下，隱隱似聞淡淡樟腦異香，飄颻而降。相信人人都曾用過晶瑩潔白的「樟腦丸」，對那刺鼻的異香印象必深，樟腦能殺菌去蟲，功效卓著。難怪又「土」又「木」的學系對它深有偏好，擇而種之。該系正門兩旁，各植有「福木」（金絲桃科）一棵，葉圓似掌，體圓福泰，真是樹如其名。

再往東走，路過「圖書資訊學系」（也是「婦女研究所」，「人口與性別研究所」），大門兩邊各植有三、四棵「落羽松」（杉科），圓聳叢叢，葉片細長，狀似袖珍型鳳羽，飄飄下垂，綠茵洩洩，搖晃生姿，美極難述！再向東走，又喜見「落羽松」數棵，更是青豔魅人，心為之撼矣，一時間，竟忘了再另尋芳問柳。

校園上另一個值得細述的地方，那就是「文學院」對面的「傅鐘」。

四年裡，誰敢說沒有與它發生過關係？光是那「噹！噹！噹！……」震耳欲聾的鐘聲、及隨後「嗡嗡」的低音沉鳴，就讓你無所遁形。離校後，它又在心裡繼續敲了幾十年，促人往前一站一站趕路！

依依佇立「傅鐘」大人膝下，仰望圓圓巨顱，別來無恙乎？口中默默向銅顱大人祈禱：「……小子敏京，孤舟獨航，今番歸來，六十載矣，風中雨中，歷經艱險，老兵未死……。」回顧往昔，百感交集，欲述無言。

細審「傅鐘」容貌，似與當年無異，鐵架上的那口圓鐘，依然固我，高高懸掛半空，睜眼四顧，暢耳細聆，審察腳下匆匆來去的千萬學子，都欣欣向學否？皆安然歸來乎？仍依舊邁步登高臨危壓？

「傅鐘」四角的四棵「龍柏」，碩壯青翠，傲然挺立，護衛著鐘架與巨鐘，其下的幾株「蘇鐵」也伙聚同甘共苦，無視艱難。「傅鐘」東、西兩旁，各長了一棵高聳托天、枝椏扭轉的「鳳凰木」，垂纓晃晃，青鬱翠翠，樹巔正綻放著鮮紅的花朵。又是六月天了，另一批學子即將躍出校園，揮別而去！

拾級踏上「傅鐘」圓臺，見東、西、南、北四個方向，各有一個出入口，每個出入口的兩側，又各有一對圓拱頂、半人高的石墩（共八隻）。在偏西的一個石墩上，鑲有一塊銅牌，上面書道：「傅鐘。『一天只有二十一小時，剩下三小時是用來沉思的。』民國三十八年，傅斯年擔任本校校長，奠定本校基石。本校為紀念傅校長的貢獻，鑄造了傅鐘，而傅鐘已成為台大的精神象徵。傅校長的思維哲學正是傅鐘二十一響之來由。」陳維昭，民國九十一年九月二十二日。

一件奇妙之事，今天在「傅鐘」臺上發生了！

近來因運動不慎，傷到右尾履骨，走路時有些疼痛，心甚憂之。忽見「傅鐘」臺上，有一晨運者，把整個身體仰靠在圓拱型石墩上，然後左右不斷搖擺滾動。我亦如法泡製。說也奇怪，疼痛隨即消去不少。同日午後，又再去做了一次，疼痛又減輕許多。我想若再多做幾遍，身體終必可復原。冥冥之中，似有「傅鐘」神祉顯靈，慰問學子，保我平安。

好了，讓我們從另一個方向在校園裡再逛一逛吧！

由大門向裡面走走，如何？

一踏進校園正門，視線立刻被波瀾壯闊的「耶林大道」吸引住了！放眼向東看，見兩排一望無盡、高聳插天的「大王椰子」樹，整整齊齊，朝向遠處的「總圖」漸漸匯聚。

「大道」兩旁的路型結構對稱相似：一條窄一些的人行道，與一條寬一點的車道，相互平行而建，其外則是節毗林立、一棟一棟的建築，迤邐而東。道路與道路之間的花圃裡的花與樹，也似乎是循著平行對稱的方式來種植的。

與「大王椰子」樹最靠近的是兩排杜鵑花（每年三、四月間，杜鵑齊放，萬紫千紅，一片花海，「花開時節動京城」，令人驚豔雀躍！）杜鵑之後是稍高的「山茶花」，「山茶花」之後則是大型「樟樹」並夾雜些「龍柏」，都相聚排列一起，默然成規。

若沿著右邊建築向東走，第一棟是「植物病理學微生物學系」，及「戲劇系」（這顯然是後來加擠進去的）。剛走到大樓東廂，忽然眼前似雷霆一霹，轟隆！出現一顆三、四人合抱、巨無霸的「白鯨」型大樹，碩壯枝椏五、六岔，褐色帶青，盤結如龍，繞轉向上托天，蔭蔽遮日。我被這顆昂然糾糾的樹神鎮懾住了，嚇得趕緊佇足向前細覽，見樹牌上書道：「台北市受保護樹木，『樟樹』，樹木編號：七三四，Camphor Tree Cinnamomun camphora（L）PresL，『台北市樹木保護自治條例』標準，依法予以保護」

親臨「白鯨巨樟」的震撼之後，我的「樹人之歌」還要繼續唱下去嗎？

至此，我在文中已提及的樹種，大約是校園裡樹木總和的「千分之一」，時間與體力可能都不允許我踏破鐵鞋，再一株一株，努力高歌下去。

或許，若來日有幸，在校園上再巧遇到幾株「奇樹異木」，我會歡喜若狂地加添上去。看樣子，想當個「半吊子」的甚麼東西，都不是一朝一夕、輕而易舉的，我還是乖乖地做點安份守己之事為妥。

再者，若閣下對區區的「唱腔」與「演出」，覺得尚值得嘉許，予與喝采肯定，演出人或許又會卯足丹田之氣，奮力往下再唱幾段，也不一定。

啦！啦！啦！「一馬離了西涼界……」。

台大傳鐘

歸去來兮

懷著陶淵明式的「賦歸」心境，於七月初，由「松山」登機，踏上回程。

在台北滯留了兩個多月，經歷了一段頗為異樣的「獨立行」生活，每日踏著晨曦豔陽，獨來獨往，聽課練拳，讀書述文，結識三兩同好，品嘗八方佳餚美味，遍遊校園青翠路徑，留連「醉月」水清木華，驚遇碩壯奇樹異木……，真也不虛此行了。

但，回家總是令人雀躍興奮的！

「田園將蕪胡不歸？」

噢！看來區區的小命似乎較之陶先生者猶略勝一籌。咱們那個迷你「田園」並未因我他去而敗落荒蕪，反是繁花似錦，春意盎然，秋韻晃蕩，都只因有太太留舍駐守，坐鎮清理，園子才能顯得井井有條，不亂不紊。

僕僕風塵兩日旅途，清晨抵舍，一落車，眼前忽電光一閃！綠蔭叢中正高高挑掛著一大排上下參差的「小紅燈籠」（大花卷丹），在晨曦裡搖晃生姿，爍爍放彩，似在熱烈齊聲呼喚著：「歡迎歸來呀！歡迎歸來哦！」

另一邊，半人高的橢圓形竹圍裡，正綻放著朵朵鮮麗的「一日花」，高高矗立著，似在伸首向人探視翹望，有大紅的(Spiderman)，金黃的(Malaysia Monarch)，還有粉紅的（Rainbow Mist）。

「你瞧！」太太指著竹圍說，「圍得這麼密，麞鹿依然不時破籬而入，專來偷花啖蕊，防不勝防！」獨自理園之辛苦，一語道破，令人心疼。

金黃一片的「黑眼菊」，這兒一叢，那兒一簇，點綴得滿園秋意，喜氣洋洋。

兩人各東、西，獨在天一涯，相去萬餘里，爲時兩月餘。如今，行行重行行，又如期相會了。重逢的喜悅，一時似無語能述，只得相顧燦然，哎！盡在不言中。

入舍，坐下來喝杯水，洗把臉，稍歇片刻，太太興奮地說：「來！我們去後院看看！」

一腳跨出通往後院的側門，放眼望去，滿園英蕤，驚喜萬狀，情不自禁，大喊失聲：「啊——！」

……。

……。

……。

……。

……。

（看官，敦請閣下善自運用您的想像力，來增添彌補上面幾段未竟的園中景緻吧！茲暫不贅述，請諒。）

乙 海外生活與遊歷

【春輯】

早春的奇遇

春日午後，拄杖外出散步，沿著「晨曦路」緩緩而行，路旁兩邊屋舍節毗林立，各家前院的樹叢都長出嫩綠的新葉，青草地上撒滿了斑斕的小花，一片春回大地萬象復甦的景緻。

遠遠遙見一個小女孩獨自在車道路邊玩耍，她轉過來跳過去，自得其樂。心想，等我走近些，她一定因害怕或害羞而先躲回家去了。

咦！她居然沒走，仍留在原地，似乎在期待甚麼。

我再走近些，小女孩背著雙手，微笑相迎。滿可愛的小樣子，一雙圓亮的眼睛，長髮垂肩，大約有六、七歲吧？

等我走到面前，她突然伸出雙手，捧著一束白紫相間的小花，說，「我要把這束花送給你！」

我小吃一驚，倒退了半步，回說，「哦！妳自己留著看吧！」

「不行！一定要送給你，你再轉送給你太太吧！」

咦？小小年紀，居然言之成理！只好說聲謝謝，把小花束接過來。看看都是早春草地上的小野花，白的是風信子，紫的是紫蘿蘭，色調調和，小巧可愛。

「你是中國人嗎？」她仰著頭問。

「是呀！」

「喔！我班上有幾個中國同學哩！」

「他們對你好嗎？」

「很好！我們是好朋友呢！」小女孩高興地回答著。

「你叫甚麼名字？」

「安娜！」

「噢！安娜，謝謝你送我的花！，再見！」

「再見！」

我捧著小花束，快活地拄杖漫步走回家。

春天裡的人與鳥

我家後院，約有六分之一畝地。

院子中心，有一排數拾年的葡萄老藤，由北朝南，盤結游走如龍，將地一分為二：其東，是菜園；其西（與屋舍之間）則闢為花園。在花園偏北處，有一塊大約十來尺見方之地，常年堆積著朽木，雜草叢生，蠻荒未開。

前一陣，欣然在室內順利培育出許多種苗，計有：南瓜，大番茄，小黃瓜，茄子等等。苗兒由土裡先後一一蹦出，欣欣向榮，嬌潤欲滴，散發出一股盎然的春意，遂興起把這塊荒地開闢出來，化荒蕪為良田，讓種苗在泥土裡好好成長結實的構想。

先將堆積多年的朽木燒成灰燼，作為堆肥。接著是翻土，除草，整地。喜得近來春雨連綿，土壤鬆軟，挖地不難。一鋤一鋤又一鋤將泥土挖翻過來，穩坐在自製的小板凳上（因老農膝處有疾，蹲下不易），左手拎起一叢叢野草，右手揚起小鐵鏟，使勁敲敲打打，把附著在草根上的泥土敲鬆打散，再一叢叢拋棄入桶。

在這個挖土去草的過程中，欣見泥裡蚯蚓壘壘，大大小小，四處鑽竄，粗粗細細，多不勝數。心想：「這不正是去湖畔垂釣，引誘魚兒上鈎的好材料嗎？」

「啁！」耳邊忽然傳來一聲鳥鳴。抬頭看，原來是一隻黃嘴斑頸朱胸灰羽長尾巴的知更鳥。牠兀立在土堆的另一邊，斜著頭，睜著一對小圓眼，凝神注目而視，像是心中有事，亟待我的回音？一時還不知用何種「鳥語」或「手勢」向牠示意問好。只見小鳥迫不及待地，跳！跳！跳！三步併成兩步，跳到土堆的低窪處，用尖嘴向土中猛啄幾下，連叼帶拉，拖出一條細細長長的小蚯蚓，銜在嘴裡，蚯蚓使命掙扎不得脫身。鳥兒又三蹦兩跳，再叼出一條，依然銜在嘴裡，滿嘴是扭曲擺動的蚯蚓。忽然憶起美國十九世紀女詩人愛默麗．蒂肯蓀（Emily Dickinson, 1830~1886）那首描述小鳥吞食蚯蚓的名作，詩中那種生吞活嚥的景像，與眼前所見者大不相同。

又是「啁！」的一個小悶鳴，牠銜著滿嘴活扭扭的蚯蚓，展翅飛去。先在屋旁松枝上稍作停留，再飛到屋簷下漏水管斜叉上的窩巢裡。立即有兩三隻黃潤的小嘴，向上大張，嘰！嘰！嘰！爭先恐後地搶著向媽媽領取食物。

往後幾天，這隻媽媽鳥便成了我田中工作時的好伙伴，牠略有戒心地與我保持一點兒安全距離，時時相隨，守在田邊，亦步亦趨，分享泥中美味，捎回去養家活口，哺育子女。

我對這隻媽媽鳥為子女付出的辛勞及關愛至為欽佩與感動，便向牠示意說：「好吧！咱們來個君子協定如何？田中蚯蚓，你我各半，小的歸你，大的屬我。你要養家活口，其情可憫。我則在母親節要陪太太去湖邊釣魚，不也是理所當然？」

於是，人與鳥、鳥與人，截長補短，各取所需，相安無事。

我一邊在田裡工作，一邊把大一號的蚯蚓一條條置入一個豆腐盒裡，估計應有六、七十條之多。盒內敷之以土，並暗藏在田中小板凳之下，專待母親節來臨，去湖畔垂釣時，呈出備妥的魚餌，給太太一個意外的驚喜。

沒料到，真沒料到，母親節前夕，我暗自欣喜地去田中板凳下收取魚餌時，赫然發現，盒中除了泥土，已是空空如也，一條蚯蚓的蹤影也無。

我捧著空盒子，呆立田埂上，心裡茫然若失，半響說不出話來。

「啁！啁！啁！」那隻小鳥兀立枝頭，放聲高歌，似在向人不斷「哈！哈！哈！」大笑著。

我們去看湖

「西雅圖」，湖水環繞，翠林夾岸，飛紅片片，屋舍隱映其間，頗有江南水鄉澤國之趣。座落在其東的「麗景鎮」（Bellevue），亦復如此。東面有「莎漫彌溪」（Sammamish），西邊有「華盛頓」兩個大湖，呈包夾之勢，把山城緊緊擁抱起來，依山旁水的住戶自是不少。

吾兒的居所位於「麗景鎮」南郊，按地圖顯示，離湖水不遠，撩人躍躍欲試，極想前往一遊，親賞其湖光山色之美。五月中旬一個週日午後，風和日麗，雲霞飄揚，是出遊的好時機，我們束裝就道，漫步去看湖。

走出巷口，朝右拐，沿第一〇四街緩行上坡，走不到百餘步，來到第十六巷，再向右一轉，這便是直通湖濱的一條大道。

順著微微下降的馬路朝前走，略向左彎曲。沒走幾步，路勢忽急坡猛墜，似在催人快步向前。道路兩邊，屋舍節毗林立，各依不同的傾斜地勢而建，形狀高低參差，各具特色，庭台樓閣，都極精緻美觀，看得人驚艷連連。尤其各家屋舍之前的花圃，一一按其地形，或圓或方，或長或曲，精心設計，花木盆景，各自安排得錯落有緻，像在爭奇鬥艷一般，讓人喝喝稱羨。

邊走邊瞧，慢慢品嘗沿途的美好景緻。欣見一家庭前櫻花已然綻放，微紅滿枝，煞是好看。另一戶人家院心有一株枝椏繁茂的果樹，上面懸掛著大大小小圓形玻璃彩球，都在艷陽裡晃晃透亮、閃閃發光。咦！這家人牆邊種有叢叢的南天竺，小小紅果纍纍，葉片翠綠摻紅，雅色綷發，令人「欲行還小立，為愛滿枝紅」……。

猛抬頭，忽見碧藍湖水，隱現於叢林之後，晶波漾漾，粼光晃晃。兩人相顧而笑，齊聲說：「湖走到啦！」

在密集的住戶庭院之間，有一條寬敞的公用步道，直通湖濱，又有一架木橋，約莫二、三十公尺長，由湖濱一直伸向湖心。我們踏上木橋，來到橋端，放眼向湖水對面眺望，見粼粼波光盡處，一線蔭蔭叢林之後，西雅圖市中心的高樓大廈，插天而立，隱隱可見。

向左看，一大片濱湖的山坡地上，密密麻麻，星羅棋佈，建滿了屋舍庭園。午後斜陽，灑落在幾家面湖屋舍的大玻璃窗上，一道道閃閃晶光，反射投入湖心，在水面掀起長長金波，似銀龍顫舞，閃爍晃漾。

回頭看，見近處臨水的住戶，家家屋舍興建之考究多姿，屋後庭園之華美精緻，真是向所未見，大大出人意料之外。庭園面湖處皆設有鐵門，可拾級而下，直抵岸邊，水旁設有浮橋，橋端則停靠著大小不等的各式帆船與遊艇。

是時也！藍天裡白雲朵朵齊飛，碧水上彩帆點點并馳，遊艇快速穿梭來往，各盡其樂。這水鄉澤國的鮮活情境，總算讓我們見到了一個難忘的美妙畫面。可想而知，這湖光山色，在四季的換變，晨昏晴雨之交替中，必有無以言傳之千萬良辰美景待賞，恐非兩個匆匆一遊的過客所能見其萬一。

三週之後，我們舊地重遊，仍由原路走向湖邊。

今天天候不佳，陰沉欲雨，濃霧籠罩了整個山城。一路走去，只見道旁屋舍庭院皆朦朦朧朧，似霧裡看花。等到了湖邊，則更是天連水、水連天，白茫茫一片，啥都看不見，彷彿天地已凝化成一幅朦朧的「米氏[1]」山水。

正凝神遐思中，忽見雲霧裡，悠悠悄悄然，飄來一葉輕舟，由右向左，緩緩滑過霧氣瀰漫的白色紗幔，散發著一種說不出的寧謐、壯嚴、超凡、與神祕。

駐足凝視良久，忽有飄緲凌空、羽化而登仙的逸趣。呵！莫非是「子建」的〈洛神賦〉[2]此刻又重新登場上演？

這便是我們與「華盛頓大湖」，匆匆相見的兩面之緣。

---

1 米氏：即宋米芾（一〇五二～一一〇七），字元章，是歷代傑出的書畫家，以繪製朦朧山水著稱。

2 「子建」：即「三國」曹操的第三子曹植（一九二～二三二），字子建，以「七步成詩」享譽詩壇。〈洛神賦〉是其不朽之作。詩中描述「宓仙」下凡之美境：「御輕舟而上遡，浮長川而忘反……」。

四個春天之後

一春二春三四春，繁花似錦落英紛；
冰溶雪消悸猶在，竹籬倒塌須人撐。

今年這個「三羊開泰」的「羊年」有點兒特殊，與往常頗為不同。開春以來，我們一連經歷了四個春天……。

噢！這話怎麼講?

猜猜看吧！

聰明的你，猜對了，這必然與東奔西馳的「離散」生活有關。

元月下旬，我們告別了寒流不時來襲的寶島，返鄉歸舍。但鑒於是時美國中西部一帶霜雪正繁，酷寒難當，不敢貿然與零下低溫的銳鋒相周旋，遂決定暫不歸舍，先去兒女家走走，避避奇寒的鋒頭，也可與兒孫小聚，共敘天倫。

第一個春天：「聖荷西」

我們於二月初來到「聖荷西」，在大女兒家作客，適逢三個孫兒（各為十五歲，十二歲，八歲）放春假有暇，遂伴著天天出遊踏青。喜得春光明媚，豔陽高照，藍天白雲，氣溫宜人，家家庭園裡百花齊放，滿樹春花曜眼，純白的、粉紅的、豔紅的，這兒一叢、那兒一簇，真是春色撩人！

我們在大片如茵的青草地上散步、放風箏、曬太陽。繞著小湖漫步，觀賞湖上群鴨戲水，嘎嘎長鳴、噗噗雙飛，岸邊春花，一叢叢一簇簇，都在陽光下，綻放美姿。

如此歡聚數週，盡興而別。

第二個春天：「麗景鎮」

二月下旬，我們飛抵「西雅圖」，媳婦驅車來接，即返回「麗景鎮」家中。

「麗景鎮」（Bellevue）位於「西雅圖」東邊，兩城之間有「華盛頓大湖」相隔，湖光山影，春色正濃。一轉入巷子，眼前忽然閃現兩叢高聳的「木蘭」花樹，一純白、一紫紅，似向來客熱烈地招喚：「歡迎光臨！歡迎光臨！」令人精神為之一振。屋前圃中，水仙、風信子、愛麗絲、荷包牡丹（Bleeding Heart）都正盛開。即與兩個孫兒（四歲及九個月）戲遊於花叢樹下，含飴弄孫，競相撿拾松果，置入籃中，樂其所哉！

兒子家位於「麗景鎮」南郊，有一條蜿蜒起伏的大道通往湖畔，道旁屋舍節毗林立，各家舍前花圃裡，春花爭相綻放，各色各形的水仙，在道旁微風裡，搖搖晃晃，似在點頭相迎。沿塗時見籬邊高聳的花樹，純白李花、紫紅木蘭、粉紅櫻花，一叢叢令人驚豔連連，不禁佇立樹下，昂首細審，陣陣花香，飄逸而下，似人間仙境，無復他求矣！

等走到湖畔，更是水天一色，帆影點點，春花夾岸，美得醉人！這是我們常樂遊之地，以前也曾數次來此，寫成小文「我們去看湖！」以誌。

另外，麗景鎮北郊小山頭上的「植物園」，更是賞花必去之地。在短短一個月裡，我們先後去了五次，眼見滿圃春花每次的成長、變化，此起彼落，驚喜不已。

第三個春天：「納溪城」

三月底，飛到「納溪城」，這是「田那西州」的首府，以「民歌之都」而名聞遐邇。我們來到二女兒家中作客，有剛滿十三歲的孫女「之蕊」相伴。

是時也，「納溪」滿城無處不飛花，放眼看去，盡是皚皚李花白，潔瑩清爽，滌人肺腑，市容亮麗美觀。

女兒家園中，水仙、日本垂掛櫻花、愛麗絲、木蘭，都正盛開，眾花齊放春意鬧，彩紅一片喜洋洋！

第四個春天：「布城」（亦稱為「花城」）

小聚一週，驅車北返歸舍，五個小時後馳抵印州「花城」，正是陽春四月之初的光景。為了行文簡捷方便起見，以往我常把該地以「布城」名之。其實，若從英文字意來看，Blooming+ton，即「開花之城」。小鎮一到春季，名符其實，城裡城外，一片萬紫千紅，飛花滿街，落英繽紛，看得人目不暇給，心花不禁為之怒放。

這次倦遊而返，感觸良深，離開長達五個多月，院裡群卉，不以被遺棄疏忽為意，依然按時先後綻放。初春的「番紅花」（crocus）、封齋花（Lenten rose）、雪珠花（snow drops）……都已開過，各色水仙正大放異彩，迎接主人返舍。紫丁香、愛麗絲、牡丹、芍藥、迎春花……都爭相向主人問好：「歡迎歸來！歡迎歸來！」一片歡愉之情，此起彼落。女主人歡天喜地，整天從早到晚，不斷地在院裡整頓、除草、施肥，忙個不停。

經過一個嚴冬冰雪的肆虐，屋舍園子折損不少，需要料理、修復。前院大楓樹的枯枝，大大小小，橫七八豎，落滿一地，需盡快清理。屋簷漏水管阻塞了，需要疏通。竹籬東倒西歪，亟待重建……。

這一連串的工作，就由咱二老分擔了。用小拖車搬運朽木，以鐵梯攀屋簷疏通漏水槽，伐長竹修補籬笆……，都一一奮力完成。此外，園裡雜草需要拔除，梨樹、蘋菓樹發花了，需適時撒藥除蟲。艾草狂飆，滿園盡是，需要控制……。

有人說：「園藝是一項永遠作不完的工作。」一點也不錯，不管你多認真，不論你多拼命，日出而作，日落而歇，就是永遠做不完，而無言的樂趣也就蘊藏其中。

附記

旅途中、歸舍後，得打油兩首，錄此以誌。

荷西告別赴雅圖，東奔西馳訪三盧；
匆匆小聚了心事，兒孫自有兒孫福。

眾花發發仰首看，二老終歸旅塗安；
除草結籬忙不盡，做來做去做不完。

春之「出土歌」

一個漫長的嚴冬，幾經波折，到三月底終於已近尾聲。氣溫漸漸回升，園裡早春的各色番紅花（Crocus），水仙，封齋花（Lenten Rose）等等，一個個爭先恐後，猛然湧出地面，東一叢，西一簇，把枯枝敗葉的冬景，點綴得鮮豔奪目，五彩繽紛，令人驚豔連連。

老農喜見春色來臨，他的第一個念頭不外是：「要把握時間，趕快播種！」去秋，後院田裡收穫壘壘，意外地大獲成功，讓他與老伴都喜不自勝，頓頓加餐。

在一個約九乘十乘二十公分、五面鑲有透明玻璃的長方形木匣子裡，順利地培育出一些幼苗，計有：油瓜（Butternut Squash）五顆、小黃瓜四顆、台灣大南瓜三顆。隨即趕緊除草、墾地、施肥、搭架、築籬（防鹿）。五月母親節前後，氣溫穩定了，就把苗兒分別種入田裡。經陽光及雨露合力催喚，瓜藤節節向上竄升，伸出螺旋絲卷般的小手，緊緊扣住竹桿，迅速往上攀爬。藤兒四竄遊走，各顯神通，你來我往，糾纏在一起，不出一個半月，架上錯綜盤結的青藤已分不出彼此，一片翠綠。

稍後，等朵朵黃花開過，結成正果，油瓜、小黃瓜、大南瓜，漸漸顯出了各自的原形，像吹氣球似地，忽然碩壯起來。長的長，圓的圓，胖的胖，一個個垂掛藤下，那豐碩的景緻，是苦盡甘來，溫馨的享受。滿籃滿筐、沉甸甸的秋收之樂，讓兩老笑逐顏開，盤中佳餚，享之不盡。去年豐收的景象，歷歷在目。

今春三月底，老農如法泡製，把那個長方形的匣子找出來，匣裡放好一排狀如「田」字型的方格小厚紙盒，每一小格裡盛滿「發子營養土」，再把種子一格一粒，插入土中，澆水後，落蓋。

每天，他一早起床，第一件事便是去，打開匣蓋，澆水。若天好，便把匣子搬去室外曬太陽，向晚又搬回室內，以防被凍著。如此這般，似陶侃搬磚，靜靜地期待幼苗出土，有點像盼望嬰兒誕生的心境。

約莫兩週後，忽喜見從方格的泥土裡，冒出一點綠意來。

「種子出土了！」他興奮地趕緊跑去告訴老伴，讓她也來看一看，共享這初生的喜悅。隨後幾天，接二連三的綠苗，分別從土中一一冒出，給老農帶來一種無以言傳的歡欣。君不見，出土的苗兒活似古型漢語的「子」字，兩片橢圓嫩綠的葉瓣，高舉雙手呈「Y」字形，迎著陽光，「嗨活！嗨活！我們從睡夢中甦醒，衝破黑夜，乍見光明，向著太陽，努力往上爬呀！努力往上爬呀！」，合唱著「春之出土歌」。

它們使勁從泥土裡掙扎出來，有的順利成長，不斷把嫩桿拉長伸高，葉片變大。有的在匆忙之間，來不及將種殼推掉，像戴著一頂兩端露尖的「童子軍」帽，扮成小丑，匆匆登場，引人發噱。另一株小苗兒出土的過程，真是令人驚心動魄，讓老農看在眼裡，急在心頭。小苗兒從泥縫裡微微露出些綠芽，頂住一大塊泥土，努力往上推，怎麼推也推不動，但非把泥塊推開不能出人頭地！老農想，這麼嬌嫩的小苗兒，如童話故事裡的小姑娘，哪來的勁兒，怎能抵擋得住這惡魔般的泥塊怪獸？幫她把這泥塊挑開算了吧！繼而又想：不行！不行！還是靜觀其變，看看小苗兒如何勇敢地面對「泰山壓頂」的挑戰。

老農屏息作壁上觀。經過一天、兩天的掙扎推擠，小苗兒努力拼鬥，不斷推舉，終於把大泥塊撬開，伸出頭來，笑顏滿面，歡欣鼓舞，迎接晨曦。那種歷經苦戰，獲勝的欣喜，老農深感與有榮焉。

近二十顆種苗都已出土，一片欣欣向榮之氣。往前還有一連串的工作要做，好在老農有去年成功的經驗，應可駕輕就熟。只要安步就班，努力以赴，不出意外，另一個大好的豐收，指日可待。

後記

上文的工作時間表如下：

・二〇一四年

・三月二十三日播種（約兩週後種苗紛紛先後出土）

・四月二十四種苗入田

・六月十三日油瓜（Butternut Squash）及小黃瓜已攀上一人多高的瓜架，開始發花結瓜了。

・八月二十五日滿架大大小小的瓜，黃的、青的，尖的、圓的，二、三十個。

・十月二十九日，氣溫突降，只得把瓜兒全部從藤上摘下，統計前後共採瓜大小五十餘粒。

春之「出土歌」續集

按拙文『春之出土歌』中所記，瓜苗成長了近三、四個月之後，紛紛猶如參加攀高競賽似的，匆匆爬上了一人多高的竹架，向四面八方游走，瓜葉翠綠映日，團團撐向蒼空。巨型黃花朵朵綻放之後，果然如期結實壘壘，活像吹氣球那個樣子，瓜兒一天天變圓變大，東一個，西一個，懸掛滿架，且個個沈甸碩壯，看得老農心花怒放，笑逐顏開，種瓜得瓜，其樂何似！

但有一點，讓老農心裡有些納悶，困惑不解。那就是，藤上結瓜顯然有迥然不同的兩種面貌與色澤：其一，米黃色，體型上尖、下圓、脖長，與一般之油瓜（Butternut Squash）相似。其二，青色帶一道道黃斑，體型有上尖、下圓、脖長的，也有圓圓胖胖、大腹便便如鼓者。這是怎麼回事兒呀？

明明初春播種時，瓜種都取自同一個米黃色、上尖、下圓、脖長的母瓜，也就是一般油瓜（Butternut Squash）的那種，如今卻意外地增添了另一種顏色與形狀。到底何以致之？左慮右想，百思不得其解。

只好去鎮上圖書館想辦法，欣然借到一本《瓜類大全》（*The Compleat Squash: A Passionate Growers Guide to Pumpkins, Squashes, and Gourds*, 2004, by Amy Goldman）。讀到第五章，〈手傳花粉〉（Hand Pollination），終於把謎底解開了。

據作者說，若要保持瓜種純正不變，則要在藤上花開時節，親手把同一藤上的公花粉，以棉花團輕觸之，即轉撒入母花花蕊中，使其快速人工受精。隨後，趕緊把母花花朵關閉包緊，以細繩繫牢，勿讓蜜蜂闖入，以免撒下別類公花粉云云……。

噢！奧秘原來如此。

憶及去年在種植米黃色油瓜（Butternut Squash）的同時，在後院的另一端，也種了青色黃斑的台灣大南瓜，圓圓胖胖，香甜可期，令人垂涎。顯然，在花開朵朵春意鬧之際，蜜蜂充任了紅娘，從中穿針引線，為瓜兒作了嫁妝。

好在我們並不挑剔，管它是黃、是青，是尖、是圓，只要是瓜就好。

瓜的種類繁多，品類體型色澤不一，口感也不盡相同，享用方法更是多樣。油瓜最簡易的烹調法，就是把瓜去皮後（其實，瓜皮最有營養，煮熟亦可食，口感不錯，惟外層有一透明薄皮，揭下即可），切成小塊塊，置入油爆大蒜鍋裡，加半杯清水，撒少許鹽粉和蔥花，攪拌之，煮軟即可食用。保證香、甜、綿，入口即化，大快朵頤不遲。

隨文奉上敝人小照一幀，請看老農擁著四隻大油瓜（黃、青各二）、心滿意足、神采奕奕的壯觀場面！

若閣下見瓜心動，也有躍躍欲試之意，不妨來函索籽，明春請早，是黃、是青，是尖、是圓，聽天由命，概不負責。

筆者與油瓜

崎梧園

座落在田那西州納溪城（Nashville, Tennessee）的西郊，有一片百餘畝大小的園地，其中林木蒼翠，綠草如茵，湖光粼粼，丘嶺起伏。小山坡頂上，有一棟古色古香的宏偉建築，高高矗立在藍天白雲之下，四周石板步道，如蛛網一般，上下縱橫穿梭，圍遶著大大小小的花圃，早春的花朵，都已綻放，水仙、紫羅蘭、番紅花（Crocus）、鬱金香、雪珠花（Snow Drop）、封齋花（Lenten Rose）……，滿圃皆是。樹上粉裡透紅的木蘭花，還有雪白耀眼的梨花…，叢叢滿樹，處處可見。

這便是名聞遐邇、人人樂遊的「崎梧園」（Cheekwood Botanic Garden）春景之一瞥。

今春三月中旬，我們趁南下「納溪城」之便，又往該園，故地重遊，一連去了兩個週六。喜得春風和暢，萬象甦醒，目睹大自然的良辰美景，如何在短短七日之間，猛然湧現枝頭，迎春怒放！

這片園林，據悉源自一位姓「崎」的人士（Christopher T. Cheek）他於一八八〇年代，前來納溪城經商，生意欣欣向榮，十多年後，娶了「梧」家千金（Mabel Wood）為妻，得子、女各一。隨後，研發出一種可口噴香的咖啡，人人愛喝，遠近聞名，財源滾滾而入，遂成了億萬富翁。

致富後的崎先生，以美金四千萬元，購得城西郊一片百餘畝林地，並以重金從紐約聘來名建築師（Bryan Fleming），在小山頭上，用石灰石材質，興建起一棟英國十八世紀型的四層古式豪宅，又廣建四周庭園，增設涼棚、假山、流泉，塑造裸女、雙獅、天鵝等雕像，分置園中，極盡美輪美奐之能事。一九三二年竣工，次年全家遷入。

崎家四口，在華屋林園裡，安居樂業不到十年，先生與長子先後去世，女兒出嫁後，與夫婿仍住園中。到一九五〇年代，基於「取之於民，用之於民」的理念，決定把園林與屋舍捐出，讓民眾分享使用。前者闢為「植物園」，後者則作為「藝術品展覽場地」。「田那西植物學會」立即響應，願意全心鼎力支持。「納溪城藝術館」也捐獻該館永久性之藝術品典藏，及展出經費。

一九六〇年「崎梧園」正式開幕。

半個世紀以來，因為參與的工作人員之盡心盡力，經營管理得法，「崎梧園」已是遠近馳名，人人樂遊的園林藝術勝地，每年前來的遊客有十七萬人之多。在入園處，增設「植物大廳」，專為遊客服務、並作四時花卉展覽之用。另建有「日本庭園」，「草藥園」，「野花園」，「四季花卉園」等等。在林蔭深處，闢有蜿蜒起伏的健行步道，沿途安置有各式各樣的雕塑，有木的、石的、銅的，玻璃的，造型想入非非，令人目不暇給，逸趣橫生。

三月入園，正是四野春花齊放時。我們沿著迴旋的步道而行，東瞧瞧，西看看，欣賞這一片萬紫千紅的彩色世界。忽然遙見遠處斜坡草地上，有斑斑白點，在陽光下閃閃爍爍。一時好奇，便橫過草坪，走去看個究竟。到了近前，欣然發現是一大片「番紅花」：雪白紅心的、淺藍紫紋的、深紫黃蕊的、黃瓣白紋的，像天女散花，灑滿整個山坡。一群群的六瓣小花，如狂歡童子，伸出手臂，仰望陽光，狂喜地歡呼歌唱著！俯身傾耳細聆，似乎依稀可聞群花的四部大合唱：「春之頌」！第二次再去時，小花又都向上蹦高了幾分，人數更多了，熱烈歡欣更盛。

小山頭上的「藝術館」裡，正有「日本竹編特展」，二、三、四樓都有（一樓則展出原主人的精美家具，銀器與瓷器，風景壁畫，雙童石雕，男女屋主畫像，及古式鋼琴等等）。上去一看，竹編之形與韻，千變萬化，斧匠神工，件件都令人驚服，嘆為觀止！幾位日本竹編藝術家，早已把「竹編工作」從實用的層次，推展昇華到藝術的境界，那種細緻、完美、生動、靈躍之姿，大大出人意料。

一位由日本專程前來參展的藝術家，正領著幾位助手，在院心編造一個大型竹編藝術品。我們從旁觀賞，目睹他耐性地，一步步把工作完成，之後向他請教竹子的處理方法。他說：「三年老竹，砍下後，用碳火烤，待竹皮出油，以布抹勻，涼乾三個月後，便可劈開使用。」

下崗回到「植物大廳」，參觀年度水仙花卉大賽，已選出得獎結果。洋洋滿廳的鮮花，按花型分成十三組，紛紛插在瓶中，陳列案上，任人觀賞，美不勝收。

又走到湖畔草坪上，欣賞剛完工的「樹枝古堡」，三尖鼎立，門窗儼然，匠心獨具。之後，在草坪上，或坐或臥，享受這難得的閒散與溫暖，任春風拂面，群卉招喚，一直待到五時閉園，我們才依依離去，登車返舍。

牡丹花開時

錦幃初卷衛夫人，繡被猶堆越鄂君。垂手亂翻雕玉佩，折腰爭舞鬱金裙。
石家蠟燭何曾剪？荀令香爐可待熏。我是夢中傳彩筆，欲書花葉寄朝雲。

李義山〈牡丹〉

雨過浮萍合，蛙聲滿四鄰。海棠真一夢，梅子欲嘗新。
拄杖閒挑菜，鞦韆不見人。慇懃木芍藥，獨自殿餘春。

蘇東坡〈雨晴後步至四望亭下〉

我家後院，有四株牡丹花。

靠近窗前，是一株深紅色的。院心偏南，葡萄老藤之下，有三株：一淺紅，兩粉紅。每年五月初綻放，總是深紅色的領頭先開，淺紅、粉紅的，尾隨而至。這是入春以來，在「番紅花」（Crocus）、「水仙」、「封齋花」（Lenten Rose）、「雪珠」（Snow Drop）、「紫荊」（Redbud）、「山茱萸」（Dogwood）、「藍鈴花」（Virginia Blue Bell）、「紫丁香」（Lilac）、「珠鈴」（Solomon Seal）、「梨花」、「桃花」、「蘋果花」等等，花開花謝之後，另一個高潮迭起、彩繪交響的景緻。

這四株牡丹花，原是好友馬君夫婦後院裡的嬌客，倍受寵愛。十多年前，他們搬遷去加州，花兒無法隨行，於是決定轉送給我們，留作紀念。兩人費了九牛二虎之力，終於把花兒連根挖起，載運來舍，分植我家後院。種死了兩株（可能是肥料過量所致），倖存了四株。每年四月，牡丹開始長枝生葉，我們就天天期盼，望花兒綻放的日子早些到來。

五月初，晨起，臨窗眺望，滿院旭日金輝，忽見一團「紅勝火」的圓球，隱隱然，在綠葉叢中，向四野八荒發射著耀眼的紅豔光芒。「快來看噢！」女主人驚喜地呼喚著，「牡丹花開啦！」君不見，唐人有詩為證：「唯有牡丹真國色，花開時節動京城！」我們深能體會，牡丹花開時節，轟動洛陽全城的熱烈情景。於是，兩人急急奔馳至後院，圍著大紅牡丹，左看右瞧，欣賞這一年一度的盛況。

只見牡丹圓形花心裡，聳立著五、六座淡黃堅實的小尖丘，丘頂渲染著少許紅暈，小丘四周，密密麻麻，圍繞矗立著數之不盡、柔軟紐曲的針狀黃色小花蕊，其外則是一片一片又一片、深紅色、向內凹曲的花瓣，層層相靠，略呈逆時針方向盤旋，複織重疊成球狀，自自然然地組合成一體。或許是因為陽光照射的原故，花瓣的紅暈，由外沿向瓣心稍微轉濃。用手指觸摸，花瓣之滑、潤、光、綿，有一種猶勝於絲綢錦緞的感覺，這國色天香還散發出一種無以言傳的濃郁清香。是何種視覺、嗅覺的雙重享受噢！令人駐足良久，欲去弗能。

次日，那邊淺紅的，粉紅的，相繼綻放。三叢並立，一字排開，枝高及肩。一株上只開了一大朵，另一株上開了六朵，第三株則開了十四朵。有的尚含苞待放、有的業已大開暢放，似在爭奇鬥豔一般，熱鬧非凡。

仔細瞧瞧，發現除了花色稍異之外，花心的色澤與結構也略有不同。

淺紅色的牡丹，花心小尖丘有四、五座，呈淺黃色，無紅尖。四周無數柔軟小針蕊，帶深黃色。花瓣也如上述，層層疊疊，紅暈略淺。觸摸起來，花瓣的感覺—滑、潤、光、綿，與深紅色的類似。

粉紅色的則不然。花心小丘竟有八、九座，呈螺旋狀排列，或隱或現。四周無數針狀花蕊，黃而兀起。花瓣呈粉紅色，有皺紋，觸摸起來，沒有前述滑、潤、光、綿的感覺，有點類似皺紋紙，有些許滑潤，半透明，很豔麗。

據《通志略》中所載，牡丹屬落葉灌木，為我國之特產，有重瓣、單瓣之別。色有紅、白、紫等數種，是花中最豔美者。古無牡丹，統稱「芍藥」。自唐以來，始分為二，以其花似芍藥而桿為木，又謂之「木芍藥」，且有牡丹花「王」，芍藥花「相」之說。

我家的牡丹「王」，已如上述，只有四位。芍藥「相」則多不勝數，經女主人多年來，盡心地培植，前、後園處處皆是，碧葉豐潤叢叢，花枝紛紛高聳，指向蒼空，尚都在含苞中，約兩、三週後才能一展美姿。花分純白的、白中帶血絲的、粉紅的、大紅的。單瓣、複瓣，都有。屆時必又是另一番盛況，讓我們拭目以待。

芍藥美姿

二十多年前，剛遷入現址時，好友易君，賜贈送了幾叢芍藥，作為我們「喬遷之喜」的賀禮。女主人欣然把花根在舍前車道右側旁草地裡種下，每年五、六月開花：有純白的、粉紅的、大紅的，很是豔麗奪目，把前院一側，點綴得美輪美奐，綺麗繽紛。

未幾，隔壁的楓樹，愈長愈高，愈高愈壯，綠葉滿梗，枝幹橫伸過來，正好覆蓋在幾叢芍藥之上，蔽其雨露，遮其陽光。花兒得不到充分雨水與日光的滋養，葉叢愈長愈弱，花朵的數目與嬌豔一年不如一年。

女主人看在眼裡，急在心頭。稍作研究之後，她發現，除了「遷居」而外，別無他途。而「新居」的條件，要以「陽光普照」、「雨水充沛」、「土壤肥沃」，三者缺一不可。

從這個角度來考量，遷往前院其他任何一處的可能性都不大，因院中已有橡樹、楓樹各一，都是數十年的巨無霸，相對傲然而立，狀似兩把通天巨傘，把炎炎夏日遮蓋得滴水不漏，清涼爽快，其下當然不宜種芍藥。

那麼遷往後院則如何？

後院土壤較肥沃，是一好條件，但院心也有一棵三十多年的大樹（Sugar Gum），枝幹盤結，遮天蓋地，深秋葉轉飛紅，煞是好看。不過，會結一種渾身帶刺的小圓果，成千上萬，掉得滿地皆是，拾不勝拾，一無是處，是除草人的剋星，早有去之而後快的打算。

終於有一天，雇來了幾位伐樹人，半日之間，把大樹鋸斷推倒。從此，後院豁然開朗，大放光明，成為種花最佳場所。

女主人的第一優先，當然是芍藥。

九月間，她把開過的芍藥，剪除枯枝敗葉之後，連根挖起，挑選有「花眼」者（即所謂「eye」，也就是根頂上長有小胚蕾的）分成數叢，移到後院試種。一連好幾年，她把芍藥根東種種，西試試，採取「孟母三遷」的辦法。幾年之後，終於發現，院心南北走向的葡萄老藤之下，偏西一點點，是芍藥的最愛。一整排的芍藥花叢，開花時節，白的白、粉的粉、紅的紅，豔麗極了。

另外，在院子偏北處，有一排東西走向的花圃，範圍略短一些，也是芍藥的溫床，與前述的長型花圃正好形成一個「L」字。五月裡，從後窗放眼望去，從右到左，綠葉叢叢圍繞，連續成行，花苞壘壘，狀似小圓球，高高矗立，指向蒼空。

芍藥屬草本植物，（與牡丹屬木本者不同），花開過後，葉叢翠綠持續一段時間，入冬葉枯莖萎，失去蹤影，深藏地下，任冰雪覆蓋於其上。初春一到，由地裡忽然冒出許多小紅尖頭，嬌嫩欲滴，紅色尖頂迅速幻變成翠綠嫩枝，向四面八方伸展抽條生葉，三叉型葉叢不斷茁壯長高。忽然由葉叢裡，衝出許多綠油油、高低不等的小翠桿，桿頭上各托著一個小圓球。翠桿一天天快速向上升高，桿頂的小球也一天天變大變胖，用手摸一摸，小球很紮實，像馬戲團裡的小丑，雙手頂著好幾根竹桿，桿頭上各有一個正轉動著的圓球那種把戲。

在陽光雨露的催促下，小圓球依吹玻璃人的手法，猛然變大，再變大，渾身純白，忽然圓球中心露出一個小孔，像一隻圓眼，向外怯怯地窺視。之後，小眼愈睜愈大，外圍的大白花瓣向四面八方翻開，終於花眼全開，露出內庭層層疊疊、扭扭曲曲的花瓣，形成一個半圓型的繡球，向上呈圓弧狀凸出。一朵美妙純白的芍藥，便婷婷玉立，矗立眼前。它四周還有許多含苞的、半開的花兒，熱鬧非凡。

另有一種白色芍藥，花型較大，開滿時類似牡丹，花心有五、六座小尖丘，四周也有金黃小細蕾圍繞。花瓣特別大，凹捲伸展，清香四溢，頗有芍藥王者之尊。女主人捧之在手，惜愛有嘉，一切種植時的辛苦，頓時都化為烏有。

中型白勺藥，色澤很奇妙。四周大花瓣微微帶一點粉意，中間花瓣則渲染些許米黃，花心有血絲片片，白裡透紅，很是罕見，美極！

粉紅色芍藥，外圍花瓣粉紅略深，中間的凸出的繡球粉色略淡，花心有四座尖丘，丘頂渲染紅色，美豔秀麗。

深紅色的芍藥，自然最醒目，花心有四、五座小尖丘，丘頂渲染著紅暈，四周有小黃蕊圍繞，美豔似團團火球，搖晃於群芳之間。

此時也，院中是一片花海，各色爭豔，花團錦簇，洋洋然兮飛花亂點，讓人驚豔連連，目不暇給，駐足弗能去。

芍藥除了觀賞把玩之外，根有赤、白兩色，可作藥用。「五味之和曰『芍藥』」〈張衡賦〉曰：「歸鷹鳴鸝，黃稻鱻魚，以為芍藥，酸甜滋味，百種千名」。《漢書師古注》又曰：「芍藥根主和五臟，又辟毒氣，故合之於蘭桂五味，以助諸食，因呼五味之和為芍藥耳」。

此花既美豔動人，百看不厭；又可當中藥服用，對人們健康有益。一舉兩得，難怪是院中人人喜愛的「嬌客」。

後記

〈芍藥美姿〉一篇報導寫完寄出後，舍後葡萄老藤之下偏南處，四、五叢芍藥接著又大開，白的，粉的（最多）、大紅的，美豔異常，比前文所述的四種，有過之、無不及。我只能以「後來居上」及「大器晚成」歸之。

這些晚來的芍藥，給我們帶來極大的驚喜與樂趣，幾乎是惜愛得無法言傳了。憶起莎翁在一首十四行詩的結尾處寫道：「Have eyes to wonder, but lack tongues to praise」。大意是：「眼見奇景，無語以讚」。就請您觀賞奉上的照片吧，不再贅言了。

女主人與心愛的勺藥

竹災

詩人余光中先生曾經用左手寫過一篇題名為〈書災〉的散文，描述他台北廈門街的屋子裡，書冊壘壘，堆得滿坑滿谷，慼然成災的景象。

我家的書並不多，沒有成災的危險。倒是後院籬邊竹子長得很兇，從隔壁的後院竄延過來，來勢洶洶，勢不可擋。朋友都擔心不出幾年，會把咱們後院的菜園、花園，一一佔領吞食，成災的可能性很大。

據巷底一位八十幾歲的老太太回憶說，大約二十多年前我家右邊鄰舍的婦人（她早已他遷而去），始作俑者，從市場買回第一株竹苗，喜愛其婷婷玉立之姿，遂在她的後院籬邊種下。沒出幾年，新竹成群結隊，整整齊齊，一字排開，就像踢正步式地（老鄰居用了「MARCHING」這個字，同時她用手在空中一揮，以壯竹兒行軍之聲勢），長驅直入，向著左右兩鄰的後院分頭並進。她家在其左，吾舍在其右，都首當其衝。她長歎一聲，兩手一攤，作無可奈何之狀，深以此竹災泛濫為苦。

不過，咱們華夏禮儀之邦，一向對「四君子」之一的竹」頗有好感，別具一份感情。大家常說，竹桿兒多節，象徵人有「氣節」之美德；竹會節節高升成長，頗具祝賀他人飛黃騰踏之美意；竹桿兒中空，象徵人能虛其心，有肚量，即所謂：「宰相肚裡好撐船」是也。哇！真是好處多多，令人喜愛。

中國史書裡與竹有關的故事不少。晉有「竹林七賢」，個個與竹為伍，避世隱居，才學淵博，令人敬佩。七賢之一的嵇康最得吾心，他不但才高八斗，更是古琴高手，他那篇〈琴賦〉真是千古絕唱之作，讀來令人迴腸蕩氣，低迴久之。東晉書聖王右軍的《蘭亭集序》是於「永和九年」，在「茂林修竹」中一揮而就的，成為書法史中的至尊極品，其盛名歷千百年而不衰。唐人王維「獨坐幽篁裡，彈琴復長嘯」，那種自得其樂放浪形骸的竹林豪情令人神往。宋人蘇軾曾在《東坡集》中說：「庇者竹瓦，載者竹筏，書者竹紙，戴者竹冠，衣者竹皮，履者竹鞋，食者竹筍，燃者竹薪，真所謂一日不可無此君」。接著又說：「寧可食無肉，不可居無竹。無肉令人瘦，無竹使人俗。人瘦尚可肥，俗士不可醫。」。竹在他心目中的重要地位可見一斑。清人鄭燮更是竹中絕手，所繪竹景，無不栩栩如生，令人嘆為觀止。他的《六分半書》寫得瀟灑而有個性，詩也作得妙。我最欣賞他那首借竹敘懷的詩，曰：「衙齋臥聽簫簫竹，疑是民間疾苦聲，些小吾曹州縣令，一枝一葉總關情」。這樣愛竹又愛民的好縣官真是那裡去找呀！

竹，對我來說，具有上述種種特殊的聯想與感情，愛之敬之也是很自自然然的的事兒。不料，前不久外出小遊歸來，赫然發現它並沒有一點兒我們意想中那種謙謙君子之風，也無甚麼寬宏大量可言，居然採取了偷偷摸摸、神不知鬼不覺的地下攻勢，短短數日，便竄入咱們後院的小紅莓園裡，高高豎起已三人多高的旗竿，公然宣稱業已攻城掠地，搶占成功。這下子可把我惹火啦！

於是，舉大剪，斷其桿；用鐵鏟，抄其根。使出九牛二虎之力，弄得滿頭大汗，四肢酸痛，終於順著泥土六寸深處，拔出一條丈餘長的竹根，狀似游龍出谷，青蛇躍淵，看得我心驚膽戰，渾身哆嗦，半響說不出話來。再繼續用鐵鏟向四面泥土中探視偵察，發現大勢不妙矣！方才使勁兒拔出的那條青青長長、毛鬚茸茸的東西，只不過是冰山之一角而已，竹兒早已在地裡撒下了天羅地網，四通八達，黑子白子業已在要隘險口佈滿，一旦天陰雨落，立即衝土而出，豎旗奪地，毫無半點客氣可言。

我把偵察所得的驚人結果向女主人報告，特別強調事態之嚴重性。沒料到她居然毫無一點兒懼色與憂心，老神在在地說：「不要慌，不要忙，本人自有道理」。又說：「君不聞西語有諺曰，『If you cannot beat them, join them』嗎？勉強譯成中文則是：『遇強敵若不能勝，則啖之』」。我有點兒迷糊了，便問：「這個『join』怎麼譯成『啖』字了呢？『啖』不是『吃』的意思嗎？」她露出「夢娜儷莎」般神祕的微笑說：「不錯，妙就妙在此一字之別，足可在《孫子兵法》原著第十三章之外另補一章：〈遇敵不克——啖之篇〉，作為與頑竹對抗嘶殺的最高指導原則。」我依然迷惑不解，又不便再多問。

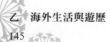

殲敵之策既定，只好依囑趕緊把衝鋒陷陣的傢伙裝備一一備齊，專待雨後出征。

果然天如人願，一夜滂沱春雨，次日雨過天青，正是出征還擊的好時機。午休之後，整裝待發：頭戴紅色鴨舌運動帽、足登高統厚雨靴（一則可防潮，二則怕蛇咬）、左手拎個五加侖容量的大吊統、右手緊握小尖鏟。組成二人突擊隊，一前一後，向竹林深處之敵後淪陷區進發。女主人在前，擔任嚮導與領隊，余則尾隨其後，小心翼翼，步步為營，輕輕撥開濃密的竹葉向林裡怯怯地窺探……。哇！忽然眼前閃現了一片「雨後春筍」的景象。

常聽人用「雨後春筍」這句成語來形容事情發展之多、之速。此時此刻，身處竹林之中，眼前或高或矮、千千萬萬的竹筍，正描述了它們自身雨後快速的存在。上尖下圓，似一把短劍利刃，默默然由泥土裡衝刺而出，指向青空，欲與天公比高矮。女主人緩緩蹲下，用小尖鏟在筍根處輕輕一戳，筍劍應聲倒地，一一置之入桶。余則有恃無恐，使出楊式太極左右蹬腿的看家本領，對準眼前高高矮矮、取之無禁用之不竭的頑敵，左踢右蹬，一陣落花流水地掃蕩，短劍紛紛潰倒，又一一納入吾桶。不到一個半小時，兩個大吊桶都已盛滿，擄獲豐碩，滿載而歸，充滿了得勝凱旋歸來的喜悅。

緊隨喜悅之後，真正的竹災之苦即橫呈眼前，那就是如何來處理滿桶的筍俘呢？這是凱旋而歸之後最辛苦艱鉅的工作。好在女主人極具信心，與耐性。她一一把筍尖向上，緊緊平握在左手掌心裡，右手持小尖刀，從上到下在筍殼上深深劃一刀，再用雙手十指把筍殼使勁掰開，一層一層剝除，直掰到又嫩又白的筍心出現為止。那層層寶塔式的筍心，晶瑩剔透，潔白如玉，由尖頂向下慢慢逐漸增大，塔層環環相扣，節節互牽，具有世上最完美之幾何結構與對稱，似乎只有大自然造物者才能創造出如此婀娜多姿的形狀。

去殼取心的工作就這樣一筍一刀、掰之又掰艱苦地進行，直到夜闌。竹筍數量實在龐大驚人，但收取的筍心，與拋棄的筍殼相比，份量不到八分之一，耗損量極大。這八分之一的筍心卻成了爐中的無價之寶。

她先把它們置入清水中煮沸，取出待乾，裝入冰凍袋中，放入凍箱，以備日後享用。取出一小部分，或在紅燒蹄膀汁裡小火慢燉，或與雞湯同熬，便可取出啖之矣！

滷筍入口剎那間的滋味——香、脆、嫩、泌，稍嚼即化，任何山珍海味都無法與之相比，乃人間獨一無二之美味。

對劍筍之突擊行動宜於春雨後為之。我們一次又一次向竹林深處進攻，殲敵虜筍；一次又一次享受滷筍佳餚，齒頰留香，人生至此，夫復何求？正如莎翁在他那首膾炙人口的十四行詩結尾處所寫：「就是帝位亦不換」。

後來，把取筍、滷筍的秘訣傳授給上述的老鄰居，她一試而成，果然發現了滷筍之美味，無以倫比，哈哈大笑，快活似仙矣，從此就不再為竹災憂心抱怨了。

後記

上述〈竹災〉寫畢後，讀「中唐詩歌」，欣見白居易作有〈畫竹歌並引〉一首，描述當時竹藝名家「蕭悅」的一幅竹畫，極為精彩生動。茲錄之於後，以饗讀者。

協律郎蕭悅善畫竹，舉世無倫。蕭亦自秘重。有終歲求其一竿一枝而不得者。知予天與好事，忽寫一十五竿，惠然見投。予厚其意，高其藝，無以答貺，作歌以報之，凡一百八十六字。

植物之中竹難寫，古今雖畫無似者。蕭郎下筆獨逼真，丹青以來唯一人。人畫竹身肥擁腫，蕭畫莖瘦節節竦，人畫竹梢死羸垂，蕭畫枝活葉葉動。不根而生從意生，不筍而成由筆成，野塘水邊埼岸側，森森兩叢十五莖。嬋娟不失筠粉態，蕭颯盡得風煙情。舉頭忽看不似畫，低耳靜聽疑有聲。西叢七莖勁而健，省向天竺寺前石上見。東叢八莖疏且寒，憶曾湘妃廟裡雨中看。幽姿遠思少人別，與君相顧空長歎。蕭郎蕭郎老可惜，手顫眼昏頭雪色，自言便是絕筆時，從今此竹尤難得。

蕭悅的竹藝，在白詩中得以重生，所謂「詩中有畫」，其畫作之生動有緻，精彩絕倫，可見其一斑矣！

護梨記

「梨花一枝春帶雨」，是唐人白樂天用來描寫楊貴妃的魂魄，在海島仙山裡出現時的名句。

我家後院，種了三棵「二十世紀梨」，已有二十多年的樹齡。買來種下時，尚高不及膝，如今已有兩、三個人之高了，碩壯枝繁，綠葉成蔭。每年初春，梨花盛開，潔白似雪，三叢鼎立，亮麗齊天，美不勝收。

「二十世紀梨」，俗稱「亞洲梨」或「水梨」，蓋因其「又甜、又水」故也。是女主人的最愛。

每年春季，梨花花開花謝，落英滿地白皚皚，從花心處長出一個個翠綠嬌嫩的小圓果。此時，女主人便發出第一道「噴蟲」通知。當然，她絕不會用「化學藥水」來噴。她的密方是：「一小塊『象牙牌』肥皂（整塊的八分之一）」，加上「一盤紅辣椒」。

這怎麼說哪？

她把肥皂置入大玻璃罐子裡，加熱水泡化。那盤「紅辣椒」哪？則放入鍋裡加清水煮。待涼卻後，用過濾器把辣椒子濾掉，將辣椒水倒入「噴霧器」中，再把泡化了的肥皂水也加進去。調和後，打氣加壓，便可向梨樹噴之矣！據知，小蟲遇到這種「天然殺蟲劑」，又辣又澀，敵擋不住，都紛紛落荒而逃，非常有效。這種「噴藥」行動，在花落之後於晴天舉行，雨後則追加，共需四、五次之多。

君不見，在田裡幹活兒的老農，靠天吃飯，辛苦之外、要冒多少風險！除了「勞其筋骨」、「野草叢生」、「久旱無雨」之外，還有一群大大小小的「動物」，虎視眈眈，在一旁草叢或洞穴裡等著，伺機而出，猛吃亂啃，大快朵頤。

你種草莓，有黑乎乎、軟虯虯的「大老蟲」夜裡來偷襲。你種蕃薯，有花栗鼠（北美Chipmunk）在根下築洞而居，神不知、鬼不覺，躲在裡面安然偷吃。你種小白菜，有蹦蹦跳跳、短尾巴的灰兔來光顧。你種葡萄，有唧唧喳喳的小鳥來銜食。還有大大小小的鹿群，夜裡破籬而入，擇優而食，食罷還選在韭菜田裡大睡一覺，留下一個深深的「鹿印」，似說：「瞧吧！咱家曾在此憨睡呀！」頗有示威之意，令你莫可奈何。

群「小」之中，最厲害無匹、頂神出鬼沒的，莫過於長尾松鼠。牠身輕似燕，能蹦能跳，會走鋼絲（電線），爬起樹來，如履平地，飛簷走壁，無所不及。最糟的是，牠也好梨如命，成了女主人的頭號勁敵。

任你千方百計，牠總有辦法攀上梨樹之梢，用厲爪擇梨而嚼，咬一、兩口，即棄之樹下，再另選美者而啖之。一但被人發現了，牠立即施展輕功，如『臥虎藏龍』裡竹頂飛人似的，蹦跳而起，飛越枝頭，悠然而去，你除了「望鼠興歎」之外，毫無辦法。

去秋，趁我們外出旅遊之際，牠犯下了一項「滔天大罪」——把咱們的三棵梨樹上成百上千的水梨，吃個精光，一粒也不留。這下子可把女主人惹火啦！

她晝思夜想，求一萬全之策，以防堵鼠輩來襲。她先在梨樹之間，張起天羅地網，阻其上攀。又在樹幹上綑綁一圈圈的細條竹枝，尖頭朝下，旨在刺鼻戳眼，使爬上來的松鼠，無法通過此倒刺壘壘的「瑪其諾」防線。此外，她常在後窗眺望，觀察院中動靜。

一天清晨，她大叫一聲：「松鼠來啦！」急奔而出，隨手拿了一隻長竹竿，向松鼠衝去。只見這位「長尾客」，坐立田間，雙手合十，不動聲色。似說：「來吧！咱家在此侍候。」待執棒人稍走近些，牠翹起長尾，三蹦兩跳，向著草莓園方向竄去，不幸落入新張起的草莓園護網裡，左衝右突，不得脫身。女主人遠遠一竿打下，原只想把它嚇走，沒想到她低估了自己三、四十年的太極拳功力，手起竿落，打個正著，艾草叢中，只見松鼠的長尾巴，如孔雀開屏，高高豎起，再無動靜。

等了半餉，女主人有點心慌，回家來相告說：「快去看！好像松鼠被打中了。」果然，長尾高高豎起，一動不動，近前一看，尚未斷氣。

我拿來一個大桶，置鼠於其中，以大鐵蓋鎮壓在上。想等牠壽終正寢後，再來處理後事。

午休之後，斜陽裡，再去看時，驚見蓋落桶翻，長尾客早已溜之大吉，無影無蹤。心想：「哼！這傢伙本事真大，居然還會裝死！」

不久，女主人奔來相告：「快去看，沒逃走，仍在田裡吶！」跑去一看，那傢伙正在艾草叢中翻來滾去，吱吱亂叫。其情其景，令我忽然聯想起莎翁筆下那位無惡不作的暴君『利查三世』（Richard III, 1452~1485），在劇終戰敗時刻，大叫：「一匹馬，一匹馬！拿我的國土換一匹馬！」（梁譯）（A horse, a horse! my kingdom for a horse!）於是，便毅然揮舞起「李治蒙」（Richmond）的「正義之劍」，向惡徒刺去……。

我在後院底，挖了一個洞穴，把「長尾客」匆匆厚葬了。

「魂兮歸來乎！食無梨」。

埃及蔥

我家後院的菜園裡，女主人辛辛苦苦種了各式各樣的菜蔬，以圖「自食其力」，並望「免除化害」，計有：長豇豆、秋葵、莧菜、蕃薯、菠菜，番茄、油瓜、大南瓜、韭菜，等等。其中有一種較為特殊的菜種，叫作「埃及蔥」（Egyptian Onion），俗名喚著「移步蔥」（Walking Onion）。

「移步蔥」？顧名思義，它會自己走路囉？

不錯，它會呀！

那麼，它的長相如何？走起路來是個甚麼樣子？

好吧！且聽我慢慢道來。

大約二十多年前，那時我還在台灣新竹清華大學外文系任教，一個暑期裡，越洋過海，飛來花城（Bloomington, Indiana）探親（我們的三個孩子那時都正在印大就讀，內人也在小鎮陪讀照顧），與家人團聚，共享天倫之樂。

為了蒐集教學所需的資料，常騎自行車去印大圖書館。往、返都要經過一條與火車軌道平行、窄長起伏、鳥囀兔竄、兩旁樹蔭濃密蔽天的「自行車道」。行至半途，見道旁有一耄耋長者，銀髮蓬飛，上身赤裸，手揮鐵鏟，在開墾「自行車道」與「火車軌道」之間一塊雜草叢生、灌木林立的廢棄之地。哇，真是老當益壯！不免對他油然心生敬仰之忱。

幾天之後再經過時，見長者依然在揮鐽整地，畦畦方田已然逐漸成形。便駐立蘺畔，與他聊聊：「請問你想種些甚麼呀？」長者荷鐽而立，滿頭大汗，和藹可親地答道：「喔！不外是番茄啦、四季豆啦、小白菜啦、蔥、蒜之類的東西吧！」「不要過勞噢！」我登車離開前這樣安慰他。

見面次數多了，大家漸漸熱絡起來，除了農事而外，也聊聊個人的現況與經歷……。

有一天，又路過其地，長者正在田裡播種。「湯姆！今天種的是啥呀？」「埃及蔥！你要不要？我多的是，拿些回去種種看，保管你喜歡。」說罷，便從圓盆裡抓了兩大把，放入一個塑膠袋裡，讓我拎回去種。

這便是「埃及蔥」出現在我家菜園裡的始末。

至於它如何會伸腿移走，在田間昂首闊步而行，這等妙趣橫生的本事，是種植了多年之後才證實的。信不信由你。

女主人對園藝興趣甚濃，好作新品種的種植與嘗試。於是便把那袋捎回的「埃及蔥」籽交由她去處理。

按她多年來試種、研究的經驗，埃及蔥的種植法大致是這樣的：仲夏七、八月間（其他時間亦可），雨後，鬆土（以取南向之田為佳，蓋南向較暖，存活稍易也），把蔥籽尖頭向上，間隔五、六吋，一粒粒插入土中，不宜深（約兩吋），須澆水（很重要）。兩、三個月之後，蔥苗順利成長，翠綠叢叢，外貌與一般小蔥（spring onion）類似，但「埃及蔥」，蔥莖碩壯，嬌嫩青脆，香味四溢，是美食者的最愛。

入冬天寒，蔥莖消失，蔥根隱於土中，初春又發，蔥莖香味更濃。如長得太密，可酌量連根拔起些食用，

五、六月間，蔥心裡忽然長出一隻空心的小尖管，不斷向上抽條茁壯，高可過膝（達兩英尺以上），如大指拇那麼粗，管頂冒出幾顆貌似疙瘩的暗紅色小包，這便是一堆「埃及蔥」的種籽，數目多少、體型大小不等，可摘下再種入土，長成新蔥。此時蔥根圓胖白潔，以泡糖蒜的方法處理，是最佳材料。

如不及時摘籽，蔥管愈長愈高，管頂的蔥籽愈長愈大，愈大愈重。最後，長蔥管支持不住重壓，紛紛向旁垂倒，管頂的蔥籽，在觸地處，即落地生根，長出叢叢新蔥。這種管頂播籽的妙法，是「移步蔥」獨具的本事。你看，它不是明明移走了一大步嗎？「移步蔥」的步態鮮明爽朗，昂然自在，大自然中尚不多見。

某年冬，天氣奇寒，入春後，「埃及蔥」久等不見蹤影，後來發現是全軍覆沒，都被凍斃了，菜園頻臨絕蔥之災。幸好同年夏末，去了「聖荷西」大女兒家小住，她菜園裡的「埃及蔥」（也是我們給她的種籽）東倒西歪，正不知如何處理，準備將它們拔起棄置了事。內人一看，見管頂已結籽壘壘，遂趕快取下，帶回再種於南向之地，才得敗部復活，免於絕種之憂。

內人酷愛「埃及蔥」，烹調時時用之，頗樂於與人分享其美味，又把蔥籽分贈諸好友，並授以種植之法，廣結了不少「蔥緣」。

如今，每次登車赴印大校園，途經「自行車道」，來到了老人當年墾種的地方，情不自禁，都要駐足流連憑弔片刻。那片經他拼手砥足，開墾出來的方田，早已又回歸自然，一片荒煙漫草，雜樹叢生，鳥飛鼠竄了。但，老人的音容依稀宛在，「埃及蔥」的青脆香美，與其移步而行的妙趣，卻代代相傳，延續至今。

飛天行

新年元旦，西雅圖地區陰雨多日後終於放晴，太陽露出了笑臉，氣溫暖和宜人，該是結伴出遊的好時光。略經商議，大伙就決定去位於南郊的『飛航博物館』（The Museum of Flight）參觀。

這個博物館非同尋常，堪稱是世界最大型之一，又屬於民間非營利性之設施。館內分成四個區域，共陳列了從古到今，大大小小，近九十架各型機種，是展現人類飛航史上最完備無缺、最精彩耀眼的所在。難怪前來參觀的遊客，扶老攜幼，絡繹不絕。更有專程由世界其他地區，僕僕風塵，前來一遊的飛行迷，盛況可以想見。

我們驅車沿四〇五號公路南行，繞過「華盛頓湖」南端，朝西北方向再行駛一段路，不到半小時，便來到「飛航博物館」的停車場。只見巨型館房之前，停放著三、四架大小不等，英姿挺立的各型飛機，在陽光下閃閃發光，似在向來訪者宣稱：「您找對啦！」

我們即沿著石板路，朝進口走去。在入館前左側草坪上，欣見安裝著一座銅鑄的黑色小孩立姿像，他面帶笑容，左手拿著一架古式飛機模型，右肩上停立著一隻小鳥。我想，這不正是具體而微地呈現了人類夢想飛天的原始動機嗎？滿心遐思逸想的孩子，高唱著：「我願是隻小小鳥，飛呀，飛呀，飛上青天……。」

入館，眼前呈現三個通道：分別向左，中，右三個方向逸去。我們先向左，步入「T.A. Wilson大陳列館」。館內展示著人類第一個百年內的飛航紀錄，有大大小小各式各樣飛機四十架，立在地上的，掛在頂上的，高高低低，真是琳琅滿目。

首先出現在眼前的是萊特（Wright）兄弟（Wilbur and Orville）在一九〇三年駕駛的第一架動力飛機。這可是人類飛行史上的首頁，彌足珍貴，即為內人和小孫兒拍照留念。不料，小孩兒正匍匐在地，與機座上平臥的萊特，姿態近似。驚喜之餘，不禁泛起奇想：難道說，人類第一個駕機飛行的臥姿，是從小孩兒那得來的靈感？

接著又見到一九二五年七月七日出產的運郵機（波音機型40 B）。隨後就上上下下觀覽，一一欣賞各式機型，又陪小孫兒進入駕駛座，虛擬高空凌雲的英姿。一直玩到中午，肚子餓極了才勉強暫停。

在館內餐廳用過便餐，小孫兒累了，由他爸媽先領回家休息，剩下咱二老，打起精神，繼續參觀。

向右側，步入「J. Elroy McCaw個人勇氣廳」。廳分兩層：下面展出的是世界二次大戰海、空戰史，上面則是世界一次大戰史。

剛走入廳沒幾步，眼前忽然湧現一架灰色戰機，機身上印著又大又圓的青天白日徽章，覺得很面熟。再走近些定神一瞧，呵！原來是聞名已久的「飛虎隊」戰機，二次大戰自願由美來華助戰，擊落日機無數。機首上端，以中文書寫著『奧瑞利之女』五個大字（O'Rilley's Daughter，這是當時流行於軍中的一首歌曲），其下則畫著兩排（上藍下紅）銳利的虎牙，虎口大張。這便是『飛虎』的特殊標誌。最引人矚目的是，駕駛艙邊印著一排六個小紅日，驕傲地展示著，曾擊落日機六架的紀錄。在看板上見一告示，上一半印著青天白日滿地紅的國旗，下一半則寫著：「來華助戰洋人，軍民一體救護。航空委員會第1659號」。可以想見當時戰況之激烈，傷亡之慘重。

「飛虎」之旁，赫然出現一架日本戰機，機身灰底綠紋，並有大紅日覆蓋其上。機前的看板上印著「日本侵華」幾個大字，又有文字細述其前後經過及日期。另一看板上則印有一張大地圖，以紅色呈示日軍於一九四一年十二月至次年二月之間在中國，東南亞，太平洋一帶所侵略佔領的地方。真是看得人膽戰心驚，掀起一連串烽火滔天，國破家亡，慘痛無比的回憶。

隨後在放映廳觀看了二次大戰海、空戰紀錄片。艦上，空中，砲火連天，戰況猛烈，更是怵目驚心，幾不忍卒睹。

上二樓，匆匆看了世界一次大戰史，更是雪上加霜，進入另一段人類痛苦的記憶。懷著極沉重無告的心情，走了出來，不知所之地走著，走著，忽然步入頂樓的航管塔。

向晚夕陽，給四野灑落一片金輝。朝南遠眺，遙見一萬四千餘英尺、終年積雪不化的高山「藍霓爾」（Mt. Rainier），巍巍峨峨，矗立在艷陽藍天裡，是那麼崇高，那麼寧靜，那麼莊嚴！心裡不禁沉吟：「我不想飛天，我願化成山，就算終年積雪，我也耐得寒。」

後記

因時間與心境兩缺，未能繼續把中間巷道裡的展出看完，頗為遺憾。據悉展出的是關於「太空飛航史」，精彩可期，就留待下次了吧！

夜遊「伊莎夸」（Issaquah）

這次來「麗景鎮」（Bellevue，位於「西雅圖」之東）兒子家作客，與前幾次略有不同。

主要是想待久一點，瞭解一下周邊地理環境，文化活動等等。尤其兒子新居巷口有公車，四通八達，可以按時乘之出遊，逛山涖水，逍遙自在。所以在抵舍後的第三天，咱們領隊兼嚮導便帶著俺，乘公車去「西雅圖」總站，把「老人乘車證」辦好，坐一次只花七毛五，而且還可以在三個小時之內，免費轉車。

接下來便是遍查公車路線，遠近可去之名勝古蹟，及各地活動日程等等。這一切，領隊皆樂而為之，巨細弗遺，穩當可靠，無須在下煩心。只要靜待通知，一聲令下，著裝登靴便走。

三天前，終於有動靜了。目的地是鄰鎮「伊莎夸」（此鎮芳名相傳是印地安人遺留下來的，聲調鏗鏘，哈哈有老酋蛇舞振羽之姿）。

該鎮位於「麗景鎮」東南約十英里之遙，「莎漫彌溪」（Sammamish）大湖南岸，有九十號高速公路相通，驅車約十多分鐘即達。領隊說：「很近，又是一個湖光山色，風景秀麗宜人的小鎮，值得一遊。」

據聞當晚在該鎮圖書館附近的「鎮民活動中心」，有一場「中國晚會」，包括京劇，歌舞，太極等多項表演，熱鬧可期，我兩欣然前往。

向晚五點多，先由家巷口乘公車至總站，再從那兒轉車去「伊莎夸」。很順當，毫無問題。可是公車不上大路，只在鄉間小道上東彎西拐。時而駛入山林，漆黑一片。時而駛臨村舍，燈火點點。就這樣忽暗忽明，行行復行行，約半小時之後，終於駛入小鎮。

趕緊向司機先生打聽，回說：「還早著哪！」又在大街小巷上回轉了幾圈，來到一個十字路口。他說：「圖書館就在前面，活動中心當在附近，可以下車了！」

落車後，見街道上行人鮮稀，冷冷清清，四顧茫然。幸好街對面有個加油站，燈火尚明，可去相問。老闆說：「沿街向前走，再向右轉，走幾步就到「鎮民活動中心」了，聽起來似乎滿容易的。按之走去，向右一轉，滿街空空蕩蕩，亂亂糟糟，黑黑糊糊，連個路燈也沒有，啥都看不見。遠遠倒是有一棟高聳的建築，尚挑著燈火，必是那兒無疑！

鼓起勇氣大步往前跨。巷子愈走愈深，愈深愈黑，天又開始下起濛濛細雨，一腳高，一腳低，悄然似見暗影幢幢。嚮導忽然有些驚慌起來，說：「還是回頭走大路去吧！」「不要緊，不要慌，看那燈火不就在坡上！再走走就到了。」但心中不免也有些狐疑起來：若有晚會，必有來客。既有來客，必有停車。怎的一車也無？

正於此時，坡對面忽見一個大漢牽著小小孩，從幽暗的幻影裡冒了出來，便壯著膽子上前詢問。那人瞪著眼，咧著牙，鬍鬚滿腮，喉中哼哼哈哈，陰深深地惱著臉回說：「那……那不就是活動中心嗎！但今晚好像啥活動也沒有呀！連個鬼都沒見到！」

驚慌退縮，猛回首，見街斜對面高高挑起彩燈，打著紅紅綠綠兩色的霓虹燈廣告：「SpA」「Chi」。領隊氣定神閑地說：「待我進去問問看」。目送她快步過街，隨即消逝在入口處。真有點不放心，便也尾隨過街而入。

呵！是一個庭園式的陳設，木石壘壘，隱然在下，似聞有流水潺潺。上面架起一道迴旋式的小木橋，兩邊扶欄上掛著一串串閃爍彩燈，如夢似幻地引導著來客漫步向前，小橋流水的另一端便是人家。

隔著大玻璃窗只見領隊在屋裡正與人說話。我推門而入。

噫！這屋子怎的似曾相識？何時來過呀？是在夢裡？或是……？我愣了半響，沉落在幻境之中，飄飄盪盪，不知所之，更不知所云。

過了一會兒，飄浮在空氣裡的菜香，與掛在壁上大型草書「氣」字，猛然把我點醒，恢復了神智。原來前一天才由兒子帶領，與朋友來此共進午餐，此館以台灣小吃聞名。我們是從另一邊進來的，又是大白天，陽光普照，與夜暗的迷幻景緻判若天壤，真不可同日而語。

老闆操著台灣國語說：「本鎮有兩個活動中心，一在南，一在北，你們顯然跑錯了所在啦！」

此時頓覺身心俱疲，動彈不得，只好窩在沙發椅上作深呼吸，調整元氣，晚會也不想看了。一刻多鐘之後，兒子出現在大門前，臉上泛起神祕的微笑。他驅車前來，把吾二老領回。

後記

以「氣」為招牌的飯館是以「台灣小吃」聞名，口味很到地，是我們後來常愛去的地方。

「氣」：台灣小吃

五月元宵燈會

一年多前，花城（Bloomington, Indiana）老友德爾（Dever）夫婦，就懇切地邀約我們，於今年五月下旬，到密西西比河畔的聖路易城（St. Louis）觀賞元宵花燈特展，並安排在他們的親家家中住宿。

起先，只知道此次花燈特展，是由德爾夫婦二媳婦工作的單位所主辦，並不清楚是怎麼回事，還以為是老美別出心裁，弄幾個中國燈籠掛掛而已，並沒把邀約放在心上。等展期漸漸接近，花燈特展的消息陸續傳來，方才知道這個燈會非比尋常，是美國有史以來最大型的中國花燈特展，在該城聞名遐邇的植物園中舉行，前後籌劃了三年之久，動員了當地所有的人力物力之外，又特地從中國四川自貢市，請來三十幾位頂級製燈高手，把所有製燈的材料與成品海運、空運過來（包括四十噸的銅絲、七萬二千英尺的綢緞、及大大小小四萬多個特製的瓷盤瓷杯瓷碗等等），在園裡辛勤地裝配了近兩個多月之久……，消息傳出早已轟動全美。

聖路易城每年五月都要按例舉辦「中國日」的文化活動，今年則把「中國日」與元宵燈會合併舉行（依中國傳統，元宵燈會應在農曆十五舉行，因其地正值隆冬嚴寒，故而安排到春暖花開之季），又從上海等地邀請到特技表演、玉石微雕、書畫展覽等等，再加上當地的百人太極表演，盛大的場面可想而知。

五月二十六日，週六上午十一點半，德爾夫婦驅車載著我們，由花城出發，沿七十號公路西行，橫越整個伊利諾州，五個小時之後，遙見巨型穹門閃亮地矗立在藍天白雲之下，大河橫遶其前。德爾先生指著說，「那就是密西西比河，橋一過就到啦！」

駛過大橋，向城西區遶過去，進入一段寬敞優美的市區，街道兩旁林木葳蕤，沿街的石柱上垂掛著一簇簇艷麗的鮮花，似在向遠道而來的訪客表示歡迎之意。

遶了幾圈，最後駛入一個綠氤青翠古木節毗相連的巷子，在一棟上下三層的米色屋前停下。這便是他們親家的住宅，男女主人早已立在大門前迎迓了。

數年前，大家在花城一次聚會上曾見過面，只是當時人多口雜，未及深談。這次是專程而來相聚的。一路上德爾夫婦介紹說，親家費（Fathman）先生行醫多年，很有音樂方面的素養，費太太則是藝術史專家，對中國藝術特別有興趣……。

果然，大家一見如故，男女主人熱情地表示歡迎之意，就在入廳前的迴廊上大聊起來。費太太指著牆上懸掛的織錦《百子圖》，轉過身又指著几上陳列的《唐俑舞姿》說，「我太愛中國的藝術了！你們來正好幫我驗證一些我多年的收藏。」我們也即送上準備好的小禮物，一條上面印有平劇臉譜的絲巾、一幅「龍」字書法（正巧男主人屬龍）、和一張二胡CD。

安頓清洗之後，隨即在優雅寬暢的飯廳圍席而坐，另有費家二小姐及德爾二公子夫婦，一共八人。餐桌之大，前所未見，杯盤餐具早已安置於桌面四周，桌心一帶排列的並非佳餚疏果，而是大大小小無數的玉雕石刻等古玩，供我們用餐時賞翫，諸如中國的十二生肖，兩個清朝嘉慶及同治年間的圓型玉雕，兩方巨型石印，一隻裸體玉雕，一方玉石微雕，……。一會兒飯菜具備，美食佐以琳瑯滿目的中國工藝品，真是一頓賞心悅目，齒頰留香的餐敘，令人一食難忘。餐後，費先生應眾人的敦請，在客廳的平台大型鋼琴前，自彈自唱了一首多年前自作的歌曲，敘述追憶一段早年的往事，「……在月色銀光下……，一個飄逸的身影晃動著……，度過中庭，進入叢林……，消逝得無影無蹤……。」琴聲、歌聲、與韻緻都充滿神祕性，令人深為動容。

次日晨十時，由德爾二公子夫婦驅車，領我們去植物園觀賞中國元宵燈會。剛到園門口，只見一條數十丈長的金黃色巨型龍燈迎面襲來，高高矗立在中央分隔島上，陽光把龍燈照得金光閃爍，此入園的第一印象極具震撼效果。

按節目時間表上所示，十時半有一場百人太極表演，我們即時趕到，欣賞了這盛大的場面。接著是應邀而來的上海特技表演，一場又一場精彩又驚險的特技，讓大家看得提心吊膽，驚呼過癮。之後在中國庭園裡，有國樂三重奏（二胡，琵琶，與古箏），襯托著池畔「姜太公釣魚」的花燈，幾闕國樂三重奏益顯古樸動人。

當然，看花燈陳設才是此行的真正目的。按地形及主題，在園裡分別陳列了二十六個巨型花燈，諸如，「牛郎織女」，「始皇與秦俑」，「麒麟搶寶」，「九龍壁」，「北京天壇」，「竹林熊貓」，「十二生肖」，「池畔荷花」，「平劇臉譜」，「湖上泛舟」，「飛天」，「梁祝」、「姜太公釣魚」、「四面佛」、「觀音賜福」、「二龍搶寶」、等等。都是高高兀立眼前的大型彩燈，向遊客陳述一則又一則膾炙人口的中國民間故事。其中以「二龍搶寶」最為超大壯觀，引人矚目。在左右各五十多米的兩個水池之上，架起了兩條巨無霸的銀龍，兩龍之間，有一大型彩球高高兀立著。待走近仔細一瞧，原來所有的龍鱗、龍鬚、龍爪、龍嘴、龍眼、龍尾……全是用大大小小的銀色瓷盤磁碟瓷杯製成，以白色尼龍線一盤一杯按古法綁牢相連，完全沒用半根釘子或在瓷器上穿孔，這是何等之技術與耐性！

這次花燈特展有兩句很耐人尋味又引人入勝的標語：「白天看藝術；夜裡看幻術」。

白天在遼闊的植物園裡漫遊了一圈，已充分品嚐了各樣花燈的外觀，其體型之龐大，製作之精巧與匠心，在在都令人嘆為觀止，深為折服，引以為榮。當然，這還是侷限於眼前能見到的，至於燈內的組成與裝配，則非吾人所能置啄的了。

「夜裡看幻術」，要等在德爾二公子夫婦家用過晚餐，待華燈初上，我們又再度返園，二次重遊，才能體會其幻變的美景。

夜裡入園的第一印象是，遊客忽然比白天多了許多，真是扶老攜幼，闔家來遊。滿園的彩燈，在夜幕的襯托下，個個都顯得光艷奪目，散發出魅人的五彩光芒「九龍壁」上的條條蟠龍，其首、尾、爪，忽然都緩緩游動起來，在燈火幻影的配合之下，栩栩如生！「牛郎織女」在雲端遙相揮袂，互道珍重，其情依依難捨。「觀音賜福」高高兀立蓮花台上的觀音，不斷向下面的遊客合十賜幅。「始皇與秦俑」立於眾軍之中的始皇帝舉起閃閃發亮的利劍，向左右轉身含首，似正要督軍血戰中……。池邊的兩條銀色巨龍忽然向左右緩緩擺動龍頭，兩眼射出光芒，口中噴出陣陣煙霧，龍真地要騰空飛去啦！

遊園的人群在燈火幻術的誘導下，好像踏入了一個東方的奇幻世界，一時幾不識身在何處。萬人空巷，磨肩接踵，人頭鑽動，一盞又一盞的魔燈，刺破了四周的黑幕，射入遊人睜大的雙眛，引發了一連串的遐思逸想。這一夜燈火似乎點亮了一個東方古國的歷史與文化，都留著到夢中再去追尋了。遊罷歸舍，方覺歷經一夜魔幻燈火之後的渾身倦怠，匆匆互道晚安，熄燈就寢。

次日晨，大家都多睡了一會兒才起身，早餐安排在後花園的樹陰之下，八人圍著一張圓桌而坐，興高采烈地互道昨夜燈會的種種觀察與體驗，一邊用餐一邊天南地北地聊將起來。據費家二女兒相告，三年多之前，她工作的植物園裡，有人去四川自貢市遊歷，目睹滿城精彩的花燈，歸後遂大力推動此次的花燈特展……。女主人從胸前取下她日前在燈會現場剛購回的玉石微雕，要我為她辨認石雕內容。哇！微乎其微，茫茫一片，無從辨認。待她取出放大鏡，這才勉強看出是唐人劉禹錫的名作，〈陋室銘〉，答應歸後把原文譯好奉上。另外，前一天在漫遊燈會時，來到「中國庭園」，欣見石壁上刻有唐人王維的名詩「竹里館」，也答應一並譯好寄上……。

天下無不散的筵席，聊到近上午十點半，終於依依不捨地告辭而別，四人一車，馳向回程。一路上，閉目靜思，燈會的種種情景，如夢似幻，仍在腦際一幕幕上演……。

【夏輯】

祈雨

古之祈雨曰：「大雩」。

「龍現而雩」謂每歲孟夏，蒼龍昏見東方，以是月祀五方上帝，所謂常雩也。——《左傳》

「旱則君親至南郊，使童男童女各八人而呼『雩』是也。」——《公羊何休注》

從五月初到六月底，整整兩個月，花城（Bloomington, Indiana）是滴雨也無，每天烈日當空，艷陽高照，苦旱難耐，近幾天氣溫竟竄升到華氏一百零四度，地為之龜裂，乾旱之嚴重前所未見。園裡種的菜蔬瓜果，因得不到雨水的滋潤，都顯得奄奄一息。其中最淒慘的莫過於南瓜，原已長得藤青葉翠，繞地三匝，正待發花結瓜了，忽遭高溫的灼傷，葉桿都已焦黃，枯萎待斃。

日前因躲避酷暑，去印大總圖八樓（專門收藏中文書籍）看書，在架上無意間找到一冊名叫《春秋之謎》的書，是論述「春秋」一詞的來源，及與魯史、孔子之間的關係等等。在論述中，作者（劉黎明／鞏紅玉）不時提及一些古字來印證說明。提到古人祈雨的「雩」（讀作：「魚」）字時，讓我不禁怵目驚心，因四下苦旱，正亟需「雩」字來求雨，解救生靈於塗炭。

晚餐時，我把下午剛學到的「雩」字向女主人提出，並順手把該字寫在紙上請她過目。她瞄了一眼，半信半疑地問：「真能祈雨!?」。

是夜，不知何故，老是睡不安穩，到了凌晨二時許，忽隱隱由遠處傳來轟隆！轟隆！之聲，似鼓之輕擂，似輪之急駛。少焉，其聲由遠而近，漸次增強，側耳細聆，方知非鼓亦非輪，乃雷公也。雷聲愈來愈近，愈來愈響。忽然，電光刺破黑夜，霹靂一聲震動屋宇，淅瀝瀝！嘩啦啦！大雨傾盆而下，落在屋頂通氣的鐵蓋上，敲得叮噹作響。我興奮地一躍而起，大呼：「雨來啦！」，內人也高興地走到窗前，歡欣鼓舞地望著簷前垂落的千條線、萬條線……。

次晨起來，走到餐桌前，赫然見「雩」字靜靜地躺在桌面上，似乎還散發著蒸蒸的霧氣。

昨夜這一場突發的雷雨，彷彿印證了古人「雩」字祈雨之功，中華文化博大神奇，行之於異國亦效果卓著，可真是讓人半信半疑又嘖嘖稱奇。對我而言，則是一次難忘的經歷。

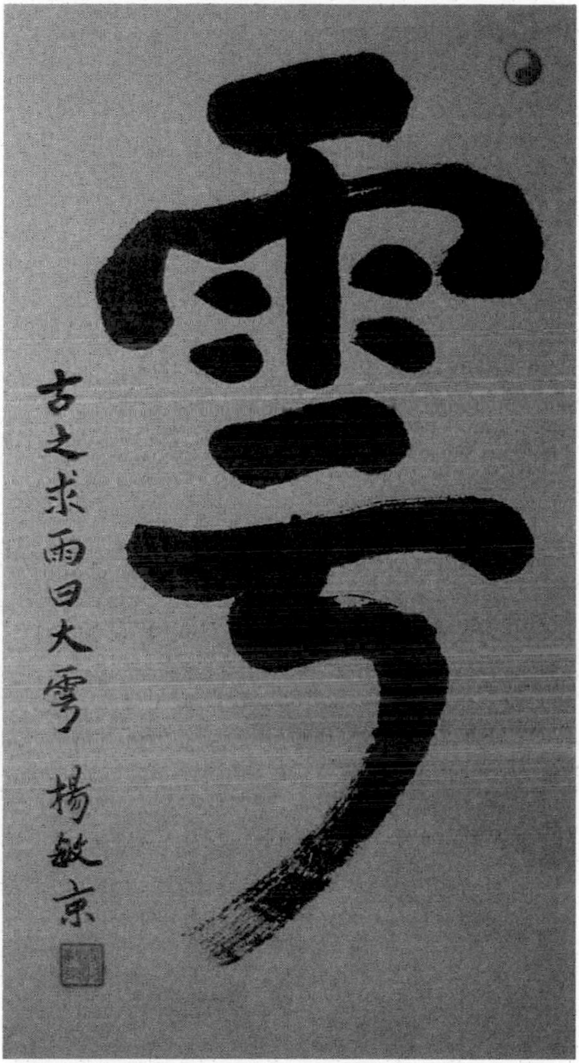

「雩」：古之祈雨

大花卷丹

七月中旬，前後院各型各色的「一日花」（Daylily），經過燦爛絢麗、爭奇鬥豔、熱鬧非凡的一段時光之後，終於漸近尾聲，消蹤匿跡了。接下來便輪到「大花卷丹」登場。

「大花卷丹」，從外形來看，算是一種很獨特的花種。綻放時，遠遠望去，像是高高挑起了一盞盞橘紅色的小小燈籠，東一叢，西一簇，喜氣洋洋，絳爛多姿，讓人眼睛為之一亮，誤以為年節又屆，怎地卻鑼鼓悄然，炮竹無聲？走近一瞧，才發現大自然的天工巧手，真能編奇製豔，令人驚服！

在高高挑起（約七、八尺高）、如大指拇般粗細、微微彎曲弓起的青桿上、由底下往上，層層疊疊，長滿了濃密青翠對生的長長小尖葉，一片片略呈四十五度角向上伸展（此中暗藏玄機，容稍後再談），葉片體形長短，依幾何對稱圖形，逐漸往上縮小，直到桿頂約五分之四處，嘎然而止，餘者便是發花重地。

在高高發花區域內，從桿節上，向四面八方，長出十來根小青莖，互相交錯對稱，各呈約四十五角度下垂，每根小青莖的下端，則懸掛著一粒狀似小青辣椒的花苞。隨時間逐漸推移，花莖與花苞漸漸拉長變大，小花苞由青轉紅，露出花口，從下面翠葉止步處往上，一朵朵「大花卷丹」便美妙綺麗地綻放了，花片回卷，垂掛半空，隨風搖蕩，紅豔奪目！

說它狀似小紅燈籠，一點也不差。每朵「大花卷丹」，由六片橘紅色花瓣所組成，很自然平均地向上翻卷（從未見及花瓣翻卷的過程，可能是夜裡悄悄進行的吧？）合抱而成一個略呈扁型、玲瓏可愛的小圓球，球下還垂掛著長長的紅墜子。

噢！此時您一定會注意到花瓣上，那些多得數不清的黑色小斑點了吧？這也是大自然造物者的另一奇招，所以也有人稱「大花卷丹」為「老虎百合」（Tiger Lily），以示其虎色斑斕也。

若俯身往花心裡仔細瞧一瞧，會發現有六根素色的雌花蕊，從花心向六方伸出，每隻花蕊頂端，各垂掛著一個深紅色、狀似「尖拖鞋」的小東西，能在蕊端搖搖晃晃，漸漸由深紅變成黝黑。在六隻花蕊中間，另冒出一隻碩壯更長的淺紅色雄花蕊，呈眾星拱月狀，被圍在圈裡，似作無聲凝滯的「天鵝湖」之舞。

「大花卷丹」的外觀真可謂是「巧奪天工」，它的「寶藏」更深藏地下，鮮為人知。

每年入秋，花葉凋謝後，女主人便忙著把花桿粗壯如大指拇般的「大花卷丹」，一一連根挖起，圓圓白白的球根即現，球根外層有許多鱗片，耐心剝下洗淨涼乾，便是名貴的「百合」片。

「百合」：味甜、微苦，性寒，入心肺經，潤肺止咳，寧心安神，是難得的進補中藥材。

取完「百合」外層鬆散的鱗片之後，將所剩的緊包球根，盡快入土種回，深度為球根體型的三倍，澆水之後冬眠，明年再發。第一年桿細，只賞花，二、三年之後，桿粗壯如大拇指，即可挖根收「百合」。

前面提及葉片窩裡暗藏的「玄機」一節，君不見，青桿的上半部，每片葉窩裡，都暗藏有一粒黑色小明珠，葉片向上呈四十五度角，正好防止小黑珠，在成熟之前，因風吹雨打而墜落。這粒黑明珠的體型與日俱增，成熟後，墜地生根，來年便是一株小小「大花卷丹」，要生長兩年後，才能開花結籽。

女主人對「大花卷丹」顯然頗有偏愛，院前院後，悄悄到處種植。如今，小小紅燈高高掛，滿園喜氣，美不勝收，往往聽到過路行人，情不自禁的驚喜與讚歎之聲，盛景共享。

若有興趣，歡迎參閱內人為記錄中藥材撰寫的「部落格」，裡面有一段介紹「大花卷丹」的精彩內容，圖文並茂，可作參考：jadegarden117yang.blogspot.com

後記

「大花卷丹」開放的過程，一直無緣見及，心裡不免對之充滿了好奇。於是，選了一枝剪下，插在瓶裡，置於案頭，隨時仔細觀察。枝頭有花三朵：一朵已盛極轉衰、一朵正盛開著、一朵尚狀似「大紅辣椒」，底端小口微開。我要觀察的就是這第三朵。

一夜連起數次，開燈視之，未見動靜。

次日晨，在院裏工作至十時左右，返舍。喜見「大紅辣椒」已突然轉成「大花卷丹」的芻形了，六隻花瓣都已打開，惟尚未卷起，花心吐出六隻雌花蕊，中間是一隻又壯又長的雄蕊……。我目不轉睛地注視著「大花卷丹」的捲曲過程，是一種超慢的變化，肉眼難以見及。大約三、四個時辰之後，花瓣卷曲的工程終於完成，小紅燈籠高高挑起，光豔四射！

換錦花

七月下旬，正當「大花卷丹」在院裡高高挑著小紅燈籠，喜氣洋洋，搖曳生姿，熱鬧滾滾之際，忽然！圃邊籬角，雜草叢裡，有異軍突起，像一把尖頭利刃，從土裡猛然一湧而出，向上迅速衝拔，不到兩、三天，一隻高可及膝（二至三英尺）的嫩黃青翠的長梗，便光禿禿地兀立眼前，梗頂苞開，三、四朵（有多至十二朵的）粉紅色、狀似小喇叭的花兒燦然而放，像是奏著一闋三、四重樂章。啦！啦啦！啦！美樂須共賞呀！

這便是「換錦花」。

其實，我還是比較喜歡它的洋名字：「Surprise Lily」，蓋其來也，迅雷不及掩耳，猛然登場，美豔異常，清香四溢，讓人大吃一驚，名字起得很傳神。

回過頭來再一想，咱們這漢名「換錦花」，也起得不賴呀！

「換錦花」在初春時節早已首次登場過了，從草地裡長出一叢叢翠綠豐沃的長長葉片（有十來英寸長，一英寸寬），似噴泉湧水般，向上彎曲伸展，姿態扶疏，與蘭花葉片類似。不知情的人，還以為稍後葉叢裡必有異卉待放，結果不免大失所望。不久，葉叢枯萎，整個兒從地面上消失，罄無蹤影，一無所有。

六、七週之後，就在大家把它已忘得一乾二淨、正忙著觀賞別種綻放著的花卉時，「換錦花」突然鑽土而出，像新娘子一樣換上了新裝，花桿如劍高舉，快速衝刺向上，花開朵朵，展現美姿，似在對觀賞者說：「別忘了看看奴家丰采！」

「換錦花」與眾花不同之處，在於葉與花，一早一遲，分期發放，頗違背自然常態：「紅花要有綠葉相襯」的道理。何由致之？這是大自然的奧密，只能無語問蒼天了。為了彌補此項外觀上的遺憾，園藝專家建意，種植「換錦花」時，要留意與有綠葉的另一種植物混植在一起，「換錦花」綻放時節，光禿禿的花桿下，便似有綠葉相襯，看起來便是「綠葉配紅花」的美境，相得益彰，華美益盛。

不論如何，「換錦花」的素雅之美是值得細賞的。劍桿匆匆兀立，頂上花苞開啟，冒出大小花蕾五、六朵，有的已豎起喇叭、展現美姿，有的尚含苞待放、蓄勢併發。未放時，花蕾呈深粉紅色，處於外圍的兩三、四朵先開，向左、右、前、後伸展，吹著小喇叭，花朵由六片白裏透紅的花瓣組成，均已奇妙地轉變成淡粉色，素雅清麗，從花心吐出六隻雌蕊，及一隻碩壯的雄蕊。待頂上花蕾全開，則是花團錦簇，美豔至極。尤其圃邊花桿，比比相連，或一字排開，或三、五麇聚，群卉共舞，彩蝶翩翩，蜂鳥點點，更是熱鬧亮麗非凡。

有好事者為「換錦花」另起了一個俗名：「Naked Lady」，示其來時，赤裸裸「一絲不掛」，無衣著之絆，似也不無道理。

「換錦花」，鱗莖，味辛，性溫，有毒（不可食用），據說是源自南非Cape Province。另還有兩樣芳名，叫作：「Amaryllis belladonna」及「Belladonna Lily」，都與「美女」有關。

採蓮憶江南

八月初，一個週五下午五點多，我們一行三人兩車，由花城（Bloomington, Indiana）出發，沿四十五號公路東行，一路蜿蜒曲折，約二十分鐘後，來到「幽寧村」。向左拐，下一個大坡，穿出叢林，眼前忽然閃現一灣碧藍的湖水，四面環山，林木蔥翠。這就是布城附近的三水之一：檸檬湖。

只見湖上有小船垂釣的，有彩帆泛舟的，有快艇飛馳的，各得其樂。咱們醉翁之意不在彼，遂沿岸繼續東行，通過一條兩邊有水，楓林夾岸的長堤，拐一個ㄅ字形的急彎，再向前駛一小段路，已是四下無人荒煙蔓草的景象，忽見路左林邊豎起一面白色看牌，上面寫著：「小非洲——野生動物觀察區。開放時間：日出至日落」。

目的地到啦！

我們順著指示，駛入「小非洲」的圓形碎石子停車場，把車停好，立即開始卸貨。最大宗的是一艄愛斯基摩人用的獨木舟，老友 Nick Venstra（也是我的二胡學生）特地好心用他的小運貨車相送而來，兩人各持一端，使勁移舟下地。內人也從座車裡取出採蓮必需的各樣配備與工具，三人重裝緩緩步入林間小徑，向前走了不到百步，隱隱已聞到一陣陣荷花的清香，再向右邊踏幾步，叢林之後忽然呈現了滿池娉婷玉立的荷花，白裡透黃，拌著濃密翠綠的團團荷葉，都正在夕陽微風中搖曳生姿，我們眼睛為之一亮！

二話不說，立即開始行動。先把小舟移至湖畔，本人自告奮勇，首先登舟發船，兩面用之長槳在手，小彎刀在腰，Nick由岸上猛力一推，小舟便飄浮在碧水藍天之間。我揚起長槳，左一下，右一下，向湖心蓮花叢中划去，此時正是：「夕陽斜，晚風飄，大家來唱採蓮謠……」（韋瀚章／黃自）。可惜湖上寂然，別無人聲相合，等我一舟鑽進蓮花叢裡，前後左右是千千萬萬粗粗細細直直斜斜的荷幹，編織成了一個奇幻的豎線三度空間，頂上有田田荷葉伏蓋，水天暗然。突然覺得好像闖入了「荷花源」的奇境，與外界隔絕了，一切是如此寧謐孤寂。青蛙撲通一跳入水，白鷺猛然驚飛而起，魚兒在水中翻尾濺起浪花，烏龜在水面露出頭來微微吐氣成泡，荷幹折斷的清脆爆裂之聲，在在都會令人欣喜之餘，小吃一驚。手中的長槳已英雄無用武之地，就以雙手左右開弓，拉拔舟畔的蓮幹，努力朝著目標挪進：荷花要含苞未放的，蓮蓬要碩大飽滿的，荷葉要團圓清翠的，一一以彎刀取下，納入艙內。不到半個時辰，已滿載而歸。

在呼喚聲中回到岸邊，立即受到熱烈的歡迎，連人帶貨一起護擁上岸。內人是剝蓮子行家，左手執蓮蓬，右手持小尖刀，笑逐顏開，立即開始幹活兒，顆顆剝出的蓮子咚咚作響，墜入盆中。Nick迫不及待，早已登舟揚槳而去。這才發現渾身已溼淋淋。都是方才在蓮花叢裡掙扎時，蓮葉上晶亮如玉的水珠，連串滾滑而下，醍醐灌頂，澆了我一身。南無阿彌陀佛！

等Nick返航歸來，又是一舟滿載的豐收。他特地採了一朵又圓又大又嫩又白正含苞待放的蓮花，作為回家時送給愛人的獻禮。

看看日已西沉，西天彩霞燦爛，天時漸晚，林子裡陰翳得極快。就趕緊收拾行頭與斬獲，登車返舍，奔向回程。一路上似意猶未盡，依然陶醉在採蓮之樂裡，口中不禁吟唱起：「江南可採蓮，蓮葉何田田，魚戲蓮葉間，魚戲蓮葉東，魚戲蓮葉西，魚戲蓮葉南，魚戲蓮葉北。」（無名氏。相傳為漢代民歌，由一人主唱，東，西，南，北，四人合之）

這樣令人嚮往的江南水鄉採蓮情景，居然在「檸檬湖」之東隅如願以償。

（若您對採蓮花，剝蓮子，及做蓮蓉月餅有興趣，請不妨參看內人張世之女士製作的BLOG，並歡迎提供意見：jadegarden117yang.blogspot.com）。

說蓮話荷

前一陣從「檸檬湖」採蓮歸來之後，對「蓮」的興趣為之大增。經過一陣翻書查典的努力，增長了不少見識與了解，茲略述一二。

譬如「命名」的問題。「蓮」即是「荷」；「荷」即是「蓮」，不分彼此，都是現代用語。而「荷」或「蓮」有一個較古的名字，叫作「芙蓉」（或「芙蕖」）。

愛用「芙蓉」一詞的騷人墨客不少。屈原在《離騷》中述曰：「製芰荷以為衣兮，集芙蓉以為裳」。司馬相如在《子虛賦》裡書道：「外發芙蓉菱華，內隱鋸石白沙」。李白在〈廬山謠寄盧侍御虛舟〉這首詩的結尾處這麼寫道：「遙見仙人綵雲裡，手把芙蓉朝玉京」。白居易在〈長恨歌〉裡，先寫：「芙蓉帳暖度春宵」，後來又說：「歸來池苑皆依舊，太液芙蓉未央柳，芙蓉如面柳如眉，對此如何不淚垂？」柳宗元在〈登柳州城寄漳汀封連四州刺史〉中曰：「驚風亂颭芙蓉水，密雨斜侵薜荔牆」。李商隱在〈無題〉裡道：「颯颯東風細雨來，芙蓉塘外有輕雷」。

但同時也有用「荷」或「蓮」的。孟浩然在〈夏日南亭懷辛大〉中說：「荷風送香氣，竹露滴清響」。王維在〈山居秋暝〉裡寫：「竹喧歸浣女，蓮動下漁舟」。

歷來對「蓮」或「荷」說得最痛快淋漓的莫過於宋理學大師周敦頤先生（一〇一七～一〇七三）。他寄居廬山蓮花溪，世稱「濂溪先生」，性情剛直而淳樸，為人品格甚高，胸懷洒落，是當時思想界的領袖（著名學者程顥和程頤都是他的學生。蘇軾，蘇轍，及王安石都曾向他請益）。他對蓮情有獨鍾，在〈愛蓮說〉一文裡這般寫道：「予獨愛蓮之出於淤泥而不染，濯清漣而不妖，中通外直，不蔓不枝，香遠益清，亭亭淨植，可遠觀而不可褻玩焉」。周先生把自己的品格胸懷一古腦投射到蓮花身上，稱之為「花之君子者也」。文末他感慨係之地問：「蓮之愛同予者何人？」

余不禁萃然揚聲答曰：「在下就是！」

先生在〈愛蓮說〉裡，對蓮之描述可謂至理名言，令人甚是景仰欽佩。稱蓮為「花之君子」，本人也很有同感。至於「可遠觀而不可褻玩焉」一句，抱歉，真是難以照辦。敝人最近才泛舟採蓮歸來，在蓮花叢裡近距離觀賞，甚至把蓮花採下拿在手中左顧右盼時，那種無以言傳之清香與秀美，絕非「遠觀」者所能知其萬一。

再說，先生論「蓮」，意在花，不論其他。須知花開花謝之後，蓮蓬長起，成熟後蓬中蓮子，更是無價之寶。

總之，愛蓮之心，余與先生同，引為知己。但在賞花樂花的美學層面之外，蓮之實地妙用則更是無窮。

（欲知蓮之妙用詳情，請參見明代名醫李時珍先生編著之《本草綱目·第三十三卷——果部》）

夢幻雪花巷：擂鼓之夜

西雅圖地形狹長，朝南北方向逸出，兩側有湖，類似江南水鄉澤國。住戶多依山傍水而居，白屋隱翠林，湖光銜山影，彩帆翻點點，風景秀麗如畫。它周邊有幾個小一點的衛星城，也多是濱水而立，秀麗依然。其中之一便是座落在東邊的「麗景鎮」（Bellevue），這正是此番來兒子家作客落腳之地。

麗景鎮每到歲尾佳節時期，最引人矚目的，是鎮中心兩條十字交叉的大街（Bellevue Way and NE 8th Street），忽然像大姑娘出門似地裝扮了起來。各家商店門前，都配上了五顏六色的小小閃爍彩燈，沿街的扶欄上高高低低掛起巨型的各式雪花銀燈，與一株株飾滿晶晶繁星的樹叢相互輝映。街邊每根電桿柱旁，已裝配好一壘壘約半人高的圓台，台頂兀立著一個個近似真人高的玩具人：八撇鬍，戴黑帽，著紅衫，穿藍褲，登黑靴，執藍鼓。過往的路人，彷彿聽見有隆隆鼓聲作響，熱鬧滾滾。

整個慶祝活動總稱為：「夢幻雪花巷」，今年是第八屆。從感恩節起始，一直進行到聖誕前夕，每晚七點開始表演，前後約二十多分鐘。有一百二十位演出者參與其事，包括：十二位踩高翹；十三位耍棍舞者；六位精靈；十八位化裝成麋鹿，大白兔，北極熊；十二位裝扮成國王皇后及白雪公主；還有五十位擂鼓人及六位造雪鼓者；八位銀鈴舞者。其場面之浩大壯觀，熱烈多姿，可以想見。

我們選在聖誕節前夕，也就是最後一晚演出時前往觀賞。

匆匆驅車來到大街前，只見街道兩邊人行道上，千千萬萬彩燈閃爍，大大小小雪花晶亮奪目，烏壓壓一片人潮洶湧，趕緊把車停好。兒子說，在十字街口看最好。果然是人擠人，滿街熱鬧盡收眼底。

忽見有位妙齡少女，鶴立於眾人之上，一身純白，大步向我們走來，原來她長褲理隱著高蹺。美麗的白雪公主也在人群中出現了，大家紛紛跟她合影留念。打扮得維俏維妙的國王與皇后正在人叢中來回穿梭，向群眾頻頻含首致意。銀鈴舞隊踏著音樂，擊著鑼鼓，由街對面載歌載舞跳了過來……。北極熊，麋鹿，白兔在街對面人叢裡忽隱忽現……。

七點一到，樂聲大作，高高矗立在街邊圓台上的真鼓人，與玩具鼓者相背而立，只見他揣起雙棍，左搖右晃，原地踏步，依著音樂，鼓聲雷動，把熱鬧掀向高潮。街角亮台之上出現三位造雪舞者，一身雪白，頭戴白色面罩，蹦跳起伏，輪著雙錘，擊鼓敲鑼，好不熱鬧！台頂上的造雪機適時噴出雪花，在空中飛舞飄揚，群眾歡聲四起，都仰首翹望，一對對明亮的雙目映著四下的彩燈與雪花，到處一片彩色燈海，把黑夜照得通明。

近半小時的熱烈夢幻情景，好像一霎時就匆匆結束了，樂鼓之聲悄然，一切又恢復平靜。所有的演出人員列隊緩緩步入對面百貨公司的側門。人們卻依依不捨，似仍駐足幻境，流連忘返，遲遲不願歸去。

一夕滿巷樂鼓雪花妙趣，餘韻繚繞，都帶回去，到夢境裡慢慢品嘗吧。

爐火之災

二〇一二年十二月十二日，我們由印州花城（Bloomington, Indiana）飛抵「西雅圖」，在鄰近的「麗景鎮」（Bellevue）兒子家作客。除了含飴弄孫，享受家居之樂而外，也學會了搭乘公車，遊山逛水，來去自如，好不自在。附近大城小鎮的『老人中心』，幾乎被我們乘公車跑遍了。一一參觀了解其設施之餘，並選擇參與了一些活動，諸如：書法，太極，排舞，撞球，合唱，等等，樂在其中。

當然，到了週末，全家驅車出遊，到遠一點兒的地方去。例如位於『西雅圖』南郊的「飛航博物館」（Museum of Flight）便是其一。大年初一，都放假無事，兒孫相伴，一齊出遊，同去該館看飛機，大人小孩，各得其樂。但館內的陳列實在太豐富多彩，一次怎麼也看不完，遂興起重遊之念。

元月二十一日，星期一，待大伙都上班上學之後，俺二老匆匆把早餐用畢，再順便將餘羹熱一熱。一看，還有十幾分鐘公車就要駛到巷口了，連忙著裝登靴便走。所幸拔腿飛奔有成，即時趕上了公車，安坐車位之上，閉目調息，心中暗自慶幸。

約莫半個時辰之後，正轉乘第二輛公車飛馳南行途中，忽然想起爐火未關之事。糟了！趕緊以手機通知媳婦，因她工作地點與家較近，促其趕快回去看一看。之後，我們繼續南行，再轉了一次公車，才順利抵達目的地。舊地重遊，補看了兩個部門：一個是最早期飛機製作過程，皆以手工木製，令人大開眼界，始知昔日創業之艱辛。另一個是太空飛航史，展示人類如何努力奔向太空，冒險登上月球……。

一直看到下午五點多閉館之前，才心滿意足，沿原路北返賦歸。

大約六點半前後，安抵家門。隔窗欣見孫兒正由媳婦陪著，在玩具室裡玩耍。她為我們開了大門之後，迅速折回玩具室，並把門關上。咦！這是怎麼回事？向裡邊走了幾步，立即聞到一股刺鼻的煙燻味，瀰漫室中，窗門大開，室內冷颼颼，幾台電扇正呼呼向屋外吹著。推門向媳婦問訊，她說：「趕回來時，滿屋都是煙呵！」

糟了，糟了！隨即向媳婦表示歉意，「人上了年紀啦！……」。「沒關係，吹吹風就好了。」她好心地安慰著。不久，兒子下班回來，立即加強向外抽風的工作。

一連兩天，人不留舍，門窗大開，不斷向外抽風，並讓前後窗門空氣對流，……。第三天，房屋保險公司派專人來勘察，檢驗的結果是：須澈底大清除，方能把附著在壁上，天花板上，器物上，……看不見的毒煙臭味去掉。大包小包的食物都必須拋棄，衣物家具也均須送洗，……。處理期間，人更不能留舍。要多久呀？大概要兩個禮拜吧。呵！無家可歸矣！

所幸保險公司同意承擔一切費用，包括旅館住宿費用在內。於是大伙便攜帶了必需之日用品，搬遷入鎮上一家大旅館「摩瑞奧」，分成兩處，各住一大套房。

旅館設備齊全，屋舍寬敞，除了有豐富的免費早餐供應之外，還有游泳池，健身房，電腦室，等等，任君盡情享用。尤其是五樓後窗，面對高速公路，不到兩歲的孫兒佳峻，駐足窗前，看著來往穿梭不斷的大小車輛飛馳而過，瞧得目瞪口呆，樂不思蜀矣！

三天後，我們把行李收齊，由兒媳孫三人陪同，赴機場登機離去，結束了「麗景鎮」前後一個半月多之行。

其後，據悉他們一家三人，在旅館再住了一週，方才遷回。

經此動亂，如何重整家園？如何添購物品？如何清掃屋舍？如何恢復正常生活？……。在在都不是一蹴可成的。可想而知，必有一番辛苦。我們遙在天邊，除了深感歉疚之外，別無他話可說了。

寫到這裡，獲媳婦來信，她這麼說：

> 請爸媽不要再為此事煩心。我個人認為整個事件是一項天賜的福份吶！我們都喜歡住旅館，你們也親見佳峻更是樂在其中……。房屋保險公司及清潔人員，都易於相處，而且工作認真努力。屋子的火爐及通風管，早就打算清掃，這次終於澈底清掃乾淨。所有拋棄的日用品，甚至包括尚未開包使用的東西，保險公司一律以現金償還，連一架破舊的麵包烤箱也算在內。從經濟的角度著眼，我們非但沒有損失，反而賺到一些。更重要的是，在

整修廚房之前，一切都清除乾淨了。

我們設法過簡樸一點兒的生活，非必要的，就不再添購。其實，我們也不需要那麼多。所有拿去清洗的衣服都將送還（包括一些在第三天就送到旅館的）。能把所有的衣服，窗簾，床單，都由專人清除一淨，也真是一件好事。

所以，與上述諸多好處相比，一些生活上的小小不便，就顯得微不足道了。請寬心釋念。很高興知道你們在舊金山灣區一帶生活愉快。「部落格」裡的照片都很精彩哩！

祝旅途愉快！

蒞悅敬上。

信中對我們滿是諒解與安慰，讓人深為感動。「爐火之災」竟轉換成「塞翁失馬」，也是始料未及的。一場無心之失就這樣在「焉知非福」聲中暫告落幕。

#【秋輯】

窗外秋色

十月中旬，從「西雅圖」遊罷歸來，驚見大自然的巧手，已悄悄地把小鎮內外，點染編織成一片絢爛的秋色了，飛紅的，深黃的，暗紫的，栗青的，東一叢，西一簇，彩繪鮮麗，一望無邊。

舍前，在巨無霸的「橡樹」與屋宇之間，有一棵「銀杏」，已有四十多年的樹齡，係由前任屋主的小女兒手植。是一株雄的，只長葉，不結果（雌的會結果，可惜果實熟後墜地，「其臭無匹」云云）。

這株銀杏樹已長到三層樓那麼高了，樹椿幾可合抱，枝葉繁茂盤結，屏立窗外。春、夏之際，翠綠滿樹，青蝶翩翩，兀立枝頭，在陽光下粼粼閃爍，頻頻隔窗向室內投射清涼的綠意。如今，時值仲秋，銀杏葉突然全都轉成深黃，金輝四射，把室內渲染成陣陣暖和的秋韻了。

忽然，一夜之間，銀杏葉開始紛紛飄落，在樹根四周鋪起了一層金黃色的地氈，與藍天白雲相映成趣。由窗口望去，見樹枝上的黃葉依然濃密，何止千千萬萬。寂靜中，忽然東一片，西一片，悄悄由樹頂墜下，有的在空中來回不斷翻滾而落，有的則盤旋飛舞、悠然而降，輕靈優雅，飛姿各異。大風忽起兮雲飄揚，葉片在樹枝上一陣猛烈顫抖，天女撒起黃蝶，勢如千軍萬馬之奔騰，紛紛火急迴旋飄降，颯！颼！價鳴響，淅瀝瀟颯，奔騰澎湃，窗前人為之一驚。噢！這「歐陽子」的「秋聲」來得何其驟然！

「萬里悲秋常作客」的杜甫，「秋興」之作不少，感懷至深。在〈登高〉一詩中，云：「無邊落木蕭蕭下，不盡長江滾滾來」。面臨秋色與大江的驚心景緻，詩人遙遙相望，蕭蕭、滾滾，氣勢刻畫得何其遼闊壯觀！在〈遣興三首〉裡又云：「風悲浮雲去，黃葉墜我前」，「風悲」現心境，「黃葉」悉秋臨，雲飄去兮黃葉墜，動態鮮明、細緻精微，不知一片黃葉忽然飄落眼前，在老杜心頭驚起幾許感傷與悵惘？聽他又吟道：「北風黃葉下，南浦白頭吟，十載江湖客，茫茫遲暮心」。

近讀英國「自然史」專家J. A. Thomson描述「秋天」裡的「落葉」一段，對飄墜的落葉又有更深邃入微的認識。

Thomson教授這樣寫道：「樹葉在垂死之際，依然與活著時同樣有用，漸漸變得空空如也，只剩下一些廢物了。在貴重物資都已退回防冬的庫房時，便要真正預備墜落了。平時，很堅韌結實的葉柄底下，現在從裡邊長出一層柔軟多汁的細胞來，不斷增大變成一個彈簧墊，把葉子擠掉，或使葉子與枝幹之間的附著力變得微乎其微，一陣風起，便輕而易舉地把那聯繫生死的橋樑拆斷。這是一種極精緻的外科，手術未行之前，已將創痕治癒。」

妙哉！妙哉！原來葉片在落地歸根之前，還有這麼微妙精緻的變化與安排。這種大自然的奧密，若沒有植物學專家的探幽取勝，一般人恐都見不及此。

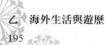

我們常在院子裡幹活的人，一到深秋，萬物蕭條殆盡，掃除落葉是一樁不可倖免的工作。滿園鋪天蓋地的乾葉，踏在腳下「嚓！嚓！」作響，使出九牛二虎之力，先把它們耙成一堆一堆又一堆，再裝入許多大袋子裡，運到一個定點，用打砸機把葉子打碎，撒在田裡當堆肥，也是給大地鋪上一層禦寒的冬衣。

但此時此刻，我還不準備掃除覆地的黃葉，因為向南一大排高聳的Burning Bush，正從上朝下灑得一片飛紅；大橡樹的鋸齒葉已抹成黃綠相間的色調，尚未大量飄落；偏北籬邊的「迎春花」葉已染成朱紅；對面鄰家的楓樹也渲成了暗紫；隔壁的兩棵松柏依然常青；……。我想讓窗外的秋色再相互調配整合一陣子，好充份品賞這多彩鮮麗的秋韻，我還要再等一等。

秋收記趣

從三月下旬播種起，直到十月底，足足七個月，咱兩在園裡充當老農，開田墾地，除草澆水，搭架築籬，自力更生，辛苦耕耘。喜得過不多久，便苦盡甘來，常有採自田間的新鮮有機菜蔬供應，盤盤珍饈上桌，「乾扁長豇豆」固好，「秋葵炒番茄」也妙，「韭苔、香椿、煎豆腐」更爽，餐餐大快朵頤，快活無匹。

其中一種菜蔬、供應源源不絕、歷時最長最久的，那便是油瓜與南瓜。有上尖下圓的，也有圓胖如鼓的；有黃的，也有青色帶斑點的。形狀與色調，變化多端，各行其是。老農都一視同仁，不分彼此，時時皆投以關愛惜物的眼神。未幾，瓜藤紛紛在三個高竹架上大顯身手，盤結游走，無往不利，突破籓籬，只得另增建竹架以迎之，五步一花，七步一瓜，看得老農心花怒放，笑逐顏開。

女主人特愛黃喇喇的瓜花（公的），每日向晚，常採集滿滿一籃。先把睡夢中的花中仙子（蜜蜂）掃地出門，去花蕊，洗淨後，與麵漿調和，參微糖，以薄油煎之，也是桌上一道美味，香甜可口，如食人參果！

至於瓜嘛？則要耐心地慢慢等待囉！除草澆水施肥之外，瞧著它們一天天吹漲鼓胖起來，一一逐漸成形。噢!?這個是圓鼓的，那個是上尖下圓；咦!?這個是黃的，那個卻是青中帶斑的。指指點點，有些像瞧著一群熱鬧玩皮、漸漸成長的孩子，喜悅自不在話下。

瓜兒愈長愈大，愈大自然愈重，承受重量的瓜杷兒也愈長愈粗、愈壯、愈韌。在瓜頂中央與瓜杷兒接頭處，自然形成一個五角型、毛茸茸的堅實青色鎖蓋，把三、四十磅的巨無霸大瓜兒高高挑在半空，映著藍天白雲，看得老農觸目驚心，只好趕緊回家找一把高腳凳，墊在大瓜之下，以防萬一，方得安然入眠。其實，是杞憂之慮啦！這種大自然的精心妥善安排，常會令人拍案叫絕，自歎弗如，驚服不已。

十月下旬，氣溫忽然從華氏六、七十多度猛墜到四十多。要變天了！趕緊發出緊急動員令，兩人合力，把藤上所見之瓜，統統一一摘下，用小推車運回，置之案頭，大大小小，林林總總，共計有五十多個。剛好「萬聖節」即將來臨，便抱著瓜兒，分贈四鄰，以茲慶祝，與眾人分享這老天爺的賞賜。

兩天之後，氣溫再驟降到二十多度，已是攝氏零下了，天寒地凍矣！兩人又在瓜藤的隱蔽處，再尋尋覓覓，把漏網之魚一舉成擒，又得大小二十餘，堆得滿桌滿檯盡是瓜，頗有「瓜災」之慮，秋收終告完成。

遙念遠在天涯諸友，無法與之分享秋收美味，只能電傳幾幀和眾瓜兒的合照，讓他們過目一睹，不無「望梅止渴」之意。不料，大家的反應卻異常熱烈，都見瓜心喜，給予各種美言獎勵。花都家煜、鍾皖來詩相賀，曰：「秋高氣爽楓葉黃，遐思時念老同窗，忽接伉儷豐收照，南瓜撲鼻陣陣香。」

寶島貞婉則異想天開，說案上大大小小、各色各形的瓜兒，有點像「種族大融合」，不分彼此，黃青斑爛，圓尖長扁，相聚和暢，完全沒有「種族歧視」……。

西雅圖紹康，一向風趣幽默，說：「貴府大豐收，必是楊氏族繁丁旺之兆也。」

洛城同秋，大聲疾呼曰：「老天爺！你們這些各色各形的寶貝瓜兒，真讓人憐愛，頗想獲得幾個而後快！」

溫哥華世明稱：「南瓜已證實了有防治糖尿病的功效，因瓜裡含有豐富的『鉻』與『鎳』，能刺激胰島素發揮作用……。」

京都秋麟欣然相告：「南瓜有減肥美容的功效，故在日本也掀起熱潮，有南瓜美食專賣店，出售『南瓜沙律』，『南瓜湯』，『南瓜雪糕』等等。」

當然，最樂的還是咱們自己。美瓜當前，美味在口，不禁忽然吟唱起莎翁名句：「啦！啦！啦！就是帝位也不換呀！」

一道最普通的佳餚便是，「清煮南瓜」：把南瓜切成小方塊（不去皮，皮最營養。若太老，則罷），少油爆大蒜，置瓜入鍋，少鹽，加半杯水煮之，至瓜軟方可，香甜自不待言！

另一道美食是，「瓜底蒸肉」：用油瓜的圓胖下半截，去籽挖空，置滷肉、板栗、香菇、蔥、蒜、及各種調料於其中，以外鍋滾水蒸之，妙極！與「佛跳牆」類似，而瓜肉亦幽香四溢，入口即化。

女主人剛從鄰居那兒學會了作「南瓜派」，正好也派上了用場，內加核桃仁及小紅梅，樂煞人！（為了節省能源，我們在院心以空心磚，築了一口灶，灶上架起大鐵鍋，以乾枝引火蒸南瓜，方便、取暖、又省電，「南瓜派」遂供應不斷。）

您嚐過「南瓜粥」嗎？把南瓜切成小塊，另加些麥片、米飯，合水煮成粥，利口爽胃，若再配以小菜、醬瓜、花生米、饅頭之類的東西，那就更妙不可言了。

昨晚，又嚐了一道太太精心製作的「南瓜蛋糕」。熱騰騰、黃澄澄、酥脆脆、香噴噴，午夜夢回，依然口頰留香。

忽見報載，說近年以南瓜入饌的菜譜也不少，如「鴻星」的「南瓜燉翅」；「蘇浙同鄉會」的「南瓜八寶飯」，「南瓜粉蒸肉」；「舢板」的「南瓜布甸」；「滿貫廳」的「南瓜粒臘味飯」，全都是非常可口又有益的菜式，可惜都還沒能先嚐為快！

午後，清理瓜架，在樹叢草堆裡，赫然又得兩瓜，圓胖如鼓，青中帶斑，都有十來磅重，算是意外的收穫，秋收至此打住。

瓜之寫真

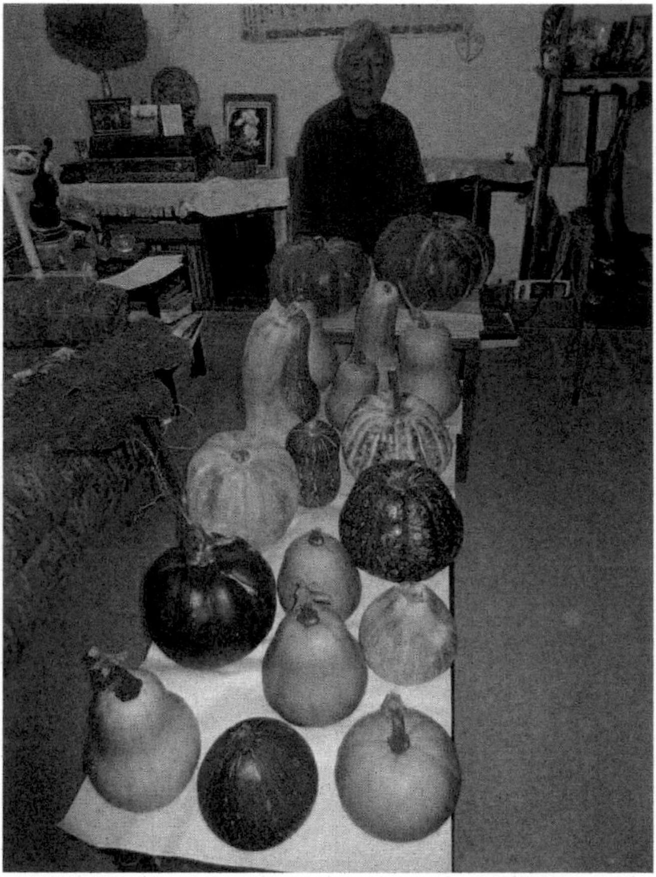

女主人與衆瓜

黑眼菊

舍下園裡群芳，可略歸成幾類：一種是「嬌客」，像牡丹、芍藥、和鳶尾花（即「愛里絲」）。一種是「豔客」，如大花卷丹、換錦花、大理花、一日花、和山杜鵑。一種是「稀客」，如早春的番紅花、及封齋花（Lent Rose）。一種是「雅客」，如梨花、桃花、杏花、蘋果花、水仙、劍蘭、蝴蝶花（Butterfly Bush）、秋牡丹（Anemone）、矢車菊（Purple Corn Flower）、和繡球花。還有一種名之為「霸客」的，則非「黑眼菊」莫屬。

啥是「黑眼菊」呀？

噢！就是那種花朵兒麇聚成百上千、小小圓圓（直徑約二至三英寸）、花瓣呈淺黃色（近花心一帶黃色略深）、花朵常由十三片瓣兒組合而成（上下參差有序，瓣上有三道縱向淺溝，瓣尖呈鋸齒形）、花心凸出一個烏黑（有點兒深黃帶紫）大眼球、紛紛舉首仰望蒼空的野菊花。洋人喚著「Black-eyed Susan」，園中每年七、八月大開，盛況持續到初秋十月方罷。

何以稱其為「霸客」？

喔！蓋其行止，「耀武揚威」，「霸氣十足」也。

其一、不請自來，傲傲然不可一世

原來園裡一株「黑眼菊」也沒有，倒是左斜對面鄰居的水溝邊，長了一大排，每年花開時節，遠遠望去，在豔陽下金光閃爍，很是耀眼。不知是哪一年，「黑眼菊」突然躍過馬路，來到我家，在前院出現了，為我們帶來一陣欣喜。

其二、當仁不讓，搶佔先機

既然來了，我們自然樂觀其成。就讓它好好成長吧，屆時也必是橙黃一片，釋放金輝，與斜對面的姊妹花兒，隔街招喚，相映成趣，互道珍重，不也是美矣哉！

但是，好景不長，幾易寒暑之後，「黑眼菊」以「當仁不讓」之勢，把它黑眼珠裡的千千萬萬微小花籽，釋放出來，遍灑園中。這裡一叢，那兒一簇，霸佔了別人的園地不說，甚至把園中的步道、籬門、工具房的出入口，都一一搶佔，霸為己有，伸起高可及腰的花叢（高約六、七英尺），黃喇喇一片，攔住去路，裹足纏腿，讓人頗有「行不得也」之困境。

其三、聚衆呈威，目中無人

「黑眼菊」最霸氣十足之處，是憑其姊妹人數眾多，打的是標準「人海戰術」，猛然一擁而上，或一字排開，或四面夾攻，搶地豎旗，宣告設寨大獲成功。其他的花卉菜蔬，或因個兒矮小，或因枝桿脆軟，寡不敵眾，招架不住，紛紛被擠壓在下，不見天日，坐以待斃。

其四、彪悍耐旱，毫無退讓之風

「黑眼菊」最絕之處，是它耐旱性極強，不論天氣多熱多乾，它總能樂其所哉，歡歡欣欣地照長不誤，黃澄澄的花兒開得更豔麗奪目。

君不見，森林大火之後，從灰燼裡首先浴火重生的，就是「黑眼菊」，金黃一片，快活似仙。有鑒于此，它在一般花園裡，搶地豎旗，真是輕而易舉，得來全不費工夫。無須退，無須讓，只要猛攻拼鬥，即可所向無敵！

其五、再接再勵，願得天下而後快

照這個架勢不斷發展下去，「黑眼菊」奪取天下，君臨萬邦之期，指日可待矣！可惜，它雖有高居「萬花之上」的潛力與本事，又有吃苦耐勞的精神，依然仍屈居於「一人」之下，那便是花園的女主人。

她日日總理園中事務，精心調配各種花卉、菜蔬的種植時間與地點，特別留意生態的平衡發展問題。「黑眼菊」的「蠻橫霸道」她自然是看在眼裡，忍而讓之到了某一天，出其不意，突然下達了「拔」與「剪」的兩字真言。

所謂「拔」，就是趁雨後土鬆之際，快速把那些長得「不適其所」、「目中無人」的「黑眼菊」，連根拔起。所謂「剪」，就是拔起之後，再用小剪刀，一朵一朵地把花兒剪下，曬乾後，棄入大桶，最後由收垃圾人運走，不讓它們再有在園中播種繁殖的機會。

去年十月裡，因外出旅遊，一時疏忽了「拔」與「剪」的工作，難怪今年「黑眼菊」，園前園後，無處弗有，比比皆是，金黃叢叢，亮眼之餘，也頗令人心驚。

據知，「黑眼菊」只在美東、與美中地區一帶才見得到，花色還有豔紅與純白的，更有爬藤的，也都頗為可觀，只是它的「霸氣」若能收斂一些就好多了。

後記

九月裡，我花了三天的時間，把園中的「黑眼菊」剪除了百分之九十五，以免明年又遭霸占之災。

黑眼菊

媽媽教我的歌

「母親節」快到了，謹以此短文紀念我的母親，並向普天下偉大的母親致意問候，祝妳們健康、快樂。

孫女「之蕊」十歲了，剛上小學五年級，學校在田那西州的納溪城（Nashville, Tennessee），離我們的住處約有五個小時的車程。上週我們專程南下去看她。去之前，她在電話上告訴我們說：「班上的音樂老師正推行一項文化傳承的活動，要邀請長輩去表演『媽媽教我的歌』，希望爺爺奶奶到時候能來班上……。」

孫女相邀，義不容辭，立即答應按時出席。

媽媽教我的歌？無須選擇，其實就那麼一百零壹首：〈蘇武牧羊〉。此曲是母親的最愛，她時時哼唱，欲紓解積壓心頭的苦悶。那是在抗戰時期的陪都重慶，父親於戰火連天中不幸去世，丟下無一技之長的妻子和三個年幼的兒女。母親奮力支掌，含辛茹苦，度著艱難困頓的日子。她把自己眼前的苦難，與蘇武牧羊北海十九年的厄運，相互聯繫起來，獲得一些「同病相憐」的慰藉。

從小我就愛聽媽媽唱「蘇武，牧羊北海邊，雪地又冰天……。」她一遍一遍又一遍，不斷地唱，不多久我也就跟著媽媽一齊唱，後來我還能用胡琴拉給她老人家聽。如今，數十年之後，由妻子陪同，我拎著胡琴，去孫女兒班上表演這首老歌。

週四一早，女兒驅車送我們陪著之蕊一齊去學校。校園裡，走廊上，紛紛攘攘，十多歲的青少年，與匆匆揹著書包，擠過人潮，奔向自己的教室。八點上課鈴聲一響，大家各就各位，入室坐定，我們跟著進去，立於牆邊。老師在黑板上寫著當日的行事曆，提醒一些應注意的事項。之後，她把目光轉向我們，對學生說：「今天很高興有之蕊的祖父母遠道從印第安那而來，為大家介紹中國的老歌，機會難得，很是歡迎。」說罷，一陣掌聲響起！

在眾多好奇的目光中，我們走到教室正前面，向大家道聲早安，並宣布即要介紹的中國老歌：《蘇武牧羊》。先由奶奶說明該曲的時代背景和內容：「蘇武是奉漢武帝之遣，在西元前一百年去西域與當地的胡人談判講和，……結果被羈留在北海邊牧羊十九年……。」哇！西元前？十九年？這麼遙遠漫長的歲月，對這群十來歲的小孩而言，實在不可思議。至於蘇武所遭遇的困頓、痛苦、寂寞、鄉愁、等等情懷，則更是他們無法理解。一對對閃爍的眼神似乎釋放著疑惑與不安……。

我趕緊拿起胡琴，攀上老師的高腳凳，兀坐鶴立，讓大家可聆能見。把弦調好，正準備開始演奏了，耳邊忽然響起當年媽媽吟唱的歌聲，依然淒楚低沉，聞之令人不禁心酸。我含著淚水，立即以琴聲迎上去，伴著那熟悉又悠久的曲調：

「蘇武，牧羊北海邊，雪地又冰天，羈留十九年，渴飲血，餓吞氈，野幕夜孤眠，心存漢社稷，夢想舊家山，歷盡難中難，節旄落盡未還，兀坐絕塞，時聽胡笳入耳心痛酸。蘇武，牧羊久不歸，群雁卻南飛，家書欲寄誰？白髮娘，倚柴扉，紅妝守空帷，三更徒入夢，未卜安與危，心酸百念灰，大節仍不少虧，羝羊未乳，不道終得生隨漢使歸。」

一曲奏罷，掌聲四起，紛紛舉手問詢。有的想知道樂器的名字和歷史、有的想瞭解胡琴的質地與結構、有的想探討胡琴發聲的因素與過程、有的問我學了多久？都一一簡約地回答了。

坐在左邊牆角的那個小女孩忽然舉手說：「聽您拉琴好像在唱歌一樣！」

哇！真是一語中的。我的確是在胡琴上盡情地唱出心底之歌。今天尤其不同，是伴著媽媽一起唱的。

南胡表演

夢露湖畔垂釣的奇遇

夢露湖（Lake Monroe）位於印州花城（Bloomington, Indiana）之南約十五英里，是一人工湖，除蓄水供水而外，也是泛舟垂釣的好去處。

初秋，我們一行三人（內人，我，鄰居小劉）一道去夢露湖畔釣魚。驅車二十分鐘左右，轉彎下大坡，開闊的湖面立刻呈現眼前，駛過穿越湖心的長堤，向左一轉，沿路開到船塢，便抵達目的地。大伙二話不說，立即開始分頭工作，內人和小劉喜歡釣小魚，我則按魚仙李教授（可惜他臨時有事缺席）的指示，用雞肝釣大魚。待一切就序，坐下來等魚上鉤之際，猛抬頭，只見湖畔四周點點的秋色，已頗賞心悅目。

未幾，鈴聲陣陣，釣竿頂前後搖晃，已有魚兒上鉤！我興奮地收線，幾番緊張的拉鋸拔河，順利拉回一尾約十五，六吋的鯰魚（catfish）。過不多久，鈴聲又響，再拉回一尾更大的鯰魚。內人放下自己的魚竿，跑過來看，高興的豎起大拇指叫好。唔！初試身手，即能連連斬獲，可圈可點。內人和小劉也釣了不少小魚，大家都很高興。

湖上偶有小艇駛過，掀起一陣陣的波浪。忽見一艄小艇由湖面右邊駛來，漸行漸慢，向我們接近。艇上一前一後坐著兩位老外男士，向著我笑顏相迎，我也搖手向他們打招呼。等小艇接近岸邊，坐在船首的對著我喊叫，只聽清楚……Fish……一字，以為問我有何斬獲，便跟他比了比所獲魚之大小。還是內人耳朵靈，聽明白了。不對啦！人家是問你要不要魚呀？真的？我半信半疑，便大聲向他們回話——Sure!——If you——。話還沒說完，小艇已慢慢停下，船首向著岸邊。坐在船尾，留著一臉黑鬍子的大漢站了起來，俯身打開座前的大箱，伸手進去撈出一尾大魚，又一大尾，再一大尾，接著又撈出兩尾稍小的，前後一共五尾，都是大嘴鱸魚（large mouth bass）。我們趕緊提來自備的大圓桶，準備接魚，心裡樂極了，這真是天上掉下來的福氣呀！五尾鱸魚都已傳遞到船首，準備上岸了，大黑鬍子走到船首說：照張相留念吧！隨即雙手拎起三尾大的，另一位坐在船尾的，取出相機，喳！喳！攝影完畢。小劉穿的是雨靴，提起大桶，跨入水中，一尾一尾的接之入桶。在連連謝聲中，他倆開動小艇，掉頭向左駛去，一會兒即不見蹤影。

這分意外的饋贈使我們頓覺富有起來，天也開始滴滴答答地落起小雨，於是大伙就決定提早收工回府。待把各樣魚具、魚桶都搬送上車，正要啟程回家，突然駛來了一輛專管檢查釣魚執照等事務的巡邏車。我們都已超過免魚照的年齡（印州規定：一九四三年四月一日之後出生者就需要購魚照。），因此也不放在心上，還很友善的跟巡警打個招呼。沒想到這位年輕的巡警下了車，惱著臉、兇巴巴、氣呼呼地問，釣的魚何在？他要檢查。我把車廂打開讓他看，說這兩尾鯰魚和十幾條小魚是我們釣的，五尾鱸魚是方才船上人送的。他說，怎會是五尾？明明是三尾！

還有他們在船上所攝的照片為證！突然我警覺到，他跟小艇上的人已有接觸，是有備而來，要找麻煩的。他隨即從桶裡把兩條小一些的鱸魚撈出來，一口咬定是我釣的。我和內人都立即抗議，堅稱是小艇上的人送的，我向他解釋艇上人照相時只拎了三尾大的，兩尾小一點的放在舺板上——。

巡警提著兩尾小一點的鱸魚遶到巡邏車後，找來量魚專用的尺子一量，發現其中一尾僅十三吋多一點，要罰款！照規定，十四吋以上才能留下，並且還堅持是我釣的。經過不斷的解釋，費了不少口舌，充分表達了我們的真誠，他才終於相信了我們的話。可是非法擁有尺寸不足的大嘴鱸魚，還是要給一個警告的罰單。我向他申訴，完全不知道這些規定，最後他了解了我們的不知之罪，放下原來緊繃的面孔，露出笑顏向我們說明釣魚的各項規定，並在開完罰單之後，在罰單背面匆匆寫下各類魚的限制。

·大嘴鱸魚（Large Mouth Bass）每人每日限釣五尾，必須超過十四吋以上。
·鯰魚（Catfish）每人每日限釣十尾，無大小限制。
·小魚（Crappie）每人每日限釣二十五尾，無大小限制。Bluegill 完全無限制。
·凸眼魚（Walleye）每人每日限釣六尾，必須超過十四吋以上。

作為我們日後垂釣之參考。

事後我讀了一下警告罰單上的規定，說是多次警告之後，有可能被捕入獄。回程車上，百思不得其解，覺得其中疑點重重：

（一）小艇上送我們魚的人是何居心？原以為他們是善意，卻給我們惹來如許的麻煩。

（二）天氣陰雨，除了少數幾艘小艇之外，湖畔垂釣的只我們三人，巡警似乎衝著我們而來。有人報警？除了艇上二人，沒人知道我們桶內有大嘴鱸魚。

（三）為什麼送我們魚的人，要向巡警出示相片？並謊報只送了我們三尾大的鱸魚？這其中暗藏了什麼玄機？

（四）最小的那一尾鱸魚尺寸不合規定，抓到了要罰款三百美元。送魚的人是釣魚老手（才會有如此豐收），不可能不知道以上的規定。是魚釣得太多了，必須送人？還是明知不合規定，嫁禍他人？

這樣的奇遇，碰上一次已很難得。不過，運氣好的人就很可能會中獎。如果你常常出國旅遊，也有機會在山明水秀的環境中垂釣，最好先打聽清楚該地有關釣魚的各項規定，為了安全起見，隨身最好攜帶一個小量尺。萬一遇上好心人送魚，先問是那一種魚，收下之後用尺量一量，合規定的才留，否則只好忍痛割愛，丟回湖中，以免遭受無妄之災。

【冬輯】

初一家庭弦樂四重奏

天寒霜雪繁，遊子有所之，豈但歲月暮，重來未有期！
杜甫〈赤谷〉

趁著假日，我們離開小鎮，驅車南下，去三百哩外的田那西州納溪城（Nashville, Tennessee），一則避寒，再則與女兒一家小聚。

午後向晚，平安抵達，當晚與兒孫歡聚，共敘天倫，其樂何似！席間，女兒若華（她在「納溪城交響樂團」任中提琴手）說：「明晚，我們新成立的四重奏團，取名為『Quartet a la Mode』，應邀要在一家人家裡，舉行第三次『家庭弦樂四重奏即席音樂會』，到時一起去聽聽吧！」。

隔天，女兒驅車領著我們去赴會。繞城南，至城西郊一個巷底，在一戶人家路邊停好，上前叩門造訪。男女主人麥爾斯（J. William and Bonnie Myers）夫婦，見是女兒的父母遠道而來，表示熱烈歡迎之意。即奉上杯酒，領著入客廳，過餐房，進後室……。

這間「後室」，原來是男主人多年前為自己設計修建的「畫室」，一大間亮麗長方形的屋子。屋頂中間向上高聳隆起，燈火通明，右邊滿壁是書籍，左邊則滿牆是CD片，室內四壁懸掛著各式各樣，栩栩如生的名人肖像畫。最搶眼的莫過於左前方屋底，尚立在畫架上的一大幅居高臨下的山景，暗綠山澗溝壑起伏，四周赤色峽谷圍繞，筆法旋轉飛動，遠處雲霞飄揚，真是一幅驚心動魄之作！其左，則掛著一幅四平八穩的中國書法作品，係宋人詩作，據主人相告，是他家兒子帶著中國媳婦某年旅遊到揚州時購買的……。

稍作了解之後，發現自己「有眼不識泰山」。麥爾斯先生早已是盛名滿天下的畫家兼插畫者，作品獲獎無數，盡收雜誌專書之中，其四十多年前完成的兩張巨幅人物壁畫早已高懸在Vanderbilt大學法學院牆壁上，另一幅剛完成不久的「美國史人物群」巨作，也在壁上展示著。

不一會兒，四位演奏者各自調弦，八、九名聽眾業已就座。演奏就要開始。

第二小提琴手伊莎白小姐向大家解釋說：「我們四人都是本市交響樂團成員，平時忙著大型樂團演奏，作正式演出。現在四人聚在一起，作非正式的小型即席演奏，隨時可以停下來，相互切磋討論，交換樂曲銓釋意見，聽眾也可提出問題，向演出者詢問，大家自由自在，無拘無束……。今晚，我們應主人之邀，演奏幾首他指定的曲目，前後次序如下：

第一首　莫札特*A Major*，KV387，第一樂章

第二首　海頓〈皇帝〉，C Major，第二樂章

第三首　Alfred H. Bartles，*When Bartles and Jones Waltz*

第四首　海頓〈雲雀〉第一樂章Allegro moderato

第五首　貝多芬*Op. 18, No. 6*第一及第四樂章

第六首　Russell Peck，*Don't tread on me or my string quartet*

喜歡音樂的朋友，一看便知，以上第一、二、四、五首，都是大家耳熟能詳的名曲樂章。第三首，據主持人說，是她父親早年的作品，曲中具有極強烈的爵士樂節奏，很是生動有趣。第六首，是一闋剛上手的作品，尚無時間推敲，就作「即興演奏」，邊拉邊走吧！

前後約兩個小時，四位音樂好手，你來我往，主從互牽，飛躍環馳，翔雲繞星，把整個「畫室」編織成一片千變萬化、綺麗多姿的彩虹世界。你說：「藍要再淡一點。」她說：「紫要稍紅一些。」主人又說：「給樑上再添幾片飛霞！……。」

曲終人醒，恍如隔世。移座入餐廳，圍坐稍食些人間煙火，繼續熱烈討論向晚西天那一抹已逝的彩霞，是紅、是紫、是藍、是黃、……，統統帶回夢中。

後記

近讀宋詩，欣見上文中提及的中國書法詩作，詩人是北宋王禹偁（九五四～一〇〇一），詩作抄錄如下：

無花無酒過清明，興味蕭然似野僧，
昨日鄰家乞新火，曉窗分與讀書燈。

此詩述清明時的情懷。古人常把「清明」與「寒食」聯繫起來，寒食不舉火，只吃冷東西，所謂「禁煙」，過了寒食，須更取新火。

家庭弦樂四重奏：Quartet a la Mode

「聖荷西」寒假四遊

我們於二〇一二年十二月十二日到美西去渡假，有兩個目的地：一個是「西雅圖」，小兒子居於斯。另一個是「聖荷西」，大女兒住其地。先在「西雅圖」含飴弄孫，並擇勝出遊，住了近一個半月，經歷了一段多彩多姿，回味無窮的日子。次年元月底飛抵「聖荷西」，到女兒家作客。

這兒有三個外孫，年齡分別為十三，九，和六歲，正上中，小學。他們從二月十八日起放一週的寒假，是和他們結伴出遊的好時機。遂養精蓄銳，鼓起精神，一週之內，先後共出遊了四次。茲略述於後。

一、看花

二月十八日（週一），多雲晴。晨由「聖荷西」驅車沿二八〇高速公路北上，直奔「舊金山」的「魚人碼頭」，大約一個半小時就到了。

這兒是聞名遐邇的觀光勝地，依山旁水，海鮮飄香，禮品店節毗林立，遊客絡繹不絕。今天我們是特地趕來看鬱金香花季大展的。有專人帶隊解說，結束時還有咖啡餅乾招待吶！

我們即時趕到第三十九號碼頭，見已有不少人集結在起點處等待著。

起點是一個超大的圓形花圃，裡面有五彩繽紛的鬱金香，水仙花，風信子，櫻草花，三色紫羅蘭，山菊花，……都在麗日藍天下，各顯美姿，爭妍鬥艷，一片欣欣向榮。花圃之上，裝有一個狀似鬱金香的盆景，花上印著「TULIPMANIA」（鬱金香狂歡節）幾個大字。頂上則出現一隻巨無霸超大型的螃蟹，高高舉起雙鉗，向天空插去，似在對遊人大聲宣示：「快來看花呀！」。

十時開始，跟著嚮導，先看觀光小樓前花圃裡的叢叢大紅色鬱金香，都婷婷玉立，嬌潤欲滴，艷光四射……。她向大家說：「碼頭出資，雇了我們四人，專在碼頭一帶花圃和酒桶裡種花，美化環境。每年十一月至十二月之間，我們把特地由荷蘭引進的數千粒鬱金香球根種下，現在正是她們綻放的時節。這叢大紅色鬱金香是達爾文品種。請跟我來」。

登梯上二樓，沿著迴廊，一一欣賞大桶大桶，盛開的鬱金香，並配栽了水仙花，蘭花，菊花，風信子，等等。嚮導如數家珍，把這些親手栽培的各色花朵，仔細向眾人介紹。顏色鮮麗，培栽有緻：紅，黃，粉，紫，白，……各色花卉，配置得宜，真是一場賞心悅目之旅。

最後，領著下樓進入餐飲店，案上的免費咖啡與餅乾已備，大人小孩無不笑逐顏開。

二、上山

二月十九日（週二），雨後晴。最沿八八〇高速公路北馳，一路豪雨不斷。大約一個半小時，才駛到「伯克來大學」的山腳下。今天說是「上山」，卻不用攀爬，一切都由汽車代步，輕鬆之至。由山腳下，順著蜿蜒曲折的山路往上攀，來到半山腰處就是「伯大植物園」，這是今天出遊的第一站。說也奇怪，剛購票入園，天即放晴，陽光由雲端射下，驅散四周的陰霾，似在助我等之遊興也。

一入園門，即被滿山遍野的仙人掌給鎮懾住了。寬闊的溫室裡更培養著千千萬萬，大大小小的各式仙人掌，形狀無奇不有，看得人眼花撩亂，目不暇給。遙想當年的創園人，必是個仙人掌迷無疑！

向前走沒幾步，繞過一個小山坡，眼前遠處忽然出現一棵巨型仙人掌，碩壯沖天，兀立道旁，足足有五六個人之高，頗有「高山仰止」的風貌，令人肅然起敬。

園裡小徑曲折，環繞通幽，山杜鵑飛紅朵朵，點綴於翠林之間。見路牌上寫著「中國草藥園圃」，便順著指示往下走，石階盡處有小橋相通，流水潺潺，池水映日。麥門冬，紫蘇，十大功勞，……一叢叢都植於圃內。遠遠暗紫與翠綠花樹，相映成趣，優雅至極，彷如世外桃源。

兩個六，九歲的小外孫，在幽徑裡上下相互追逐，時隱時現，有點像莎劇「仲夏夜之夢」裡的小精靈，來去自如，出沒無時，盡情戲遊於大自然的美景之中。

遊園之後，汽車繼續往山頂攀登。不一會兒，已達山巔，忽見一大棟艷色碉堡型建築，巍巍峨峨，矗立於懸崖邊上。這便是聞名遐邇的「伯大科學博物館」，專為啟發兒童對科學的喜愛而設。館前有廣場，右邊近處，是一座銀色不銹鋼巨型螺絲卷，足足有五六十公尺長，一人多高，橫向席地而設，任兒童在上攀爬戲玩。原以為只是一架大型玩具，等見了近旁的說明，方知是ＤＮＡ的億兆倍放大模型。如果人的ＤＮＡ真有這麼大，一個眼球就等同地球了。可見其「寓教於戲」的設計之巧思與匠心。廣場右內側，地上設有一尾銅質暗色大鯨魚，約莫有半人高，五六十公尺長，任小孩攀爬戲玩，增廣他們的想像力。

往前再走幾步，來到半人高的石牆邊，往下一瞧，呵！這居高臨下的風光可真了得！腳下近處是伯大校園，校園中央的高塔及校舍，歷歷可見。遠處是海灣對面的舊金山城，金門大橋，天使島，……。夕陽斜照，金光四射，雲霞飛揚，極目千里，不禁吟哦起太白膾炙人口的詩句：「登高壯觀天地間，大江茫茫去不還，黃雲萬里動風色，白波九道流雪山」。壯哉斯景！當年的創辦人具有何等的魄力與遠見，把這樣驚心動魄的風景，專設給孩子們來分享！

館分三層：上層為活動中心，有各式各樣與科學有關的「玩具」，共大人和小孩玩耍，各得其樂。中層為工作人員研究室。下層為專題授課教室。

陪著兩小在上層東玩西玩，尋求每一樣「玩具」裡隱含的科學內涵，瞭解了不少大自然中的奇妙與神祕，不亦樂乎！一直玩到五點閉館，方才心滿意足地下山返舍。

三、下海

二月二十日（週三），大晴天。一早沿十七號公路南行，不斷往山上攀爬，山路崎嶇迴旋，頗似東台灣的蘇花公路。半個小時後，又開始迴旋下山，等銜接上了一號濱海公路，大海已呈現眼前。

這是一個半月形，向內彎曲的海灣，北端是Santa Cruz，南端為Monterey，兩個都是沿海著名的觀光小鎮。從北到南，有一連串的沙灘遊樂處，供愛海的人戲遊其間。我們選擇了與Santa Cruz最近的New Brighton海灘，走下海去。

碧海，藍天，黃沙，排浪拍岸，海鷗成群，展翅翱翔，……。不論大人小孩，忽然面臨了這樣動人心弦的場景，都不免會心神為之一振，加快腳步，往沙灘奔去。

三小立即加入了弄潮的遊戲，與海浪作拉鋸之戰，衝下去又退上來，驚濤駭浪，英勇對抗，都玩得好開心。之後，他們又開始作「玩沙築城」的工作，樂此不疲。

內人，女兒，與我三個大人，則漫步在遼闊的沙灘上，極目而視，享受這難得的寬闊與舒暢，暫作大海的兒女，依藍天白雲為伴，結海濤雪浪為友，與海鷗共舞，任陽光普照……。此時此地的感受，莎翁說得最貼切：「就是帝位亦不換」。

由浪花邊往沙岸上看，沿著近處的山岩底下，見有八九棟修建精緻的小樓房，一字排開，都依山面海，落地窗迎著海濤，屋前更設有陽台，桌椅陽傘，陳設齊全。似在向沙灘上漫步的遊客宣稱：「我們才是真正的愛海人！整天觀海聽濤，迎日送月，朝暉夕陰，風雨雲霞，四時美景，享之不盡。」

說得有理！但能盡情作半日之遊，分享這片刻的良辰美景，余願足矣，不復他求！

忽見沙灘上有一堆堆的流木，想起不久前，在「西雅圖」一家「老人中心」見到許多極美的「流木雕」，還參觀了他們的工作室……。於是便俯身揀拾可造之材的流木。又欣見大大小小的化石，奇形怪狀，有的似雙魚相親，有的像飛雁展翅，令人愛不釋手。東揀西拾，重不勝荷。最後，把大部分的「寶藏」仍留原地，還給大海，只帶了幾樣小巧的木與石，欣然而歸。

四、登高

二月二十一（週四），大晴。今天出門晚一點，十點半才上路。又沿二八〇公路北上，駛至舊金山南郊小鎮Daly City。該鎮有一家叫作「鯉魚門」的中國餐館，聽說菜色不錯，特去共享美食，加餐進補。

之後，驅車入山，旋即來到一個山邊的柵門口，見門上寫著「Sweeney Ridge, Golden Gate」（「思蔚霓山脊」，金門）幾個大字。

下車步入柵門，眼前是一條寬闊悠長的步道，直向山脊裡通去。路旁的看牌上寫道：「全程共兩英里半，走上山頂，可俯覽舊金山海灣全景，還可見山後之太平洋」。兩個剛遊罷歸來的中年婦人，笑著對我們說：「只要走上去，所有山前山後的風景，都全屬於你的啦！」

步道沿山坡呈連環S型，不斷向上升。每走完一個S型坡段，回頭一看，頓覺視野提升了許多。遠處的海灣及跨海大橋，近處的城鎮屋舍，一灣碧綠的湖水，……都歷歷在目。就這樣，一彎一彎又一彎向上登，眼前腳下的風景，愈來愈顯得更為精彩奪目，提升入另一更高層境界，誠所謂「更上層樓，望盡天涯路！」

走著走著，欣見路邊有一叢叢野生的愛麗思，一朵淺藍色的正迎著陽光，歡欣地綻放著。春，已來到了灣區！

接近山頂的一個彎道旁，喜見設有一把長靠背椅，可俯覽山下全景，正好腳也走乏了，就坐下來歇一歇，讓其他年輕的繼續往上爬。

微風輕拂，陽光溫暖，放眼四望，天地悠悠，青山綠水，大橋海灣，城鎮屋舍，盡在腳下。

靜觀寧寂中，似乎參悟了甚麼？

不久，大家都走下來了。有的見了山那邊的海洋，欣然而返。有的說，肚子餓了，趕快回家吧！於是，大伙就快馬加鞭，飛奔下山，疾駛回舍。

寒假四日之遊就此圓滿結束。

我愛黛娜

「黛娜」是女兒飼養的一隻大黑狗。

牠嘴巴寬宏，頭大額廣，兩耳如扇，拂蓋鬢旁，身形碩健，渾身絨毛，烏黑透亮，尾巴長洩，幾乎觸地，一雙黑黝黝的眼睛，時時向你凝視探望，若有所思，聽候吩咐，很是逗人喜愛。

這種狗，有黑、白、黃三類，源自加拿大東邊的大島「紐芬蘭」，是獵戶的寵物，因為不論處於任何天候與地貌，牠都會想盡辦法，不動聲色，把射落的飛禽銜捕回來，交給主人，非常勇敢忠實，足智多謀，英文名字叫作：「Labrador retriever」。

記得若華小時候，常常向媽媽表示，她想養一隻小狗。媽媽回說：「等妳長大成家了，自己去養吧！」

大約十四、五年前，若華終於如願以賞，領養了一隻才五個多月大的小狗，烏黑一團，兩眼晶亮，很是可愛。兩年後，外孫女「之蕊」誕生，小狗與小女孩相依為伴，一起漸漸長大，常常在地毯上玩在一塊兒，室內充滿了歡聲笑語。

這「歡聲笑語」當然都是指小女孩所發出來的。小狗在盡情地玩耍之時，蹦跳翻滾，衝來馳去，卻是默默然一語不發，聽不見一點犬類該有的吠聲。

原來，「保持肅靜」是「黛娜」與生俱來的秉性。君不見，這種狗在攝取獵物時，會把身形放低，匍匐而進，悄悄向前，不出一點聲音，以免打草驚蛇。獵物在不知不覺中，猛然被牠一口銜住，連掙扎的機會都沒有。這種生就的「靜」功，在犬類中，較為罕見。

而「黛娜」卻是「罕中之罕」。在我記憶所及，十多年來，只聽見牠「汪！」地叫過一聲，從此便消聲轉寂，膺服「大言希聲」、「稀言自然」，與老氏同化。

再說，「黛娜」自來到女兒家作嬌客起，備受關愛，出則同車，入則同室，從來沒有做過一次牠分內該作的撮禽工作。這當然也不能怪牠，生活在一個音樂家庭裡，耳濡目染，日日與「豆芽菜」為伍，「黛娜」是英雄無用武之地呀！

週日，上班的上班，上學的上學，「黛娜」用過早餐（祂每天只吃早晚兩頓），女兒牽出小溜片刻，解決了大、小解事宜，就獨自留舍看家，靜靜地躺在牠專用的窩毯上，晝寢至下午兩、三點，等大伙回來。一聽有人啟門，「黛娜」趕快佇立門後，搖首擺尾，默默表示歡迎之意。

週末，全家出遊，或去公園散步，或去湖濱溜達，「黛娜」總是興緻勃勃地，一躍而上了汽車後座，與眾同樂去。有時，我們南下到女兒家作客，也常牽著牠在住家附近溜溜。次數多了，時間一到，「黛娜」會主動來到面前，定眼向我瞧瞧，搖搖尾巴，表示說：「走吧！老爺子，咱們散步健身的時間到啦！」有時，牠尿憋了，也會來找人，露出一副有求於你的眼神，示意說：「請開門，讓我出去方便方便吧！」。總之，他的確具有「不言而喻」的本事。

可是，時光飛馳，一轉眼，小孫女「之蕊」已上六年級，十二多歲啦，長得婷婷玉立，儼然準妙齡少女矣！。長她兩歲半的玩伴「黛娜」則如何？很可惜，早已少壯不再，垂垂老矣，連蹦跳上汽車後座的勁兒都沒了。

這怎麼說？蓋人齡與犬齡不可相提並論，同日而語。通常，狗的大限不出二十年。這樣算來，「黛娜」應該已至耄耋之尊矣！走起路來，慢慢吞吞，沒精打采，眼神朦朦然，常是四腿伸直睡大覺。

某晚，在睡夢中，被床邊一陣「沙忒！沙忒！」之聲驚醒。抬頭一看，原來是「黛娜」在那邊暗角處，平躺於地，兩眼泛白，四腳亂蹬，痙攣不止。我大吃一驚，以為「黛娜」大限已至！趕快把女兒叫醒，要她來看看。

女兒輕輕蹲下，用手在「黛娜」頭頸之間，緩緩慰拂幾下。說也奇怪，「黛娜」慢慢睜開雙眼，眨了幾下，翻身爬起，緩緩走開，若無其事。女兒說：「沒事！牠正在作夢呀！」

一天，鄰居崔希女士來訪，她是馴犬專家，「黛娜」也常去她那兒，接受短期訓練。「接受訓練之前，」崔希向我們解釋說，「人與犬之間先要建立一種默契。」

她剛坐下，「黛娜」快速趨前，兩眼放出興奮的光芒。崔希用雙掌在「黛娜」脖子上重重地揉了幾下，並低頭與牠四目相望片刻。

忽然，「黛娜」像是「返老還童」似地，在崔希四周，來回狂奔蹦跳，喜不自禁。此情此景，讓我突然聯想到「春秋時代」以「孝」著稱的「老萊子」，行年七十餘，仍著彩裝，扮成童子，在雙親面前，載歌載舞以娛之的故事。

北歸的前一天，整理行裝，「黛娜」似有好友即將遠行的預感。牠時時緩步來到面前，抬頭看看，眼裡釋放出一種疑惑與悵惘的神色。我伸手在牠頭上慰拂幾下，祂緩緩走開。過一會兒，又走回來，依然用同樣的眼神望著我……。

我切了一個大蘋果，分兩片給「黛娜」，祂最愛蘋果，吃得津津有味。之後，緩步來我面前，舉頭望望，忽然低頭，用嘴在我褲腿上輕觸了一下，留下了一個大大圓圓的口水印。我猜想，這或許就是「黛娜」向我表示無聲的謝意了。

我從「黛娜」身上，似乎體驗到一些人世間難再的品味，思之念之，低迴感慨不已。

不幸，黛娜已於月初因腦溢血過世，享年十八，在犬類中，也算是安享天年了。女兒因失去愛犬，痛哭了三天，我們也為牠的逝去傷心難過不已，因記之。

我懷念「黛娜」。

黛娜速寫

花崗石

去年（二〇一二）十二月十二日，內人與我由花城飛來西雅圖兒子家作客。算算已近兩年沒來了。上次來時，孫兒佳峻剛剛滿月，如今小孩兒還差三個月就要滿兩週歲了，會唱會跳，還會叫爺爺奶奶，把咱兩老可樂壞了。

第一個週六上午，兒子全家伴我們上館子吃西式早午餐，之後又領著去看一家石材工廠。「看石頭幹啥呀？」「喔！準備整修廚房，順便更換廚台，選一塊中意的石板裝配上去」。

車子在一棟巨型廠房周圍繞了半圈，最後來到一個小側門前停下，我們在細雨斜風的寒氣裡奪門而入。

哇！只見一排一排各式各色的巨幅石板迎面撲來！足足有一人多高，丈餘寬。石板一塊一塊作A字型相背斜靠而立，排列整齊，一望無盡。我們順著石板與石板之間的巷道迴旋漫步走著，一張一張仔細觀覽。驚見其色調及圖案各具特色，無一相同，真是千變萬化，多彩多姿。有純白的，米黃的，淺紫的，深藍的，暗紅的，釉黑的……。圖案結構更是無奇不有，線狀的，條狀的，塊狀的，弧狀的，潑墨的，二佛並立的……。每張石板上顏色之調和優美，圖案之新奇高妙，皆遠遠超乎人力所能企及，看得我眼花撩亂，目眩口呆，不知所云。誠如莎翁在他那首膾炙人口的十四行詩（第一〇六首）結尾處所述：「決目生奇景，欲頌已忘言」（Have eyes to wonder, but lack tongues to praise）。

兒子媳婦千挑萬選，選中了一種米色為底的石材，石面撒落滿天繁星，烏紫相間，大小參差，錯落有致，偶而還見有斑駁的銀色光芒從半透明的石面射出，煞是好看！

隨後跟管理員聊了一下，才知道都是由南美巴西開採運來的「花崗岩石」，硬度較「大理石」尤高，最適合作家庭案頭裝飾之用。

這可是生平第一遭，親眼目睹由大自然締造而成，如此驚心動魄的奇景異緻。喜愛藝術的朋友，尤其是偏好抽象畫的人有福了，請您千萬不要錯過前往一覽勝況的機會唷！

附上石材公司的資料如左：

Denali Stone Slab Studio

16120 Wood-Red Rd. NE　#15

Woodinville, WA 98072

www.denalirocks.com

嬰兒的笑靨

這次到「西雅圖」鄰近的「麗景鎮」（Bellevue）兒子家中作客，為期一個半月，主要是去探望新生的第二個孫兒「佳敏」。抵達時，小娃娃已兩個多月，我們之所以跚跚來遲，是因為嬰兒誕生後的頭兩個半月，有媳婦的雙親及姊妹遠道由「新加坡」前來賀喜、照顧、歡聚。等他們期滿賦歸後，我們才趕緊前去「換防」。

心想，一個三個月不到的小嬰兒，照一般常理推測，應該是「餓了哭，哭了吃，吃了睡……」，無啥可述之處。

不料等見了面，把小孩子緊緊摟在懷裡，左看右瞧，真是乖巧可人，愛不釋手。見白裡透紅、嬌潤欲滴的小臉蛋上，燦放著魅人的光彩，一對明亮閃爍的眼睛不斷地瞅著你，好似有啥心事欲述的樣子。不由得向他話起「家常」來，問長問短：「小肚子餓不餓呀？」、「今天乖不乖呀？」、「醒得怎麼這樣早呀！」、「快活不快活呀？」……。問著問著，小嬰兒居然「啊噫！噢阿！」地回應起來，令我們大感意外。接著，再逗他幾下，胖嘟嘟圓嫩嫩的小臉忽然湧現一個無聲的笑靨，嘴角輕輕翹起，小嘴張開，舌尖微吐，如春花之綻放，蓓蕾之乍開，笑得那麼甜美，那麼自然，那麼天真無邪，那麼具有感染力，引得我們不由自主地也跟著哈哈大笑起來。

其後一個多月，天天從早到晚，時時都浸淫在小娃娃的笑靨裡。每當他嬌然一笑時，我們也不自禁地跟著笑，笑得會心，笑得放情，笑得忘憂，笑得樂陶陶！

一個小生命的成長竟然是如此奇妙、如此快速，一天天覺得他體重增加了，身形變長了，躺在搖籃裡常是歡愉地搖頭擺尾，兩隻小胖腳蹬來踢去，雙手握拳，向上揚起，不斷地揮舞擺動，小口裡的「嬰語」愈來愈變化多樣了，尤其是那魅人的笑靨，更配上了「咯咯！」歡愉的笑聲，從默默含情的「笑容」，突飛猛進到開懷的「笑語」。直讓人覺得自己也隨著嬰兒日日成長著，笑容自自然然地把心扉敞開，任「自在」、「歡樂」、「真情」……自由來回馳騁，這是何等快慰愉悅的境界喔！

英國「浪漫時代」詩人「華滋華斯」（William Wordsworth，1770~1850）最熱衷探討嬰兒的心聲與情境。他在《從回憶嬰兒時期所得永恆之暗示》（*Intimations of Immortality from Recollection of Early Childhood*）這首名詩中，妙想嬰兒如何在純潔無華中誕生。那與生俱來的靈性，跟「永恆翻騰的汪洋」緊密相聯，互為表裡，相通聲息：

Our Souls have sights of that immortal sea
Which brought us hither
Can in a moment travel thither,

And see the Children sport upon the shore,
And hear the mighty waters rolling evermore.（163~167）

一位心理學家曾經說過：「若要活得健康、安享天年，就要日日笑逐顏開，放情無礙。那種自然、開懷、會心的笑容，是生命中不可缺少的要件。」

我想，「嬰兒的笑靨」應是笑容中之「極品」無疑。

親愛的「佳敏」，你知道爺爺奶奶是多麼想念你嗎？你曉得我們不時仍在談論著你的種種趣事嗎？你的小耳朵癢了沒有？分別以來，腦海裡不時浮現你那活潑可愛的身影，驅之不去。沒料到，在短短一個半月裡，你的一舉一動，尤其是你那迷人的笑靨，居然給我們留下了如此豐沃的慰籍與歡樂，真是回味無窮噢！

可愛的小寶寶，願你平安健康，夜裡乖乖睡覺，喜樂常在，笑口常開！

「嬰兒的笑靨」再記

上次寫〈嬰兒的笑靨〉時，孫兒「佳敏」剛滿三個月，小臉蛋上時時綻放出魅人的笑靨，那一股清純溫馨暖心的表情讓我們深深著迷與感動，情不自禁地時時想摟抱他，與他相視而笑，啞啞互語，快樂無比。

這次再見他時，已是九個月大的嬰兒了。六個月沒見面，小孩子的確成長了不少，會坐、會爬、會呵噢叫喚、會自己用小手抓東西往嘴裡塞、會伸起小手指東指西、會……。總之，長大了許多，變化也不少。唯獨他那魅人的笑靨依舊。

非但「笑靨依舊」，表達得更自然流暢了。

一早，由媽媽或爸爸抱下樓來，先在門外跟我來個捉謎藏的遊戲：「俉戈哺！」一個天使般的笑臉從門背後突然斜伸而出，兩隻小手在空中興奮地揮舞著，扭轉著身軀，向後閃躲……。如是這般地與我玩了幾次，終於正式出場了，趕緊把他抱過來，緊緊摟在懷裡，相視而笑，「怎嚒一大早就起來了？」

昨晚可睡得安穩？

冷不防，他翹起小嘴，在我的臉頰上猛親了一口，那柔嫩溫甜的一吻，別是一番滋味在心頭！不自禁地趕緊也回吻了。祖孫就這樣展開了一天的相聚。

摺塔記

築塔十五哄兒孫，一層一層往上增；
我摺你摺逸興好，喜見惜日舊夢溫。

也不記得是誰教的，我小時候就學會了一些摺紙的手工藝，用一張正方形的彩色薄紙，可摺成好幾種東西，如：帶蓬的小船、小衣與小褲（相連起來便成了一套「聯裝」）、小球、小鳥、大砲、獸頭、飛機、還有寶塔等。這些紙摺的小玩意兒，偶而可派上用場，哄哄孩子，增加想像力，讓他們樂一樂，自己也借機輕鬆片刻。

回想兒女還小的時候，學業、事業，百般纏身擾心，老覺得功課準備得不夠充實，該唸的書也沒唸齊，時間總不夠用，心情緊綳，無暇他顧，難得陪娃娃們放情地玩一玩。無奈春秋年華，輪轉如飛，再一眨眼，孩子們都已長大成人，各就各位，成家立業了。

這次來「麗景鎮」兒子家中作客，從旁觀察，看兒、媳如何教育他們的下一代，見他倆都盡量利用時間，陪伴小孩玩耍、郊遊、唱歌、讀書、說故事……，伴著孩子們成長，親子互動頻繁。回想自己當年，一切教養小孩的責任大多由內人一肩承擔，心中常暗自感到有些內疚，但往者已逝，不可追矣！

快四歲的孫兒佳峻，正著迷著飛機，家裡大大小小的飛機模型，不知凡幾，且都栩栩如生，只差飛不上天了。於是，便摺了無數架大小不等的紙質飛機相送，以配合他的興趣。正如所期，立刻贏得小孫兒的芳心，「爺爺！爺爺！」叫得甜蜜密。

週一到週五，兒、媳、孫，上般的上班，上學的上學，只剩下吾二老在家。長日無俚，閒來無事（其實，內人並不閒，廚房炊事常由她一人獨挑大樑，我偶而幫一點兒小忙），遂興起另摺摺寶塔之議。

要摺寶塔嗎？與摺其他的玩意兒有些不同，需要事先作計劃，定尺寸。

第一，要先決定建多少層。

第二，然後，每層需裁方紙一張，紙質也很講究，以厚薄剛好為宜，彩色最好。

第三，因塔形是下寬上尖，呈一「等邊三角」狀。方紙大小，從下往上，須逐漸遞減，相互的尺寸比率要正確，一一摺成後，裝配起來，才俱有不斷節節上湧之姿，平均穩固，亮眼好看！

幾經斟酌，決定裁了大、小十五張方紙，晚餐之後，在燈下獨自努力建塔。兒子從旁經過，好奇地問：「Daddy, 又在摺啥呀？」「摺寶塔，以前時間不夠，現在……。」沒等我把話說完，他似乎立刻就有所了悟，在我肩上輕觸了一下，表示對往日之諒解與同情之意，然後坐在一邊，看我如何摺。

「要不要也學學看？以後可以教佳峻？」

於是，父子倆在桌前燈下，排排坐，肩並肩，人手一紙，一前一後，循續漸進，把寶塔一步一步地摺疊完成。摺過三層之後，兒子對築塔的過程已了然於心了。

我把最小的方塊紙遞給他，說：「這層塔尖由你建，愈小愈難摺，就算是一個小小的挑戰吧！」

不一會兒，十五層寶塔都已分別摺妥，接下來便是按其體形大小，從下向上，一層一層裝配起來，必要時還需加一點漿糊，把它們相互黏牢，以確保垂直水平。

兩雙手，二十根指頭，互助合作，一層一層往上增添。不多久，十五層寶塔便順利裝配完成了，高高矗立眼前，似有直沖霄漢之姿，亮麗可觀，令人衷心快慰，不禁若有所思，相顧陶然。

終於在數十年之後，父子倆又重溫了一次舊夢。

紙塔

我們去看魚

一個天青氣爽、豔陽高照的週六，正是出遊的好時光。兒子提議去看魚，三歲多的孫兒立即興奮地歡呼，高舉雙手贊同。

全家大小六人，整裝出動，驅車沿九十號公路東行，不到二十分鐘便來到小鎮「伊莎夸」（Issaquah）。

這正是前次「夜遊」所來之地，位於大湖「莎漫彌溪」（Sammamish）南端，只有一條主街，湖光山色，碧樹成蔭，風景秀麗如畫，街道清爽整潔，加上一個魚類養殖場，是大家樂遊的觀光勝地。

今天我們是專為「看魚」而來。

「養殖場」（Issaquah Hatchery）設在小鎮西南郊溪畔（Issaquah Creek）。一踏進「養殖場」的側門，即見有六、七個長方形的「養魚池」，並排而設（各約五十公尺長，五公尺寬，半人深，池頂滿罩絲網，以防鳥、獸入侵）。目前只有兩個池裡有水，定眼一瞧，滿池皆是比小指還細還小的「彩虹鱒魚」，千千萬萬，上下穿梭遊走，熱鬧非凡。另一池中也是滿滿的「彩虹鱒魚」，如手掌般大，蹦跳搶食，活潑可愛。

回頭只見那邊人潮洶湧，趕快趨前探視。眾人正紛紛佇立橋上，比手劃腳，向橋下溪裡觀看。見潺潺溪水裡，有成群接隊的大尾「三文魚」（都超過三十英寸長，有的更大），搖首擺尾，逆流而上。忽然一尾由浪花中一躍而起，想跳過上面的小堤壩。一尾接著一尾，相繼躍上又沖下，都沒能成功。

一位身型高大蓄鬍、胸前佩有各種魚型徽章的男士，揚聲向眾人說：「在下是今天的導遊，歡迎大家來『養殖場』參觀，請跟我來。」

他領著眾人，至廣場林間，觀賞兩尾巨型「三文魚」[3]銅雕，教大家如何分辨其性別。雌的在前，體型略小，呈銀灰色，產卵期有橙色條紋。雄的在後，稍大，有勾鼻、利齒，隆背，體朱。三文魚是體外受精，雌魚產卵溪中，雄魚立刻排出精子敷於其上。所以一到產卵季節，雄魚緊侍雌魚左右，以免錯失良機，並將別的雄魚趕走。接著進入「養殖展覽廳」參觀，裡面呈示著一系列「三文魚」成長過程：從產卵，小魚（fry）孵出，在淡水中慢慢成長大一點（smolts），即順溪而下，游經大湖（此「養殖場」的「三文魚」要游過「莎漫彌溪」及「華盛頓」兩個大湖，方能出海進入「太平洋」）。入海三、四年，長大成熟後，又紛紛由原路游回，逆流而上，跳越層層堤壩、險灘，攀至溪流的最高點，在河床碎石間，以尾挖石築巢，產卵受精，完成繁衍之使命。

之後，導遊又領著眾人回到溪邊。原來魚無法躍過的小堤壩是可以升降的，現在故意把堤壩升高，等待產卵最佳時辰才降低，讓群魚順利躍過。接著走到橋的另一邊，參觀「三文魚」「逆

---

[3] Salmon的中文名字，除了「三文魚」，「鮭魚」之外，還有「馬哈魚」，「麻糕魚」，「北鱒魚」，「花斑魚」，「花鱒」，等等。

流爬梯」的精彩設施：一層比一層高的階梯，急流從上向下，湍湍而瀉，每層或左或右，都設有一個略低的缺口，「三文魚」即由此缺口，一躍而上，一層又一層往上翻越。每見魚兒躍過「龍門」，眾人跟著歡呼雀躍，喜不自禁。

此項人為爬梯工程，是為保護幼小魚苗而設，讓「三文魚」人工受精。以人工取出雌魚的卵子，灑上雄魚體內的精子（milt），等幼苗育出，成長到一定的程度，再放入溪中[4]，穿越大湖，順流入海。

完成傳宗接代的任務後的「三文魚」，會自然逝去[5]。部分遺體化入溪中，為成長的兒女提供了充足的食物，還有大部分則加工成為其他小動物的飼料，並滋養了大自然。

等人工受精任務完成之後，即降低小堤壩，讓其他的三文魚遡流而上，自行產卵、受精，物化。幼魚的存活率不高，多半遭其他動物吞食了。

「三文魚」有幾樣耐人尋味之處：

---

[4] 小魚在釋放入溪之前，要一尾一尾把背上近尾處的「小魚翅」剪掉，作為曾經人工養殖的標識。若在河川海洋裡釣到有「小魚翅」的三文魚，則是「野生」者，屬於「稀有魚類」，要加以保護，不能帶回。

[5] 在北太平洋成長的「三文魚」一共有五種：chinook, chum, coho, pink, 及sockeye。「伊莎夸養殖場」只有chinook及coho兩種。前者體型比後者約大一倍，常有三十多磅重。兩種魚在溪裡各自集結成群，產卵受精，亦各有獨立體系，互不相干。

一、牠在淡水溪流的最高處產卵，卻要在大海鹹水中成長。分布於太平洋北部，亞洲，美洲北部，及歐洲大西洋[6]一帶海域。

二、牠雖在大海中成長，成熟後卻一定要千（萬）哩迢迢，又游回原來孕育的河流產卵。一旦由鹹水回到淡水裡，「三文魚」即停止進食，全靠體內貯存的能量過活。

三、為了回到原產溪流，牠必逆流而上，躍過高低落差極大的水流、瀑布、或層層堤壩，游到河流之最高點才產卵，產卵期在每年的九至十月之間。在牠逆流而上的艱困過程中，難免損傷壘壘，最常見的是影像是，北美灰熊佇立湍流之前，叼食躍起的「三文魚」。

牠這些獨特的習性，何以致之？有研究者說：「三文魚」腦中有一種鐵質微粒，具「指南針」辨別方向的作用，讓牠能回歸原溪。又有研究者稱：牠嗅覺特別靈敏[7]，能辨別原溪河水的氣味。還有人以為是按照日月星辰的指引。說來說去，全是「大自然的奧秘」！

這種周而復始的生態循環，是大自然起伏運轉的必然現象，不足為怪。但也難免令人悟及其中隱含的悲壯之情：一代代無怨無悔的犧牲與奉獻。尤其「三文魚」回歸「故里」的習性，不正是「少小離家老大回」的另一種詮釋嗎？牠這種「落葉歸根」的成長妙趣，不也正是人之常情？

6 成長在大西洋的三文魚，據悉壽命較長，產卵後又回歸大海，下次再回流產卵，經過幾次生命循環之後，方才物化。

7 三文魚的嗅覺，據說是狗的兩百五十倍，其精靈神奇可以想見。

半月灣

每次由「聖荷西」驅車北上「舊金山」，行至半途，輒見路標上寫著：「半月灣」三個誘人的大字。這是一個多麼引人遐思逸想的地方！頗為嚮往，亟欲前去一遊，一窺究竟。

終於，不久前一個週末午後，我們結伴慕名而去，到「半月灣」作半日之遊。原來是一個供人遊玩，觀海，賞禽……的好去處。臨海而立，由北到南，五六英里長的沙灘，向內彎曲呈一個大弧形，從岩頂下眺，的確狀似「半月」。

停車場設在岩頂，若想到沙灘上去漫步遊玩，就必須走下一段約百餘尺高的土坡。大伙一跳下車，立即被岩下遼闊金黃的沙灘，與一排排驚濤駭浪的海景吸引住了，紛紛沿著灌木叢林之間的羊腸小徑，匆匆往下飛奔而去。吾等上了年紀腳力差的，只好尾隨殿後，慢慢往下側身緩行，小心翼翼，步步為營，惟恐失足滑倒。幸好，小徑雖曲折迴環，彎來扭去，坡度並不算大，走了一陣，終於安然通過，低頭鑽出叢林，豁然開朗，大海在望。

定眼往下一瞧，不由得吃了一驚，糟啦！沙灘尚在數十尺之下，還要走下一大段幾乎是垂直下降的險坡，浩浩黃土，寸草不生，陡峻難行，這怎麼下得去？

幸有善心人氏，在土坡右側頂上，裝配固定了一條又粗又長的繩索，直墜坡底。遊客就都雙手拽著繩子，背海面坡，踩踏著土坡上的坑洞，一步一步蹭著往下爬，看起來與當年青年戰鬥營的操練差不多！

如今，到底是歲月不饒人啦！再因眾人同時都拽著繩子，搖來晃去，一時失去重心，滾倒在地。勉力從黃土堆裡爬了起來，拍拍屁股上的塵土，繼續往下爬。不久，又摔了一跤。如是者三，等第三次再拍拍屁股爬起身來，欣見已到了岩底，安然踩踏在軟綿綿熱烘烘的沙灘上了，真是憙出望外！

放眼望去，見四個小孫兒女，早已遙遙在浪濤前興奮地弄潮玩耍，奔上退下，其樂無比！我慢慢踱過沙灘，走到臨海處，席地而坐，觀賞四下風光。

「半月彎」沙灘真遼闊，南北兩端，各有峭岩直伸入海，遊客顯得寥寥渺渺，有的在弄潮，有的圍坐著玩遊戲，有的三三兩兩在漫步，走向遙遠的峭壁海岬，享受這難得的寬鬆與舒暢。

大海不斷捲起排排雪浪，一波又一波向岸邊拍打。依海為生的飛禽真不少，灰鴨子，小鴿子，尖嘴秧雞，還有一些不知名的小鳥，成群結隊，在浪裡尋食。雪白晶亮的海鷗在勁風裡展翅上下飛旋，嘎嘎亂鳴。長長大黃嘴白身黑翼的鵜鶘，排列成行，凌空飛過，氣勢如虹，像在空中列隊閱兵一般。忽見其中一隻，脫隊單飛，旋即垂直俯衝而下，尖嘴如劍，刺入浪頭，正表演著捕魚特技！另一隻則展翼低飛，向前直衝，幾與浪花相觸，張著如袋的黃黃大嘴，在浪裡鏟魚呢！又是一種難見的捕魚妙法！遠處海面上忽見幾個載沉載浮的黑點，小孫女指著大聲喊道：「看呵！海豚正在戲水吶！」不一會兒，一群帶翅的飛魚，從浪花裡一躍而起，在藍天白雲之下，呈現一道又一道美妙的弧形！

這海上的熱鬧奇觀，一場接著一場，令人看得目不暇給，欲罷不能。無奈日已西沉，天色漸暗，冷風颼颼，是返舍的時候了。

大家便收拾行裝，走回岩底，拽著繩索，爬上土坡。年輕的，紛紛如猿猴般輕巧地攀上去了。等我向上邁了幾步，突然覺得兩腿鬆軟無力，拽著繩索的雙手更是使不出勁兒來，驚恐萬狀，苦不堪言。但深知，除了往上爬，別無他途。

就努力往上爬吧！隨即氣喘如牛，手冒冷汗，胸口脹痛，險象環生，……。太太在後，一邊推扶，一邊在背上為我按摩。兩個女兒忙著跑上跑下，為我搓摩溼涼的雙手，又遞上杯水解渴，大家都面有憂色，擔心得很。於是，勉力往上，走走停停，停停走走，好不容易攀達岩頂，女婿一把把我拉了上去，……。

安坐調息良久，終於化險為夷，相與平安歸舍。

我的裝裱師傅

人從小到大，在成長的各個階段，都會有幸遇到一些學有專精循循善誘的好老師，為我們授業解惑，指點迷津，促使我們不斷成長，更上層樓，去達成自己的心願。當然，我也不會例外。不過，在我漸接近「不逾矩」之齡的時刻，本該含飴弄孫，樂享天年，忽因需要所逼，情勢所迫，不得不再尋尋覓覓，萬里求師，虛心請教，想學會難能可貴的一技之長，渡過橫在眼前的困境。

二〇〇一年，我從新竹國立清華大學外文系屆滿退休，隨即搬遷來印州花城（Bloomington, Indiana）定居。印大是我的母校，一切都很熟悉，小城生活樸實無華，校園上又有各式各樣豐富活潑的文化活動，可以參與分享，陶冶心智，增長見聞，頗令人有賓至如歸之感。

但退休了，人已不在崗上，屬於自己的時間頗多，總該有點啥事兒幹才對呀？不錯！自己教了一輩子的英文，如今來到人人會說英語的環境，重操舊業嗎？覺得已無此必要，還是做點與眾不同的事吧！略經思索，立即選定寫毛筆字，練書法。

其實，這個決定並非空穴來風。自己一向對書法就有興趣，而且早年常羨慕那些能把大字寫得漂漂亮亮的同學。記得在花蓮唸中學那段日子，每學期的書法比賽，總是那幾位善臨柳公權或顏真卿的同學得獎，他們的大作高高懸掛在走廊邊的佈告欄裡，看得我心裡又羨又恨，恨只恨自己平日貪玩，沒花時間定下心來把大字練好，故而榜上總是無名。

上大學，唸了外文系，眼前出現了許許多多新鮮話題，心神為之震盪，當年對書法的欽羨之念一時似乎被擠壓到牆根兒邊去了。其後數十年，一路下來，攻讀與教學，全在英語的領域中來去。雖說如此，想把漢字寫好的念頭仍時時縈繞心頭，驅之不去。有時也忙裡偷閒，練練自己喜歡的唐楷歐體（歐陽詢），樂在其中。

直到那一天，從印大完成學業返回新竹清大外文系任教約三年後，為了三個孩子的未來，內人冒著無比的困難，毅然決然把他們又帶回印州花城去上學。突然，整棟公寓人去樓空，整顆心是悠悠蕩蕩，有點兒六神無主，一下子好像失去了心中的平衡點，不知所措。就在這個節骨眼上，練習書法起了意想不到的作用，成為我安心定神的必要活動。每天忙完學校的教學工作，獨自返舍，即提筆直書，寫呀寫，一直寫到夜闌方罷。練習書法與個人心境之間那種密切又微妙的關係幾乎已至不足為外人道的地步。

了解了上述這段因緣，您想必明白，為甚麼我會選擇書法作為我退休後消磨時間，安生立命的一項活動了。接下來就是如何去練。

我不打算只學某一家某一派的書體，我為自己訂下一個較廣的目標，要從歷史宏觀的角度去看中國書法，也就是從最古的甲骨文一路往下看，大篆，金鼎文，石鼓文，小篆，隸書，楷書，行書，草書，狂草。這樣學起來必然是曠日費時，但一定也是逸趣橫生。我蒐集了近百本的各家書帖，在咱們家地下室的一隅架起大書桌，文房四寶，一應俱全。就這樣開始閉門造車，日日不輟地練將起來。

我還是由歐體先入手，再轉至顏與柳，上溯至鍾繇、右軍、及智永禪師，再加上隸與篆，復大跳回甲骨，次降至金文，石鼓，小篆。之後，開始研習孫過庭的《書譜》，又迷上了懷素的《自敘帖》。就這樣在書法史的洪流中載沉載浮，蕩漾翻騰。幾易寒暑之後，似乎略有些兒斬獲了。但覺得一人悶在地下室裡寫來寫去總不是個辦法，應該走出去，自娛之餘，也與人分享才對。古人不是說過：「獨樂樂，不若與眾」嗎？

於是，我把幾件自覺尚可見人的大字，貼在厚紙板上，拿去向鎮上的「民眾大學」申請教授「中國書法」的課程。居然順利地被接受了。開課那天，來了一屋子的學生，二、三十個，全是老外，男女老少都有，濟濟一堂，好不熱鬧。

一問之下，有的曾學過一點兒華語，也寫過幾個大字；有的則一竅不通，全無概念，白紙一張，但欲學之心則一。我便效法咱們至聖先師「有教無類」的榜樣，開始認真地一點一劃教起書法來。每週兩堂課，每堂五十分鐘，三個月結業，一連教了三年。其中的風風雨雨，酸甜苦辣，恕不在此一一細述。

唯一想說的是，忽然深切地體驗到「教學相長」這句古話的含意。學學教教，教教學學，許多原不甚了然的東西竟豁然開朗，柳暗花明又見一村，真是妙不可言。自覺尚有許多可發展的空間，應再往前邁進一步。

二〇〇五年春，我以積攢起來尚未裝裱的二十幾幅作品，向鎮上一家最老牌的畫廊（John Waldron Arts Center）申請次年的展出。幸運地被接受了，展出時間訂在二〇〇六年八月初，展期前後約一個月。這個突然降臨的好消息讓我足足高興了一整天。

當天夜裡作了一個怪夢，夢見獨自外出遊逛，東飄西蕩，山山水水，岩岩壑壑，忽然來到一道丈把寬的大鴻溝，溝裡洪流湍激，怎麼也沒法過去，最後勉力使勁一跳，轟然一聲，跌落溝底，渾體淋漓，嚇出一身冷汗。醒來人是平平躺在床上，一切安然無恙。繼而再一想，明年的書法展覽不正是方才夢裡經歷的大鴻溝嗎？我要如何開始籌劃準備？要怎樣把作品屆時一一展出去？我是說，這些寫在宣紙上皺七皺八的東西怎麼拿出去見人？

自問會裝裱嗎？不會。（手頭倒是有一本教裝裱的書，看來看去就是看不明白）

有人會幫你裝裱嗎？沒人。

這下子我慘啦！

跟內人商量，認為只有兩條路可走：一，把作品抱回台灣請人裝裱；二，自己回去找師傅學。權衡兩者之輕重得失，為能一勞永逸，我採納了後者，決心回台找裝裱老師。

九月初，啟程返台。抵達後，待把一切安頓妥當，立即奔赴新竹。

新竹是我教書多年的所在地，一切都較熟悉，決定先在此找找看。但俗語說得好，「隔行如隔山」，外語與裝裱實在相去太遠，苦無人脈可循。正感山窮水盡之際，忽在市內一家棉紙書藝店，巧遇一位昔日主修中文的學生（當時我教他大一英文），相敘之下，欣悉他正在教授書法，並說新竹城裡有一位姓范的裝裱師傅，手藝很精到，但自己不熟，可以託朋友介紹看看。幾通電話聯絡之後，終於把范老師找著了，並相約次日在他東大路的「名傳藝廊」相見。

次日午後，我如約前往與范振德先生見面。「名傳藝廊」面向東大路，遠遠就看見那四個大烏色隸書高高懸掛屋前。到了門外，見落地窗的大玻璃上展示著名家的對聯字畫，極為清新雅緻。推門而入，是一間縱向很深的屋子，前一半作為展示之用，牆上掛滿了裝裱完成的字畫；後一半則是工作室。一個中等身材，穿著侉拉兒背心和短褲的男子正在俯案工作。見有人進來，他停下工作，走過來怯生生地望著我。請問是范振德先生吧！他微微點點頭，仍以疑惑的眼神相望。我即通報姓名、簡述清華教書經歷，並表明是專程前來拜師求教的。

他以炯炯的眼神狐疑地繼續望著我說：你學這個作甚麼？很辛苦哩！

我聽出他話裡有話，只是一時不便說出口罷了。意思是：你這大把年紀了何苦還來玩這個呀？

我遂把退休後在美學書法，教書法，及即將參展的情形一五一十地說了一遍。

聆罷，他半響低頭無語，然後抬起頭來笑著對我說：「教授，我們先喝杯茶，再慢漫談吧！」

長方形的茶几就在牆邊，几上的小茶壺蒸蒸然正冒著熱氣，這時范太太也走出來了，三人就圍著坐下來，口口茶香暖人心田。范老師說，一般教裝裱，從頭到尾須要兩年的時間才能學完，他稍微頓了一下問，你有多少時間呢？啊呀！不瞞你說，不到兩個月就得返美了。那麼你就盡量多來多學，明天下午就開始。我怯怯地問，學費怎麼算呢？范老師慨然回說，免啦！教授在國外作這種文化傳承的工作，我願全力支持你！

於是次日下午，我便正式開始了我的裝裱學徒生涯。從兩點一直學到五點多，有「飲茶時間」（tea time）點綴期間。我從旁仔細觀察老師在案上的一舉一動：如何調漿糊，如何裁紙，如何用大刷子刷漿糊，牽紙刷平裱褙，如何提紙上板、如何向畫心吹一口氣，下板，如何用指尖塗漿糊、加邊條，如何加綾布，二次裱褙、上板，吹第二口氣，如何加製天、地，掛軸，——。啊呀！有數不完的細節，列不盡的步驟，看在眼裡，急在心頭。

見習了一個下午，看得人眼花撩亂，頭昏腦脹。要學的細節太多了，但深知這是一樣知易行難的學問，看懂了還不算數，要上手能做才行。

第二次再去，老師就叫我親自動動手看，沒想到自己竟是如此地笨手笨腳，舉步維艱，老師笑著一再示範，耐心教導，直到我一招一招學會為止。

就這樣一連去了好幾次，慢慢一一邊看邊學，溫故而知新，漸漸有些起色了。惟恐記不清楚，又以V8錄影，存著日後再複習。有一次，因感倦怠而留舍休息，老師居然打電話來催，怎麼還不來呀？哎呀，老師比學生還認真，我深感歉疚，連忙奔馳而去，加緊學習，努力不懈。

時序匆匆，不覺返美的日子已逼在眼前，算算跟范老師前後一共已上了八次課，裝裱的手藝大部分都粗略地學會了。對了！老師說，還有一樣沒教，快跟我來！我們一前一後躍上停在街邊的廂型車，駛過大街，轉入小巷，彎來彎去，最後在一棟屋前停下來。他說，這是我裝製木框的工作室。哇！是一大間屋子，一邊順牆斜立著各式各樣的長木條，另一邊則是一架大型及一些小型的機器，專為製框之用。范老師把機器電源打開，選好長木條，推送入機器，嘎嘎聲中，沒幾下，一個四方形的鏡框就像玩魔術式地立即呈現眼前，看得我目瞪口呆。隨後他把製框的訣竅一一向我說明，只是未敢讓我動手。

結業的那天，范老師為我送行，還有范太太，他們的小兒子平平，內人，五個人在附近一家牛肉麵店共進晚餐。席間，我向老師表示衷心感激之意，他笑笑說，不要客氣，很高興能助教授一臂之力，望返美後能學以致用，繼續推展文化傳承的工作。我們以茶代酒，互祝闔家平安，後會有期。

啟程之前，我在台北一家書藝店，買足了裝裱所需的全套工具（包括三把大刷子）及材料（包括裱褙的棉紙，大卷邊條，和綾布）。回程途中，機聲隆隆，腦子裡一幕一幕又一幕，不斷地回味著此行所學的種種，期望抵舍後，能把裝裱的工作順利完成，如期展出，覺得很興奮，心裡充滿了期待。

返舍時令已入深秋，天氣漸漸轉涼，繼之隆冬在即，想把裝裱工作室架設在車庫裡的計劃遲遲不能付諸實施。蓋因舍內屋子範圍較小，空氣又不流通，不宜作裝裱；車庫則太冷，氣溫不對，也不宜作。只能一邊繼續練字，一邊等待，待春暖花開，氣溫回升，才能採取行動。

為了不疏忘剛學到的各樣裝裱細節，我在地下室裡把裝裱所需的各樣工具和材料湊齊，準備作小規模的預習。正要動手，突然發現少了一樣重要的東西：漿糊！

記得范老師使用的漿糊是從一個大塑膠桶裡挖出來的，而大桶（據他說）則是由漿糊專賣店運送而來的。此時此地，身處異鄉，我是叫天天不應呀！

既無他途可循，只好硬著頭皮用麵粉加一些明礬自己調調看，調成的漿糊似乎可用，但用後不幾天即發出異味，其臭無比。用剩的漿糊隨後也發了霉，灰ㄚㄚ，毛乎乎，見之生畏，那敢再用。看樣子裝裱的工作第一步都跨不出去，遑論其他。我真是惶惶如喪家之犬，竟日不知所之。

一天在鎮上遇見一位會水墨畫的美國朋友，談起此事，她建議我去鎮上五金行買一種此地人用來糊壁紙的白漿，一桶一加侖，就試試看吧！依之購回一試，果然可用，既不臭也無霉，這個令人頭痛的難題就這樣輕而易舉地解決了。

接下來我又在盤算，作品一但裱好，該如何裝框的問題。據悉此地製框的價碼異常昂貴，若能自製，必可節省一大筆開銷。又是經水彩畫社的一位美國朋友介紹，向Blick美術材料公司訂購了一套正在促銷的手動製框工具（包括能鋸九十度的鋸子，木條斜角磨平器，木框四角接合器，等等）。至於製框的長木條，則是向木材行買了兩大塊又長又厚的白楊木（取其軟硬適中，且與本人姓氏相同故也）。剛好我的二胡學生Nick家裡有裁木條的機器，他自告奮勇願意免費幫我裁製長木條，我也就心甘情願地免費教他學二胡，互不言錢，不亦快哉！

好了，萬事俱備，只欠東風。

但窗外仍刮著刺肌穿骨的西北風，是一片冰雪封凍的景象，零下二十度，凍得人手腳發麻。那是一個好漫長的嚴冬呵！春——苦等不來。

等呀等！等到三月下旬終於前院的泥土裡蹦出了第一朵早春的小紫花，春終於等來了。

我迫不及待地把汽車退出車庫，清理車庫內的雜物，掃地除塵，讓出空間，架起兩扇拾來的大門板，相互交結呈L型，這便是我的工作台。另外一張長桌上則安放著所有的工具及材料，再把已寫好的作品由地下室拿上來，準備按范老師教授的程序一一裝裱起來。

從四月底一直工作到八月初，前後三個多月，經過一段辛勤卻愉悅的努力，順利共完成了三十二幅作品。兩對是掛軸，其餘的都裝配在玻璃鏡框裡，整齊亮麗，煞是好看！

二〇〇六是我「不逾矩」之年，八月的書法展正好提供了一個家庭慶生及團聚的機會，兒孫十多人由各地飛駛而回，濟濟一堂，參與八月四日的開幕盛會。朋友們更是熱情有加，紛紛出席，共襄盛舉，把展場擠得滿滿，一位好友冒著腿傷，拄杖而來，盛情感人！

展場在二樓，一個窄長形型的屋子，屋子的頂端懸掛著那兩幅掛軸，左右兩面長壁則一字排開，掛滿了其他三十幅書法作品，有石鼓文、金文、小篆、草書、隸書，楷書……琳瑯滿目，讓不諳華語的外國朋友大開眼界。眾人紛紛向我表示激賞之意，並謝謝我為他們提供了這麼多美不勝收的中國書法作品，都說沒料到中國書寫藝術竟是如此之精彩奪目！內人又親自下廚，調烹了上百個春捲，吃得眾人大呼過癮，齒頰留香，心滿意足而去。

生平第一次的書法展就這樣在異鄉轟轟烈烈地舉辦過了，餘韻縈繞，久久不去。每念及此，不得不衷心感念我的裝裱師傅——范振德先生。

後記

在練習書法的同時，我參加了小鎮上的水彩畫社，體會了一些西洋水彩畫法，也頗自得其樂。但自上述書法展舉辦之後，漸漸覺得中國水墨落在宣紙上那種幻變淋漓的感覺才是我心神嚮往的境界，於是又向中國水墨畫方向探索，幾易寒暑之後，終於在二〇一一年在鎮上舉辦了一次中國書畫展，書法與繪畫各半，引起不少回響，其中詳情容後再另文細述。

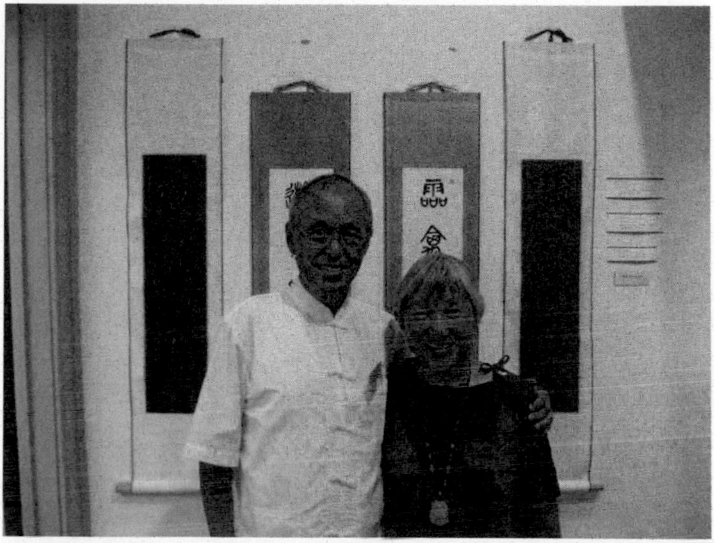

筆者夫婦於展場

我的師傅：范振德先生

我的裝裱徒弟

一天，內人參加印大美術博物館的活動歸來，興奮的告訴我，新認識了主持活動的中國學生，知道校園上成立了「中華書藝社」，已有相當的規模。

在花城（Bloomington, Indiana）從事中華「書藝」文化推廣工作近十年，一直孤軍奮鬥，忽然欣聞由一群愛好書藝的年輕學生成立了「中華書藝社」，真的是喜出望外。該社定於每週一集中練字，時近期末，將計劃成果發表展。這不正是我多年來常在心中盤算，始終未能付諸實現的夢想嗎？居然美夢成真了！欣喜之餘，決定按時前往，一窺究竟。

週一下午五點多，來到「印大國際中心」，在一樓的大教室外，往裡一看，哇！滿屋的青年人，也雜有幾個老外，大家順著兩排長桌相對而坐，靜悄悄地都在揮毫習字。我在屋裡慢慢走了一圈，從旁一一欣賞他們努力的成果，心裡有一種無以言喻的感動，和後繼有人的喜悅。

社團活動聯絡人高昱輝及社長陳欣立刻上前招呼，經略作自我介紹，他們即表示由衷地歡迎，該社目前正需要一位年長又對書藝有經驗的人，來從旁督促指導。這正合吾意，一談即妥。之後，每到週一下午，就按時前去看著他們練字，和社員聊聊，交換一些習字心得，楷書為其他書體之基礎，不可掉以輕心。

「書藝期末成果展」漸逼眼前。時間定在四月十四日，週六下午四至九時，我和內人應邀提供三幅書法作品，共襄盛舉。

是日午後，我們提早到達「國際中心」一樓展出會場，見大夥已在忙著佈置。平時用來習字的大屋子，即是作品展出場地；另一邊的小演奏廳則作為茶會之用，並有古箏及太極拳表演；中間的走廊上則陳列了一些中國手工藝品及古裝服飾，供大家參觀選購。

我帶去三幅裝裱完好又加上鏡框的字畫，其中一幅是內人的隸書，寫的是南宋儒學大師朱熹（一一三〇～一二〇〇）的名詩：「半畝方塘一鑑開，天光雲影共徘徊，問渠那得清如許，為有源頭活水來」；一盞書滿各型「龍」字、又有紅白梅花的燈籠，及兩張書法教學圖表。只見室內中央的幾張長桌及四周牆壁上，已放置了大大小小的各式書法習作，行楷隸篆，樣樣具全，琳瑯滿目，成積可觀。陸陸續續的來了一屋子的中外佳賓，興高彩烈地參觀欣賞，有人提出問題相詢，有人表示想參加學習，情況異常熱烈。另一邊的茶會，古箏及太極拳表演，也轟轟烈烈地進行著，展出順利成功，大家都歡天喜地。

展出是相當的成功，但同學們的習作，大多既未裱也無框（只有呂梓瑜的是裝裱完成的掛軸，字也寫得頗有右軍的瀟灑氣勢），如何把寫在宣紙上的字好好裝裱起來，漂漂亮亮的拿出去，是目前的當急之務。於是便把自已因需要而拜師學到的裝裱技術，想免費傳授給大家的心願提出來，立刻獲得熱烈的回響。正於此時，我剛好把「我的裝裱師傅」一文寫完，便電傳給他們看。據負責總聯絡的林九回信說，立刻就有四位報名（因礙於工作場地小，原打算最多只收三名）。他們是：方崇瑜（基隆），陳欣（武漢），林九（廣州），侯振（河南）。

四人都在上暑修課，很忙，好不容易找到一個共同的時間，週四下午三點一起來我家車庫上裝裱課。預計一共上五次，完成裝裱的初步程序與技術。

第一次，由我講解和示範，在書寫好的宣紙背面，如何把另一張刷好漿糊的棉紙裱上去，然後提紙上板待乾。三句話中包含了許許多多的細節與工具之使用，讓他們親眼目睹，充分理解。下課前要求每人回家寫一小幅字，下週帶來親自動手。

第二次，四人一一先後把自己的作品，裱褙上板。

第三次，一一由板上取下，裁好，再加邊線。

第四次，在邊線上加綾布，二次裱褙上板。

第五次，從板上取下作品，裁好，裝裱工作初步完成。

當然，還有加「天」，「地」，製掛軸，及製鏡框等的繁複技術，只得留待來日。

四個徒弟都頗尊師重道，能在異鄉學習中國的裝裱技術，深感難能可貴，學得很認真。但暑期裡，生活不定，雜事繁多，一位學完第二次便返鄉省親去了；另一位學到第四次，因次日有兩個大考，備課而未能出席；再一位學完第四課，把作品二度上板後亦登機返鄉去了。五次全部學完，領了「結業證書」，與師傅拍照留念的只有一人。

不論如何，總算開始了。能把中國裝裱之術與人分享，尤其身在海外，凡事靠己的情況下，意義更非同凡響。期待下次書法展時，展出的作品都能裝裱完成，表現必然更亮麗可觀。

狐狸的賞賜：「芓福園」重遊

由印州偏南的花城（Bloomington, Indiana）出發，沿三十七號公路北行，約二十分鐘後，穿過「馬亭」小鎮，換成六十七號公路，再蜿蜒北行約十五分鐘，路的左手邊忽然閃出一面看牌，上面寫著：「Welcome To Bradford Woods」（為行文之方便起見，讓我們暫把「Bradford Woods」稱作「芓福園」吧！）。

「芓福園」佔地共兩千三百多畝，南北縱長三英里半，南側有湖，林木蔥翠，紅葉飛墜，幽靜安寧，棟棟小木屋隱於林蔭深處，曲徑縱橫通幽，漫步其間，一時讓人誤以為踏入晉人的桃花源了。

從正門入園，首先呈現眼前的，是一棟破舊不堪的小鐵皮屋，略為向一邊傾斜，幾已搖搖欲墜。屋前牆上有塊牌子，上面寫著「芓福之家的第一棟老宅，建於一八七六年」幾個大字。舉目向東看，五六十步之外，矗立著一棟上下三層的紅磚巨宅，屋前佇立著兩支大型磚柱，在艷陽下閃閃放光，一派豪門氣象。這一小、一大，一頹廢破舊、一壯觀偉岸的強烈對比中，似乎隱藏著一個耐人尋味的故事，有待追尋。

據說這一片林地，原是來自邁阿米的印地安人狩獵之所，一八一八年起才有首批白人進駐墾荒，芓富之家於一八五八年由東邊鄰州遷移而來，先在「馬亭鎮」北郊六英里的農莊上落腳，二十年後方遷入今之「芓福園」。

莩福一家七口（二女三子），於一八七六年在園裡為自己修蓋了一棟小鐵皮屋，以蔽風雨，平日就靠耕種狩獵度日，生活異常艱苦。

某日，三兄弟（Perry, Albert, and John）在林中狩獵，忽然發現一隻狐狸，他們緊緊尾隨，窮追不捨，最後狐狸鑽進了一個洞穴。三兄弟很不甘心，遂取鏟來挖，一鏟一鏟又一鏟，向洞裡猛挖，挖到最後，終於順著尾巴把狐狸逮住了。高興之餘，低頭看看四周堆積如丘的挖出砂土，似乎在閃閃發光，與林中所見之其他砂土有異，遂取了些樣品拿去化驗。

這一驗可驗出了意料之外的驚喜結果，原來此砂土正是北邊首府Indianapolis各家汽車工廠翻模製鋼必須的材料。於是，莩福之家一夜致富。

此時莩福之家的二老業已先後亡故，兩個姐妹都已出嫁，遠赴加州，只剩下三個兄弟相依為命。有了大把銀子之後，三兄弟在大哥的領導之下，第一件事就是在小鐵皮屋東邊林子裡，另外闢地建屋，用極考究的精製紅磚，建起一棟上下三層的豪宅，光是屋前的兩支磚柱，據說就用了一千塊特製的磚石。三兄弟又各購買了一輛最拉風的Buick名牌車，風風光光地風馳電掣，紛紛四出遊逛。除了原來的耕種而外，又增添了畜牧、製磚、種菓、及淘金等事業，過著富足愜意的日子。

但人生無常，寒來暑往多年之後，大哥二哥相繼去世，只剩小弟約翰一人在焉。三兄弟都未曾娶親，故無後嗣之慮。小約翰獨掌大局，努力經營不輟，到了後來，自覺年事已高，體力漸衰，孤掌難鳴。幾經考慮，終於在一九三七年決定把「荹福園」九百畝的土地全部捐贈給印第安那大學，作為在瑞利醫院（James Whitcomb Riley Hospital）就醫的兒童，特別是殘障兒童，遊樂休息之用。

到一九五二年，印大另外加添土地，把「荹福園」的面積由原來的九百增大到兩千三百畝，又在原定的使用目標之外，增設「露營及戶外教育中心」，由體育、娛樂、及健康學院共同主持經營。次年，塔歷（Robert W. Tully）教授榮任首屆中心主任，闔家進駐「荹福園」。從此該園的經營便步入了新的一頁。

在園內舉辦的諸多活動裡，其中一項影響最深遠廣泛的就是：「凡是印州小學五年級學生，都要先後分批赴『荹福園』露營一週」。這可能是孩子第一次離家外出，體驗獨立生活，並與人相處。更重要的是，與大自然日日相親近，親眼觀察，親手觸摸，各式各樣的自然生命——小草、野花、葉片、蝌蚪、水蛇、小蟲、蝴蝶、飛鳥……。啊！數不盡看不完的各式各樣自然生態在孩子眼前展開，讓他們親身體驗並認識周遭自然生命的奇妙悸動與幻變，人與大自然融為一體，幾臻天人合一的理想，多快活自在！

多年前，我們的三個孩子都先後去過「荹福園」，參加了為期一週的戶外活動，接受大自然的洗禮，對他們日後的成長，尤其是對自然的愛護與關懷，有著不可磨滅的影響。

為了撰寫此篇報導，我們前不久又專程去了「莎福園」一趟，故地重遊，林園依舊，撫今追昔，感慨萬千。

當年三兄弟挖掘狐狸的洞穴仍在，可視為另一種形式的「美國夢」之體現。狐狸的賞賜、脫困致富、回饋社會、造福人群。

質子口譯員

在弄清楚什麼是「質子口譯員」之前，讓我們先來了解一下出任「質子口譯員」的幾個先決條件：有能，有閒，有心。

凡是具備以上三個基本條件者都可適任。

何謂「有能」？只要中英文俱佳者即可。這麼看來，凡在印大唸書的或任教的老中大多都行。

何謂「有閒」？凡是不忙著為學業及事業打拼的就可。

何謂「有心」？凡有樂於助人之心者皆成。

在此「三有」的篩選下，經由印大亞洲文化中心的推薦，本人便順利中選，成為花城（Bloomington, Indiana）首任「質子口譯員」（至於以前是否還有人擔任此職，恕我們就不去深究了）。

話說，去年（二〇一一）初春，有一天忽然接到一通電話，對方說：「楊先生，我是南希，由「印質子醫療中心」和你連絡。事情是這樣的，我們有一對中國夫婦，帶了他們六歲大患有腹癌的孩子來本中心治療，因語言溝通有困難，亟需你的協助……。」

本著「助人為快樂之本」的原則，於是便爽快地答應了。並且一週後就要走馬上任。

且慢！且慢！上任之前理應弄清楚到底甚麼是「質子醫療中心」？

它的英文全名，據本人向專家請教得來的訊息是：IU Proton Therapy Center（或IU Health Proton Center）。凡對「原子」（Atom）的結構略有研究者都知到：原子裡包括帶正電的核子（nucleus）及帶負電的電子（electron）；而核子裡又包含了中子（neutron）及質子（proton）。我們現在要介紹的就是最後這個「質子」。看不見，摸不著，但經過磁場的旋轉加速後，可以依照指示，深入人體殺死癌細胞。質子最大的好處就在經過控制其導向與深度後，進入人體，抵達預先測定的部位，釋出能量，殺死癌細胞，而不傷及其前後左右的好細胞。比起X光放射線醫療法之一路好壞通殺到底的情況來說，質子治療的後遺症就顯得輕多了，故深受醫療界的重視及病患者的歡迎。

利用質子這項特有的性能來治病的理論，是在一九四六年由物理學家Robert Wilson首先發現的。四年後（一九五〇年）歐洲率先用之來作臨床治療。但礙於當時照影技術尚未成熟，往往無法測出癌細胞在人體內準確的三度空間位置，質子射入人體後，常常在殺死癌細胞的同時，誤把其前後左右的好細胞也連帶殺掉了，引起許多後遺症。

隨著照影技術的日新月異（目前最先進的照影技術為MRI：Magnetic Resonance Imaging，即「核磁共振」），利用質子治病的優良效果不久就獲得醫學界的肯定。美國食品藥物局（US Food and Drug Administration）在一九八八年批准質子醫療法之臨床使用。兩年後（一九九〇年）

加州Loma Linda University Medical Center 成立了第一所質子醫療中心。到二〇一一年全美已有九所類似的質子醫療中心（計有Chicago, Oklahoma City, Massachusetts, Bloomington Indiana, Houston, University of Pennsylvania, Jacksonville, California, and Virginia）印大質子醫療中心是美國中西部一帶率先成立的醫療機構。

要成立這樣的中心，先決條件就是要有原子加速器的研究機構從旁協助，並提供所須之質子設備及使用維修技術等等。印大質子醫療中心的毗鄰正是印大迴旋加速器（Cyclotron）的所在地。該機構成立於一九七五年，研究的項目，除了原子物理，原子化學，加速物理學，及材料學研究等等之外，也包括質子放射性效果研究。印大質子醫療中心以近水樓台之便，成立於二〇〇四年，專治前列腺癌，腦瘤，及兒童癌等領域的疾病。國內外遠遠近近的患者都慕名前來就醫，以求解除病痛之苦。

好囉！介紹暫且到此，讓我們言歸正傳吧。本人已迫不及待地要以質子口譯員的身分走馬上任啦！

是一個繁花似錦的初春下午四時前後，如約驅車抵達座落在印大校園西北角的質子醫療中心。剛推開大門進入前廳休息室，即見迎面走來一位體型高挑的中年婦人，她笑容可掬地上前與我握手，說：「我是南希，你想必就是楊先生吧！歡迎你來本中心幫忙。林先生夫婦及他們的小孩馬上就會到。請稍坐休息一回兒。」話剛說完，一對年輕的東方夫婦領著一個小男孩兒也推門進來。南希立即為大家介紹認識，並說：「你們先聊一會兒，回頭我再過來。」

林先生看上去有三十來歲，滿臉愁苦，眼神裡帶有幾分失落的倦容，他以濃濁幾乎難以聽懂的中國北方鄉土口音自我介紹說，目前在印州普度大學作博士後研究，之前在日本做研究，剛來美不久，哎！真沒想到……。接著林太太面帶微笑操著地道的北京口音說：家裡還有一個四歲大的小女兒，由婆婆照顧著。她指著身邊的小男孩說，他剛滿六歲，前一陣子老是不想吃東西，一經檢查，發現是腹部有問題……。

我低頭看了看小男孩，他頭戴鴨舌運動帽，嘴上帶著大口罩，只剩下一對狐疑的雙眼向外怯生生地窺視，稚氣的心靈似乎對這突然臨頭的大災難茫然不解。我看著看著心中不禁颳起了一陣淒苦的狂飆，整個人不由自主地開始顫動起來……。欸！才六歲，一棵剛開始成長的幼苗，怎麼就遭此噩運？

小孩的父母忽有事相商，兩人「西哩哈拉……」地說了一大堆話，我一個字也沒聽懂，只能懵然相望。林太太看出了我心裡的疑惑，解釋說：我們是來自中韓交界鴨綠江北岸的韓國村，在家都說朝鮮話。祖父由韓移民入中國，先定居黑龍江，後來遷至韓國村，世代落戶於斯，我先生和我都是同一村的人……。了解了他們飄蕩的身世，更讓我同情他們目前的處境，頗有那種「同是天涯淪落人」的況味。我悒悒地望著他們，半晌無言以對。

南希回來了，說：醫生已到，請進去吧！

四人一起跟著南希走入內廳一間小候診室，果然醫生已在等著，稍作介紹之後，把小孩高高安頓在就診椅上，醫生說：這一期的治療一共需要三十五次方能完成，每週作五次，今天是第三次。因為小孩還在不斷成長之中，每次治療後，都要小心從照影裡，仔細觀察其中細微的變化差異，修正治療範圍……。我一邊聽，一邊學，一邊把聽懂的口譯給他們聽。接著醫生問他們夫婦有沒有什麼相關的問題。小孩媽媽說小孩夜裡常哭，睡不好，也吃不多，好像有一點兒微微的發燒。不知該怎麼辦？醫生回答說：這是常有的現象，不要太擔心，倒是要注意他的體溫，發高燒就表示有感染，要盡快回診……。孩子的爸在一旁急得似有千言萬語，一時都梗在喉裡說不出來。

接下來，是進手術室的時間了。小孩坐著輪椅被推進去，護士們七手八腳把他抬上手術台躺下。怪獸似的巨型質子筒，高高從上旋轉籠罩而下，小孩不自禁地緊張起來，渾身開始顫抖，放聲大哭。媽媽強忍著眼淚，快步上前，撫著兒子的腿，說：「小哥，不怕！不怕！」小孩扭曲著身體，哭喊著亂抓亂踢……。

說時遲那時快，護士把全身麻醉的藥劑快速地由小孩手腕的靜脈注射進去，幾秒鐘之後，小孩突然無聲無息一動不動地躺在手術台上。我們隨即默默地退出手術室，把一切都交給質子醫生了。

在候診室等了大約個把鐘頭，護士才把小孩兒用輪床推回來，完全是昏睡的狀態，顯然麻醉藥的威力尚未消除。又過了一陣子，小孩忽然伸了伸腿，翹了翹小手，緊閉的雙眼眨了眨，慢慢睜開了，一眼瞅見媽媽站在身旁，哇地一聲大哭起來。

慈母的雙手在小孩的額前和雙頰上不斷輕輕撫慰著，「不要哭！小哥，不要哭！」護士好心地送來一個熊貓小玩具，小孩接過來摟在懷裡，媽媽一再安慰著，哭聲漸息。等小孩完全清醒過來之後，媽媽把他抱下床，牽著手，慢慢走出去。小孩的爸爸向我表示感激之意，並說即要趕回學校（約三小時的車程）繼續作研究，還要照顧家裡的一老一小，太太和兒子暫寄住在醫療中心附近的招待所裡，還請多多照顧。

當天的就診結束，互道珍重而別。

之後又去了許多次，情況大同小異。也有幾次因事無法分身，就由內人世之代理。她愛人之心猶勝於我，又善於言辭，事事主動，常能代家長提出問題，請醫生解答。譯事作得盡善盡美，深得醫生見賞，與林家一家相處極為融洽，儼然已成了他們的「阿媽」啦！

一個週日午後，正驅車赴音樂會的途中，忽然接到林太太的緊急電話，說小孩突發高燒了，四十多度，先生在校未回，質子醫療中心又正逢休診，不知如何是好？我們立即去把母子接了轉赴市立醫院急診室，在那兒相候了三四個鐘頭，協助焦急如焚的母親，與醫務人員洽商，搶救診治，直至小孩的爸爸趕到方才離開。

三十五次的治療不久就完成了，小孩也恢復了健康，他們一家即北返回校。目送他們離去時，我心裡暗自為他們一家祈禱祝福，願他們平安康健。

沒過多久，八月初，南希又來電話了，說也是一個中國家庭帶兒子來中心治療，需要口譯之助。有了上次的經驗，我信心滿滿地去赴任，二度充任質子口譯員。

沒料到情況與上次大不相同，兩老已六十開外，就診的兒子則約三十出頭。初次見面時，劉老自我介紹說，他是廣東梅縣人，早期中國第一批學物理的，二十多年前移民來美，在紐約商界任職，膝下有一女一兒。女兒在紐約上班，他指著身邊的兒子說，Richard是老二，從小在美國長大，學商，目前在芝加哥一家股市投資公司任職，一向工作認真努力，深獲老闆器重。不料三年前忽然患了鼻癌，在芝加哥一家醫院治好，上月又復發，只得陪他來此就醫……。在一旁愁眉苦臉，悶聲不響的劉太太忽然開口了。她說：「我們這兒子真要命呀！醫生說甚麼他老是不好好給我們講，嫌我們囉唆，讓我們提心吊膽。只好請楊先生來幫忙。哎，沒辦法啦！」

兒子頭上戴著鴨舌運動帽，苦笑笑，也不說話，看起來有些清瘦，倒還健朗。既無話可說，他便去屋子的一角查看電腦去了。

稍後等大家進了候診室與醫生會面，Richard高高坐在就診椅上，他以流利又地道的英語與醫生討論自己的病情，及治療的方法與步驟。態度異常鎮定從容。在他們一問一答之間，我又學到了另一領域的醫療實況，並轉述給二老聽。

醫生說：「Richard，既來之，則安之，把心情放輕鬆，不要想太多的事。看你的樣子，似乎有甚麼放不下心的事？」Richard尷尬地笑了笑說：「股市行情！」唉ㄚ！劉媽媽在一旁低聲地嘆息著說，事到如今，還在想他的股市行情。你看看怎麼得了呀！

其實我曉得老劉甚麼都聽得懂，對兒子的病情及治療的過程也有相當的認識，無須我的口譯之助。他也顯得很鎮定，很理智，不多言語。倒是劉媽媽比較棘手，語言上的協助只是她需要之一小部分，她真正需要的是一個肯聆聽她傾訴心裡苦衷的對象。老劉不行，兩人一碰就要吵架。我也不行。只得回家請救兵，要世之出馬代理。

果然，世之一出場，問題就順順當當地迎刃而解，劉媽媽終於找到了讓她能暢所欲言的對象，臉上綻放出難見的笑容。「楊太太真是充滿了愛心的人喔！」她情不自禁地向人傾述著。口譯員的任務除了原來的病情轉述之外，又擴充到紓緩家屬的心理緊張與苦悶。後來甚至邀請他們全家（Richard始終以週日不能早起而未克出場）來參加內人主持的太極拳訓練班，以增進身心健康。

每週日上午十時，在鎮東一個林氤蒼翠蟬聲嗔耳的公園裡一齊練氣功、太極拳、全身穴位按摩。練畢再圍著聊天。聊呀聊呀！天南地北，古今中外，家事、國事、天下事，無所弗及，有如老友重聚，其樂融融，其情依依，一骨腦把心裡的煩惱與苦悶都拋諸九霄雲外。

沒過多久，劉家少爺在質子醫療中心的治療便告一段落，恢復了健康，他們全家就北返回府去了。

二度出任質子口譯員的差事便宣告結束。

後記

為了完成此篇報導，曾向刻在印大物理系任教的劉貞佑教授請教，承她不棄，為我惡補了一堂原子結構學的課，並提供相關的中文專有辭彙。之後又為我訂正一些誤植的用詞。協助多多，特此向她致謝。

同時又與友人一起報名，參加了一次印大質子醫療中心及印大迴旋加速器的正式參觀講習會，目睹了許許多多錯綜複雜的儀器設備，耳聞了各式各樣醫療診治的細節，增長補充了不少相關的實地知識與了解，日後若再出任口譯員，必然更能勝任。

給洋人寫大字

一連三年了，印地安那大學「國際研究中心」，每到仲夏暑期裡，輒要舉辦一次為期兩週的教學研討會，邀請各校有關的學者專家，及行政人員，參與其事，共商教學大計。

研討會結束的當天午後，舉辦隆重的惜別晚宴，以資慶祝。為使惜別會更具「國際性」文化氣息，大會便邀請了幾位「外人」參與其事，共襄勝舉。如豎琴演奏，印度紋手，中東帽飾，及在下的「寫大字」。

其他的活動恕我略而不談，單講「寫大字」這一項。據悉，前兩屆的與會者，對咱們漢字書寫之精美有趣，情有獨鍾，把寫好的大字都帶回裝裱製框，置之案頭，時時把翫，反映著一些時下的「中國熱」。

於是，今年又來函相邀，並且主動建議，要我找一位助理，從旁協助，免得屆時忙不過來。內人本是書法好手，待人接物尤其在行，便決定屆時同去赴會。

過去的經驗告我，與會者雖皆為教育界的精英人士，但大多數對中國文字的了解有限。在短短的時間內，將如何為他們書寫一些精簡有趣的小品攜回，作為此行的紀念？

我考慮再三，選定了三十五個漢字，再一一將之英譯，以中英對照的方式把它們印在一張紙上。例如：安（at Ease），越（Surpass），忍（Patience

& Endurance），志（Determination），龍（Dragon），家（Home），氣（Chi，Energy），群（Togetherness），道（Dao，Way of Life），愛（Love），美（Beautiful），智（Wisdom），勇（Daring），等等。又購得十二寸寬的宣紙一卷，事先用切紙刀一方方裁好，筆墨備妥，萬事俱全，只待西風。

西風不久就都吹來了，有六、七十人之多，在我的大長桌左側排列成行，一一順序上前，先從印好的中英對照表中瀏覽選字，等字選定後，內人即一一說明該字的源流來歷及書寫結構，最後我則按其所選，大筆一揮，把字寫好，並一一排列案頭待乾。

前後花了大約一個半鐘頭，寫成了六十多個大字。這次因有太太幫忙，從旁解說、添墨、換紙、排字、……。真所謂「紅袖添香」，節省了我不少力氣，甚是感激。

「洋人」對漢字的來歷與結構，一旦聞之，都大感興趣，驚歎不已。如「宇下有女」的「安」字，「心上置刃」的「忍」字，「屋下有豕」的「家」字，「士不可不弘志，弘志在於心」的「志」字，「昂首舉目，大步而走」的「道」字，及「個中有心；心乎愛矣！」的「愛」字（很可惜，簡體字中的「愛」字已去其「心」），等等。都紛紛讚歎說：「中國文字裡寓有如此生動又深刻的教育意義！字字涵意精彩有趣，可作為座右之銘，並列為日常生活，及為人處世之典範，真是妙不可言！」

這的確是咱們老祖宗當時煞費苦心，字斟意酌，給後代子孫留下來的豐盛文化遺產，及待人處世的指標與準則。願我等享用之餘，善加珍惜，好自為之，播諸四海，發揚光大，則庶幾無愧矣！

懷念戴熹

戴熹（恆杰）在二〇一四年七月底病發的前兩天，給我來信說：「雖是感冒，只是兩週不癒，甚感煩惱」。這是他最後傳來的十四個字。身體不適，仍不忘與遠在天邊的老同學聯絡，吐述衷情，這自然表示有一份難得的友情在，或許也因為數月以來，我正以「作文之道」向他請教，他也很有耐心地回應著。兩人憑著電子郵件，一來一往，天涯若比鄰地互相討論。

戴熹在文藝方面的才華是有家學淵源的，他的父親早年留日。據他在『生命的嚴肅』一文中所述：「先父醫學院念完了，才發覺行醫不合自己的性情，於是又進大學文學院，投壺從文了。可能受到父親的影響，我們家的兄弟姊妹，攻讀的都是文史，個個也跟父親一樣，喜歡提筆寫些散文小品，甚至小說和詩。」

難怪在大二（或大三）那一年，忽然捷報傳來，戴熹榮獲香港某雜誌「小說徵文」首獎，在同學之間引起了一陣不小的驚喜與騷動。我們因有同室之誼，記得還聚在一起，淺飲小酌以慶，這已是半個世紀以前的陳年舊事了。

總之，在文藝寫作方面，戴熹是個「先知先覺」的有心人，他不斷經之營之，數十年如一日，用文字的勾勒刻畫，來表達他獨特的心聲。他留法，寫成『巴黎的蠱惑』。他創辦『歐州文學季刊』。他撰寫了一系列有關男女性問題的歷史回顧。他翻譯Pierre Choderlos de Laclos（1741~1803）驚世巨作*Les Liaisons*

Dangereuses。病危之前，趕譯盧梭（Jean Jacques Rousseau, 1712~1778）晚年曠世之作《踽踽漫步沉思錄》（*Les Reveries du Promeneur Solitaire*）[8]，等等。

相形之下，我則在「不知不覺」的情況中，按部就班地求學教書。直到退休來美，寄居印州花城（Bloomington, Indiana），才開始從事一些與藝文有關的研究，集攢了一些生活體驗，又有閒暇逸緻，終於動起心來，提筆為文，寫成一篇篇散文小品，報導個人生活體驗，與在自然生態中發現的諸多奧秘妙趣，寄予諸友分享，並請他們批評指教，其中當然包括戴熹在內。起先，他並不回應，默然無語。

終於有一天，我寄出了『捷運驚聞』一文，是報導去秋返台，在台北捷運淡水線上，巧遇一個醉漢，口吐穢言，「三字經」滿天飛，一位鄰座的白髮長者，忍無可忍，起而揚聲抗議的故事……。老同學裡，有比較保守的，讀後被「三字經」嚇壞了，訥訥不發一言。有開通一點兒的說：「楊敏京，你真倒楣，不幸碰到這種糗事。」戴熹則說：「這篇文章寫得很有意思，怎麼我從來就沒有這種運氣？」言下之意，他對這篇文字的陳述方式與內容取捨很感興趣。我覺得戴熹

[8] 《踽踽漫步沉思錄》（*Les Reveries du Promeneur Solitaire*），共計十次漫步（十講），「第十次漫步」尚未走完，盧梭已於一七七八年七月二日謝世。

的著眼點不在乎文字內容合不合道德規範，他是文學家，他要寫的是一個反映人心、多采多姿的鮮活情景。

之後，他讀了我的另一篇〈租屋記〉，則說：「可能你的寫法很適合這種報導文學體。」接著又說：「見到幾個錯字。我們上了年紀的人常會有筆誤，寫好後得請別人先看一看。」果然他都一一指呈，讓我修正。的確，寫東西最怕的就是錯別字，不斷查字典，仍常是力有未逮，莫可奈何。

七月初，戴熹說：「看你創作源源不斷，必是身、心康健的表現。」

敏京：「也未必然，只不過勉力而為罷了。寫這些枝枝葉葉的東西，不外是想記錄一下目前的生活實況，讓孩子們日後去慢慢體會。我想，留一點總比不留的好，你說是吧？」

戴熹：「是喔！有空也想寫點『金氏家族史』，留給後人看。目前，忙於翻譯工作。」

敏京：「這個寫『家族史』的構想很不錯呀！要寫就趕快動筆！」

一週後，我把〈春天裡的人與鳥〉一文寄去，請他指正。是前一年寫成的舊文，略作修訂，描寫春天裡，人與知更鳥在田間爭奪蚯蚓的故事。閱後戴熹簡短地回稱：「很有餘韻」。

敏京：「小文若有『餘韻』，自然令人高興。其實，只是想自我解嘲一番罷了。小鳥比人靈光，人上了當，可笑不可笑？但，人作成小文，不也有所獲？並未全盤盡輸。」接著又說：「你是作文老手，很想聽聽老同學的意見。」

隨後，我又寄了兩篇近作請他過目。一篇是：〈春之出土歌〉，另一篇是：〈「春之出土歌」續集〉。這兩篇與前述的〈人與鳥〉一氣呵成，互有關連。

戴熹回說：「奉上周作人所譯短文，接近你的方向」。

哦？戴熹居然注意到我作文的「方向」了。是的，我是在不斷地探討人與大自然之間的奧秘關係。他附來的譯文，是周作人譯自J. A. Thomson教授的論述，「秋天」裡的「落葉」一篇。從『自然史』的科學立場，討論「落葉」的幻變過程，很精彩！

閱後我回說：「這篇文字內容真是妙！是我們在園子裡幹活兒的人常體驗到的。譯文不錯，稍有些硬。大自然玄妙難解，只好邊走邊學了。謝謝提供。」

七月二十二日，戴熹來信：「五年前為恆鑣在上海出版的散文集寫了序，略略談了些作文的問題，供參考。如附。」

我仔細拜讀了附文『生命的嚴肅』，覺得寫得很中肯。為文之道，要「簡潔」，避「濫情」，求「忠實，精準」，具「幽默，溫存，和敬畏」。都是夢寐以求的事。

「不過，」我最後提出異議說：「或是讀了老杜的那句詩——語不驚人死不休，總希望加一些「文采」，當然不是「花團錦簇」那種。應無衝突吧？」

七月二十八日，我把剛寫完的〈埃及蔥〉，奉上請他指正。

七月二十九日，戴熹回信讓我大吃一驚：「臥床一週，未見起色。大作目前只好恭錄，日後再好好拜讀。戴熹拜。」

七月三十日，敏京：「知你身體違和，很是擔心。情況如何？可否煩明明告知釋念？多喝熱開水，薑湯，多休息。望早日康復」

七月三十一日，戴熹：「雖是感冒，只是兩週不癒，甚感煩惱。」

作文方啟始，哲人忽沉潛，此事無以繼，此情何以堪！

小鎮風雲

美國印地安那州有個遠近聞名的觀光小城納溪鎮（Nashville），坐落在一個丘嶺起伏叢林密佈的地理環境之中，在中西部一望無盡的大平原中是很難見的景緻。附近的Brown County Park也因地形獨特，滿山遍野的絢爛秋色，已成為遊客暢玩賞楓的勝地。

由印地安那州偏南的花城（Bloomington, Indiana）出發，驅車東行，沿著崎嶇蜿蜒的四十六號公路，車隨山巒轉個不停，像乘坐迪斯乃雲霄飛車似地，忽左忽右，忽上忽下，大約四十分鐘後，向左下一個大坡，穿出叢林，聞名遐邇的觀光小城納溪鎮（Nashville）立即呈現眼前。

說納溪鎮小，一點都不錯，它只有一條南北向的大街，全長也不過兩三百碼，還有十來條與之垂直相交的短街，如此而已。從空中鳥瞰下去活像一條吃剩了的魚骨頭，空空如也。但走在Van Buren大街上情況就不同了。從南到北，街道兩旁，節毗林立著一家又一家各式各樣的小店，外觀裝飾好像在爭奇鬥艷一般，五花八門，林林總總，五顏六色，無奇不有，看得人眼花撩亂，目不暇給：賣金珠首飾的，賣銅器木雕的，賣禮品擺飾的，賣家具桌椅的，賣古今樂器的，賣……。總之是應有盡有，任您挑選，包君滿意啦！對了，還有一樣小鎮的特色，那就是畫店藝廊奇多，蓋因多年來許多美國國內知名的藝術家都先後群來蟄居於斯，追逐描繪大自然之良辰美景故也。再加上一家特有的冰淇淋專賣店，居然還吃得到柿子冰淇淋，香甜可口，令人垂涎。

就在這樣一個寧靜安詳遊客如織的小鎮上，一九七〇年十一月十八日，一個秋高氣爽的週日向晚六時前後，位於北郊的Grandma Barnes路上一家民宅突然起火燃燒，火勢一發不可收拾。等救火隊趕到，發現這家屋後的車庫已付之一炬。隊員們一邊努力撲滅火勢，一邊暗自慶幸火災僅局限於車庫一隅，損失有限。稍後往裡一看，不免大吃一驚，赫然發現一具燒焦了的屍體，手腳失所，面目全非，懷中還摟著一把長槍，旁邊又發現一顆尚未熔化的金指戒，……。人命關天呀，這下子可不得了啦！

大伙七手八腳在院中忙著救火，並通報警方前來驗屍。這時在屋裡暗處一角我們似乎可聽見一個中年婦人的嗚咽之聲，她低聲喃喃地自言自語著：「你真的忍心棄我而……去了嗎？嗚……嗚……嗚……嗚……嗚……」淒慘至極。

驗屍官來了，初步認定是屋主引火自焚，但有許多疑點尚待釐清。

讓我們先來瞧瞧屋主是誰？他為何採取如此激烈的手段了此一生？

屋主名叫Clarence Roberts，（讓我們且把他稱作羅先生吧）是小鎮上的一位知名人士。土生土長於斯，從小乖巧伶俐，書也讀得好，深受長輩喜愛。高中畢業正逢二次大戰，他毅然投筆從戎，為國效命。大戰結束他返鄉時受到英雄式的歡迎。隨即跟弟弟合夥經營木材買賣，生意做得成功，財源滾滾而入。娶了美嬌妻Geneva，一連生了四個兒子。因人緣好，待人彬彬有禮，和藹可親，連任了兩次小鎮的警察局長。又被推選為共濟會（Free Mason）會員，由於表現出眾，連連晉升到第三十三級會員的地位。可說是鎮上一個人人敬愛舉足輕重的人物。

但是好景不長。一九六〇年代起羅先生一帆風順的人生起了變化。主要是他想更上層樓，賺更多的錢。開始投資農產收割事業，花了大把銀子購買收割機。因他不諳此道，經營欠良，投資血本無回，愈陷愈深。東借西湊，想渡過難關，結果卻欠了一大筆債，無力償還。這怎麼辦呢？羅先生左思右想，欲求一解救之道，卻百思不得其解。好在天無絕人之路，一天他突然拍案而起，大吼一聲，計上心來。他向三家人壽保險公司共投保了一百二十萬的巨額人壽意外險。接下來就是暗自盤算如何把這大筆錢領到手。事後他把此事告訴了太太，與她商量，並含糊其詞地表示，必要時可以犧牲自己。也許是為了紓解心中的苦悶與壓力吧，羅先生夜裡常獨自去酒館玩玩，結交了一些稀奇古怪多為無家可歸的酒友，男的女的都有，常喝得酩酊大醉，夜闌方歸。

火災前有關羅先生的事大致是如此。火災之後呢？警方匆匆驗完屍，留下了幾項疑點待查就走了。羅家隨即辦完後事就把羅先生安葬了。一切混亂又歸於平靜。蓋棺多已論定，照說故事講到此就可打住了。

可是不然，別忘了還有那筆超過百萬元的意外險的事哦！未久，羅太太便跟三家保險公司卯上啦！一邊說人已意外死亡，請盡快按章給于全額保險金。另一邊則問死的是誰呀？是羅先生還是另有其人？就這樣各說各話，無法達成共識，只好打起官司，法庭相見了。法官要按警局的檢驗結果來作判決，而警局卻起了內鬨，一批人認為是自殺，也就是羅先生已自焚而亡，可以結案了；另一批人卻說是他殺，那燒死的是誰呢？若羅先生未死，他人何在？他怎麼殺人放火的？……。問題一大堆都得不到答案。

據說由於警局的內鬨，徒然喪失了辦案的時機，火災後第三天才去驗屍，許多現場的重要證據都已不存，無法作出確切的判斷。到底是自殺或是他殺？莫衷一是。於是風風雨雨整一個月之後，法院決定開棺重驗，把死人由土裡挖出來。驗牙，一顆也無。驗指紋，驗不到，因手腳原就闕如。驗血，O型。照X光胸部圖等等。至於現場的長槍及戒指：前者經化驗未放彈；後者是羅先生參加共濟會的紀念品，為何烈火未熔？有可能是人事後丟進去的。那是誰？

兩邊的律師就這樣辯來辯去。兩年後（一九七二），地方法院裁定羅先生未死。羅家予以否認。繪影繪形的傳聞就愈來愈多，疑雲狂嘎，風雨滿鎮，人們議論紛紛。有人揚言在印州北邊Mentone鎮才親眼見到羅先生和一女子在一起。又有人說在中美洲墨西哥親見羅先生，也是和一女子一塊兒。還有人說在西德……。唉呀！說不完的謠言啦！

法院開庭傳訊許多證人，聽到各式各樣的證詞，又讓兩方律師展開辯論，並要當事人出庭棱受問詢。保險公司的律師在庭上痛罵羅先生為吃錢不擇手段，殺人，裝死，是個大騙子，大壞蛋……。羅太太則一語不發，忍受著對方言語的刺痛。只說先生已死，請庭上盡快發給死亡證明書，以利領取保險金。

官司一直打到一九七五年。大法官依據牙齒，血型，骨絡比對等證據認定死者非羅先生。於是以擄人謀殺罪起訴。偵騎四出，加緊通緝羅某。並在羅太太住屋四周裝設夜間偵查攝影器，但始終沒有拍攝到任何人影，無法證實風風雨雨的傳言，說屋後林間夜裡常有人影潛行出沒……。

羅家有四個孩子，都已長大成人，先後都遷出另啟門戶，只有么兒陪伴媽媽住了一陣子。羅太太平日只和為數極少的幾個近親來往，與鄰居完全斷絕關係，互不通問，孤孤單單地過日子。為了生活糊口，她在小鎮上一家美容院裡打工，早出晚歸，家裡養了一隻大狼狗，兇猛異常，無人敢越雷池一步。

就這樣日子一天天地過去，羅太太領不到錢；保險公司也逮不到人。小鎮上的居民在茶餘飯後不免仍津津樂道地互相討論猜測這件「離奇故事」的結局。表面上一切似乎又恢復了往日的寧靜安詳。

忽然，在一九八〇年十一月二十九日夜裡，小鎮北郊又起了火警，燒的不是別家，正是羅太太的住屋，距上次火災正好十年又十一天。這次火災來勢異常快速兇猛，等救火隊趕到時，整棟屋子早已陷入一片火海，無法搶救，片刻之間已然化為灰燼。

刑警事後清點，在灰燼中赫然發現兩具燒焦了的屍體，一女一男，相對而坐，據說事發之前都飲下大量的烈酒，座椅四周撒滿了引燃的煤油。女的據說證實就是羅太太；那男的呢？據說已無法確認是否就是羅先生。若不是他，那又是誰？若是他，那是何時偷溜回來的？十年來他人在何處？或是他從來就沒有離開過？……一大堆疑問恐怕都永遠無法得到完滿的答案。

這個持續了十年之久的「離奇故事」說到此地也就告一段落啦！令人唏噓感嘆之餘，只能補一句：「人為財死，鳥為食亡」作結。

後記

筆者於一九七四年來印大英語研究所進修，在納溪小鎮上發生的第一次火災已然過去了四年。六年後第二次火災再起時，筆者正如火如茶地撰寫文學博士論文，無暇他顧，但仍把所見報導剪下留存至今。心想有朝一日，一定要撰文向大家報導這件聳人聽聞，事件發展前後長達十年的小鎮離奇故事。三十多年一晃就過去了，這才得暇寫下此篇小文供大家參考。

又，筆者認識一位印大民俗系的教授，聊起此事，據他說羅家四個兒子中的老三和他是中學同學云云。

再，上述事件進行到後期，ＣＢＳ電視公司覺得頗有可看性，於是派選專人至小鎮拍攝實景，編成連續劇播放，轟動一時。另外，有好事者，按故事情節寫了厚厚的一本小說，惜未暢銷流行。

西遊記：美的追逐

整整二十年前了，那時筆者正在台灣新竹國立清華大學外文系任教，三個孩子則由內人伴著在印大攻讀。我利用七年一度研休之便，飛抵花城（Bloomington, Indiana）與家人團聚，共敘天倫……。剛好主修中提琴的二女兒若華參加了在「奇石東」（Keystone，Colorado）舉辦的音樂營。由她前後寄回的明信片上，我們對該地崇山峻嶺的自然風光，及音樂營的各項精彩活動都略有所聞，頗欲親往一遊以觀其勝……。

經過一番積極的準備之後，我們一行三人終於在八月十五清晨出發，驅車西行，橫越Illinois, Missouri, Kansas及Colorado四州，途經一望無際的中西部大草原，又翻山越嶺，長途跋涉約千餘哩，於第三天的下午，在一陣急坡下行後，遶過一灣碧藍的湖水，終於駛抵目的地「奇石東」，一個群山環抱、幽靜安寧的世外桃源。

剛把車門推開，一陣美妙的豎笛聲即由山邊的木屋中傳來。大家異口同聲地說：「找對啦！」尋聲暗問，旋即在木屋的二樓找到女兒的住宿處，但已門扣人去。據那個吹豎笛的女孩說：「正在那邊團練中」。

沿著山邊一棟棟樸拙而雅緻的雙層木屋背後之曲徑往前走，跨過一座小木橋，步下一道小土坡，便見到那座方方正正的銀色巨蓬，矗立在午後金黃的斜陽裡。蓬座之後是一片向上挺拔而起的青翠杉林。一陣陣管弦樂合鳴之聲，似波濤之洶湧澎湃，由蓬內傳來。這無疑就是「國家曲目管弦樂團」（NRO：National Repertory Orchestra）的演出場地了。

喔！蓬座之內猶如大廳之高聳寬敞，正中央是凸起的演奏台，聽眾席位（大約可容四、五百人吧）呈馬蹄型由三面把演奏台圍住，台的正上方高懸著「奇石東音樂節」幾個白色黑底的大字。台上坐滿了身著便裝的男女青年，各持樂器正由一位穿著藍衫短褲的中年指揮督導習奏中。只見他兀立指揮台上，向團員分段述明曲意，再一一習奏。樂曲的旋律在樂團中此起彼落，緊緊相互銜接，一種偕合投契的氣氛瀰漫了整個大廳。原來他們正在首次試奏Richard Strauss（1864~1949）的著名交響詩「唐・吉阿德」（Don Quixote, 1897）準備三天後（亦即音樂節最後一場音樂會中）演出。描述唐。吉阿德四處遊俠的主題在各組樂器上先後呈現，一會兒在銅管，一會兒在木管，一會兒又回到弦樂，演奏者你來我往，此起彼落，樂在其中，時時情不自禁以足擊地，表示互相之鼓舞與欣賞，輕鬆愉悅之情與全心投入之專注兼而有之。

習奏暫告終止，休息一刻鐘。台上的男女青年紛紛走下來。亂軍之中我急著尋找女兒的芳蹤，過了一會兒才見她由人叢中笑嘻嘻地快步跑過來。啊！家人乍見的喜悅實非言語可以形容，異地重逢又別是一番滋味！若華興高彩烈地領著我們去鄰近的辦公室，圖書館（她打工的地方，專門負責為團員影印樂譜），飯廳等處參觀，並介紹我們和一些團員相見。

走過營務辦公室前，見窗口貼了幾張與樂團演出有關的大型海報，其中一張居然是以中文印成的，海報頂端以大型楷書印著：「美國國家曲目管弦樂團」。走近仔細一瞧，欣然發現該團於四年前曾赴台灣演奏，這份中文海報正是他們在台北、台中、和高雄三地表演時貼出的。真是失之交臂，當時雖未克恭逢其盛，仍然覺得有幾分重逢的親切與喜悅。

重返蓬座，繼續聆賞他們的合奏預習。在正門入口處取得一份該團今夏演出的節目手冊，印製極為精美，封面是一幅呈朱黃色的小提琴油畫，手冊共二十頁，圖文並茂，刊載了許多與該團有關的消息，諸如：NRO團員的甄選過程；指揮Topilow先生的生平簡介；今年演出節目一覽表，等等。

其中最引人矚目的是第六、七頁上刊載的節目演出號外，標題是：「一項指揮Topilow與作曲家孟德爾頌的合作？」這到底是怎麼回事兒？

原來在今年六月二十七日晚，該團第一場演奏會的四項曲目裡，其中有一項是孟德爾頌在1846年所作的「六首兒童鋼琴小品」，由指揮Topilow先生改編成管弦樂，首度問世公演，離原作譜成的時間足足晚了一百五十年之久。

午後四時團練結束，大家紛紛走出蓬外。哇！好一幅夕陽斜照的山景唷！四面高聳的峰巖之上彩霞飛揚，雲霧之後尚可見到去冬殘留的皚皚雪跡，空氣新鮮涼爽，和風習習，令人感覺心廣神怡。稍微休息片刻之後，便隨大夥一起共進晚餐，那一頓意大利pizza餅真香！

食畢，正待外出遊逛，忽聞轟轟雷聲震動屋宇，狂風大作，暴雨驟降，外面行人都急急走避入室，哇！又是一場驚心動魄的山中場景。女兒神色若定地說，「不要緊，營區內有免費巴士，電話隨叫隨到。」果然，五分鐘後，一輛中型巴士出現在簷前濠雨中，大家一擁而上，安全返回寢室。雨中無處去，只好留舍整理散滿一地的行李，將之一一歸位。

忽然，室外傳來一陣驚喜之聲，有人在外面放聲大喊；「看喔！好美唷！」我們立即應聲奔出一觀究竟。只見西邊雲霧茫茫的山巒之間，出現了一彎五彩的長虹，好似在兩峰之間架起了一座壯麗的彩橋，任人仰望欣賞。

雨過天青，夕陽餘暉把山峰上灑得一片金黃之色。女兒說，「走！我們上山去。」跳上車，攀緣約二十分鐘的迴旋山路，就登上一萬兩千餘英呎的群峰之巔。極目四眺，雲滄滄兮霧茫茫，群峰如濤似浪，一波波回盪飛翻，心神為之震撼，一時間忽有羽化而登仙的遐思。

次日，六時即起，喜見窗外旭日燦爛，哇！居然是一個晴空萬里的好天氣。四面環繞的群巒峰壑都在晨曦中各自展現其誘人的美姿——金黃、蒼青、翠綠、靛藍、暗紫……的圖案相互縱橫交錯，在四面八方編織成一幅延綿不斷懾人心魂的彩色世界。

在營區小徑上踏著撒滿一地的金輝，深深呼吸幾口清爽的新鮮空氣，看看路邊一叢叢尚未甦醒的小白花，享受這陣閒散的樂趣。猛抬頭，忽見營蓬背後山坡草叢裡有幾隻花鹿在晨旭中安閒地低頭吃草，與我共享這片刻醉人的寧謐。

今天正逢樂團每週一次的公休，難怪雖已日上山崗，木屋上下依然一片寂靜，屋外更是行人鮮稀。九時多，三兒才先後起身，吃過十時的早中飯，便結伴同行，在湖光山色間作一日之遊，向晚赴鄰村逛街，至夜闌方盡興而歸。

第三天，又是一個萬里無雲豔陽金輝的好天氣。晨起未外出，續讀女兒提供的樂團資料，以備與指揮先生訪談。九時半，入蓬觀賞團練。

今天由副指揮Antony Princiotti率團，預習三首樂曲：柴可夫斯基〈第四號交響曲〉、法雅〈西班牙花園之夜〉、和Cary John Franklin之*Cauldrons*，準備明晚之正式演出。

只見他指揮棒凌空一舞，「叭！叭！叭！叭！」一陣震撼屋宇的銅管合奏隨即響起，這便是柴可夫斯基的第四號交響曲。銅管吹過，弦樂立刻激動深情地回應，弦樂剛畢，木管又接踵而至。一個接一個，此落彼應，展現了各組樂器相互呼應唱和的手法。忽然出現一句由上而下的半音滑奏，先在長笛，黑管繼之……。正於此時，聽眾席上意外地響起了一句極類似的童音滑唱句，與台上的器樂相互應和。那位雙肩上坐著一個男童的父親一時窘得無地自容，連忙制止小孩不得放聲，兩人一上一下奔逃出蓬。這個小小插曲足以證明該曲的編配是如何之自然流暢，樂團演奏是如何鮮活生動了。

中場休息，瞥見那位曾著藍衫短褲的指揮正坐在聽眾席的左後方，也在從旁聆賞。他想必便是樂團指揮Carl Topilow先生無疑！於是鼓起勇氣上前向他打招呼，並自我介紹。或許是因為有女兒的事先引介，兩人居然一見如故，如老友重逢似的並坐聊起天來。下面是我們交談的部分內容。

Topilow：「喔！你的這位千金真能幹，給樂團幫了不少忙，管理圖書館，為團員影印分譜，琴也拉得極好！」

楊：「其實還是你給小女這個難得的機會，讓她多磨練磨練。要謝謝你哩！今年這九十多位團員都是你親手挑選的？」

T：「不錯！（微笑中顯露幾分自得的神色）年復一年，已作過十五次啦！堅持親自出馬挑選好的團員。唯有團員素質好，音樂營的工作才有蒸蒸日上的希望，不是嗎？」

楊：「談談今年這批團員挑選的經過吧！」

T：「今年元月七日，挑選的工作從邁阿密城起步，其後八週內，冒著嚴寒，南北穿梭共去了十八個城鎮，由七、八百申請者中，一一聆聽甄選，最後挑出九十位左右，也可以說大約是八中選一。」

楊：「哇！真是精挑細選呀，難怪樂團水準如此精良。請問你的甄試著眼點在那兒？甄試的過程如何？」

T：「首先當然要看演奏的技巧是否精純啦，有沒有一學即成（短時間內奏新曲）的能力也很重要，是否能以一己之長與人合作無間則更要緊。事先已把指定的曲目（其中一些段落）交到應試者手中，屆時應試者在短短十多分鐘之內要展現他的才華，證明自己確實有上述的能力。有了十五次挑選的經驗，自感頗有伯樂識才之能，經我選中的人，大致都不差（笑語中又有幾分自得之樂）。」

楊：「雀屏中選的團員都有那些權利與義務？」

T：「有免費的來回機票，拎著自己的樂器來山裡避暑九週（做個鬼臉），膳宿全免費，除了給自己洗洗衣服之外，就是練琴。每週一是公休，週三及週六晚正式演出，其餘的時間，每天上、下午及晚上都有自習和團練的活動。另外還穿插了一些相關的專業性活動，譬如某知名樂團的經理來說明該團甄求新團員的條件及過程。或是生理治療醫生來教導如何整治因練琴而引起的生理疼痛。」

楊：「這麼說來，貴樂團的組團目標似乎和附近另一個音樂夏令音樂營Aspen大不相同囉？」

T：「不錯！Aspen音樂營其實就像另一所音樂學校，是以教學為主。我們則是以培育即將出道的演奏者為目標，讓年輕音樂學生在短期內，品嘗大量的管絃曲目，作為日後進入職業樂團的準備。」

楊：「貴團自稱是「曲目」管絃樂團，是否正寓有讓團員多多品嘗曲目的意思？」

T：「一點也不錯！」

正聊得起勁，台上的管絃之音大作，團練又要開始。Topilow側身附耳悄悄地說，待一會兒，午餐時再談吧！

輪到法雅的「西班牙花園之夜」上陣了。大型平台鋼琴已安置在樂團之前。在熱情又新奇的西班牙風味和絃聲中，Topilow忍不住又側身悄悄地說，「這是我極喜愛的一首樂曲，法雅曲中的西班牙風味表現得太棒了，應該大受樂壇重視才對的！」說罷便俯身從座位下面的皮匣中取出總譜，打開與我共讀。隨著台上音樂的起伏，他右手時而指著曲譜，時而凌空劃著節拍。看他樂在其中的神情，我也分享了這片刻的歡樂。

午餐時，Topilow果然走來與我們同坐，另外還有女兒和她的室友Youngstein小姐（長笛手），四人一桌，邊食邊聊。

楊：「（向Topilow）你是樂團的主要策劃人，我很想了解你腦海中都想些甚麼事情？」

T：「（調侃地笑著說）我也很想知到呀！」

楊：「聽說樂團明年有遷移營址的計劃，是不是？」

T：「是啊！在奇石東經過六年的蓬中歲月，明年將遷移到鄰村Breckenridge去，那邊答應為我們修建一座正式的演奏廳，一切條件都比此地好，只好忍痛搬遷而去，但對這塊營地已有深厚的感情，難解難分。好在搬來搬去仍在此山中，秀美壯麗的山色對音樂心靈的養成太重要啦！」

楊：「你除了暑期來音樂營率團之外，其他的時間在那兒高就？」

T：「平時在大城Cleveland，暑期便跑到山裡來，這個安排不錯吧？（又是一個得意的微笑）我在Cleveland音樂學院擔任管弦樂部門的主任兼指揮，也演奏黑管。在吵雜的城市裡住久了，跑到群山之間來透透氣，的確是不錯。不過多年來總保持著一個心願，一方面為美國管絃樂團的明日作一些奠基鋪路的工作；另一方面也為音樂演奏和聽眾之間建立一些親和的關係。其實藝術的表現與鑒賞具有一種互動的關係，有了好的聽眾，音樂演奏才能持續成長。你說是不是？」

楊：「你這些想法和作法都非常具有前瞻性，難怪音樂營裡感覺到瀰漫著一種極為親和的氣氛，團員與聽眾之間據悉也異常親近和協。在音樂的導引下，顯得一片祥和之氣。有一個實際的問題要請問：音樂營的經濟來源及開銷是如何處理的？」

T：「經濟來源大致有兩個：一為政府發放的藝術基金，另一則為私人捐款。譬如音樂營所使用的空間，包括宿舍、辦公室、圖書館等等都是奇石東滑雪中心免費借用的，節省了不少開銷。不過，樂團前後二十場演出的收入，及其他一些錄音所得，都全數撥給滑雪中心，作為補償。好在這些令人頭痛的經濟問題有董事會的專人負責，無須我煩心。」

楊：「對了，在辦公室的窗口看到一張中文海報，欣悉你們去過台灣表演。談談那次的經歷吧！」

T：「那是四年前暑期的事了，我們應邀去南韓參加奧運開幕式，演奏奧運大會的會曲。之後我們又應台灣太平洋文化基金會及高雄文化基金會之邀請，於十月初分別在台北、台中、高雄演出三場，受到熱烈的歡迎。哇！那兩棟座落在台北市宮殿式的音樂廳及歌劇院真是太棒啦！（忽然他若有所思地問）你知道那條「蛇巷」，台北的那條叫「蛇巷」的街嗎？」

楊：「久聞其名，倒是還沒去玩過！」

T：「我們都去參觀了，見到許多稀奇古怪的蛇，還有當場將蛇破腹取膽……的景象。隨團而去的作曲家David Dzubay先生歸後以「蛇巷」（Snake Alley）為題作曲一首，已在美國首演過，深受好評。但「蛇巷」源至台灣，應該去台北演出才對，你說是嗎？

楊：「對！對！對極了！希望不久能在台北國家音樂廳聆賞貴團演奏「蛇巷」，讓中國的聽眾欣賞欣賞別人對「蛇巷」的觀感與遐思。太有意思了，預祝你不久能如願以償。

談話到此暫告結束，散席之前Topilow在我的筆記簿上面寫下「蛇巷」作曲家的姓名和住址，因為此人就在印大音樂學院任教，得空可以就近去拜訪他，聽聽他的「蛇巷」。

隨後，又馬不停蹄地跟著女兒和她的營友們，參加下一個活動：生理治療研習班。據女兒說，自六月下旬音樂營開始起，每週二下午都有專人來營講授如何整治並預防因練琴而引起的生理不適問題。今天是最後一次。

講授人是Baker女士，在鄰村的某復健中心任職。她先要大家圍坐成圈，開始講授最後一課：定神養性之法。一開始她強調定神養性對身心健康的重要性。根據實驗調查而獲的結果，發現身心康健凡事順遂的人，都有每日作片刻靜坐的習慣。在短暫的時間內，去除心中雜念，整個人回歸清靜如洗的境界。隨後又要大家面向上平躺在地毯上，在極輕鬆的情況下，隨著她語言的引導，作定神養性去除雜念的基本練習。在閉目養神中，只聽見她輕聲地說：「……我是一座青山……我是一灣綠水……把藍色吸進……把紫色吐出……。」大約十分鐘後，作完練習，紛紛坐起，相互交換心得，咸認為專心定性去除雜念之難。我也順便向大家略微談了一點中國靜坐和太極功夫的要義，不外也是欲求清靜養性的目的。想想咱們這一套祖宗留傳下來的學問，還可以在西方世界大展鴻圖呢！

八月十九日，是我們留營小住的最後一天，晚上聆罷他們的正式演奏，明晨便要離去。惜別的心情使我早早起身外出，喜見仍是一個大晴天，但今天甚冷（大約華氏四十幾度），冬裝手套都派上用場。向東走出營區，沿著那條通往群山的大道快步邁進，林氳深深，萬籟靜寂，忽然一片黃葉由高處迴旋翱翔飄降腳前。早起的長尾小松鼠正在枝頭輕贏的跳躍著。我獨自蕩漾在晨曦的鬱翠叢中，深深體會了「相看兩不厭」的情懷，直至太陽翻過了山崗才依依返舍。

上午再聆團練。午後全團休息，養精蓄銳準備晚上七時正式演出。但眼見四野金輝閃爍，藍天澄澄兮白雲飛，年輕人都有些按捺不住大自然良辰美景的誘惑，女兒稍登高一呼，立即組成一小隊樂意登山的人馬，攜了小水壺，即乘車盤旋上山。

在一萬兩千英尺的山口下車，沿著山的稜線一步一步往上爬，攻向另一更高的峰頂。朵朵白雲由左邊山谷中飄來，又從右邊的山崕旁飄去。我們沿著雲霧繚繞的山脊一連攀征了三座節節上湧的山峰，最後終於登臨群峰之巔。

兀立四眺，腳下千巖萬豁，雲海翻騰，真個是「下窺指高鳥，俯聽聞驚風」的情境。我竚立峰頂，陶醉在大自然波瀾壯闊的美景之中，久久不願離去……。直到女兒攜著小水壺攀上援助，並大聲急呼：「快下山呵！晚上還有演奏會呢！」猛然驚醒，已近五時。惟恐誤事，於是連滾帶爬，飛奔下山，躍上座車，急駛回營。待一切料理停當，換裝赴會，恰已七時，心中暗叫：好險！

蓬內燈火通明，盛裝而來的聽眾都已就座，我們在後排找到幾個空位，趕快坐定。身著白衫黑褲黑裙的男女團員紛紛由台之左側迅速走出，在一陣熱烈的掌聲中登台入座。隨後又是一陣掌聲，指揮也快步上台。此時由聽眾席前排座位上忽然有人站立起來，他回身向聽眾說：「各位女士、各位先生，敝人是國家曲目管絃樂團的團長，歡迎大家來參加今晚的盛會，並感謝你的支持與鼓勵。你面前台上這些年輕團員皆是一時之選，美國管弦樂團未來的精英。本團創始迄今已有四十多個年頭，在奇石東設營也匆匆屆滿六載，目前已獲得舉國樂壇的重視，今年七月二十二日受邀去東部維基尼亞州的Wolf Trap下令音樂營演奏並錄音，便是一個受到重視的好例子……。」

接著又特別介紹了擔任豎琴演奏的小姐，並在台前作簡短的即席訪談，目的不外乎讓聽眾多了解樂團，促成彼此之間良好的默契。

第一個節目是Cary John Franklin兩年前的新作「Cauldrans」。正待聆賞，指揮忽然轉向聽眾說：「在新英格蘭一個面海的山坡上，因長年山泉夾帶泥沙的沖刷，形成許多螺旋型的洞穴，泉水潺潺迴漩流過，映著穴內五彩繽紛的石壁，產生極奇妙的景觀，水流漸漸匯聚，靜靜地流入大海。作曲家在本曲中以音響來捕捉那片流動的自然景象。」說罷，音樂立即在指揮棒下響起。那幽咽流泉的晃動，晶瑩彩石的光澤，穴中閃閃迴轉的漩流，洶湧澎湃的匯聚，又靜靜地併流入海……。這些生動的畫面，在管弦樂巧妙的刻繪中都依稀可聞，令人一聆難忘，引起聽眾熱烈的回響。

接著要演奏的是法雅的「西班牙花園之夜」。指揮又回身說：「這三首鋼琴與管弦樂的印象派作品，是法雅旅居巴黎期間構思完成的。他與德布西、拉威爾等法國印象派作曲家交往甚篤，深受其影響。在這三首作品裡，法雅以其獨特的管弦樂配器法，表現了西班牙花園中夜遊的情景。」管弦樂輕柔相合之聲，立即營造出一片寂靜的夜幕，銀笛一聲長鳴，鋼琴以漫步者的姿態一腳踏入園裡，舉步遨遊中，時而優遊自得，時而激昂慷慨，情感變化起伏不定，充分表現了暗夜的神祕與魅力，及夜遊者的遐思與冥想。尤其是西班牙民族特有的豪邁與熱情，更是刻劃得深刻動人。難怪Topilow先生會對此曲如此激賞。

夜遊之後，音樂之旅進入最後的高潮：柴可夫斯基的Ｆ小調第四號交響曲，幾聲震動屋宇的銅管合鳴，立即把聆者帶入另一個世界。柴氏的音樂結構優美又自然，各組樂器之間的呼應配合更是表現得生意盎然，流暢自如。尤其是那段撥弦的樂章，真是美得令人心醉！樂曲結尾的強勁和絃，給整個音樂會帶來，迭起的高潮及圓滿的結束。

聽眾都情不自禁地站起來鼓掌，表示激賞之意。對我來說，這是四天留營的一個總結，預習時的字斟句酌，一變而為臨場的活力與豪邁，台上的年輕人充分顯露了他們的才情，讓人深信明日會更好。

會後，在對面辦公室隔壁的交誼廳裡，舉行茶會，聽眾與團員，三五成群，一邊淺飲小酌，一邊熱烈地談論今夜的盛會，興奮之情揚溢在人聲沸騰的室中。我在人群中逡巡來去，向團員分別表達聆罷滿足之意。

忽然，Topilow先生由人叢中向我伸過頭來，悄悄地說：「別忘了我們的『蛇巷』喔！」

次日清晨，又在一片旭日金輝中我們依依不捨地驅車出谷，離開音樂營，結束了四天的「桃源」之遊。車聲轆轆，腦際泛起的仍是那一場又一場多變的山色與高潮迭起的音樂，相互輝映，交織匯聚，譜成一首大自然與音樂的綺麗二重奏。

後記

離開音樂營之後，我們繼續西行抵加州，在洛杉磯小住四天，又沿原路東返，八月二十六日向晚，復抵「奇石東」，遙見群巒之巔茫茫一片瑞雪。投宿時，店主說：「兩天前下了入夏以來第一場大雪！次日晨偕內人驅車登山賞雪，八月間皚雪茫茫，蔚為奇觀，也令人憶起唐人岑參「胡天八月即飛雪」的詩句。再兩日，平安抵舍，完成西遊之行，共計行程四千七百二十三英里，費時十三天。

又，文中談及的女兒若華目前在田那西州Nashville Symphony Orchestra擔任中提琴手。Topilow的預言一點兒也沒錯。

丙

音樂、藝術、詩歌、戲劇、與閱讀

廬山行

橫看成嶺側成峰，遠近高低皆不同，不識廬山真面目，只緣身在此山中。

蘇軾〈題西林壁〉

我愛廬山，對它一直非常嚮往，但至今依然是緣慳一面，未曾親臨目睹其勝況風采。

古來騷人墨客對廬山也都情有獨鍾，愛之敬之者大有人在。晉陶淵明退隱林泉之時寫出膾炙人口的名句：「採菊東籬下，悠然見南山」。這個「南山」據知正是江西省九江市附近的「廬山」。陶先生為自己選擇了最佳的勝地，日日與廬山為鄰，彼此「相看兩不厭」，過著悠哉的隱居生活。只是他對「南山」輕描淡寫，未多著一點墨，我們看不到絲毫南山的風貌。

相形之下，李白就顯得豪爽多了。在〈廬山謠寄盧侍御虛舟〉長詩裡，由廬山之下仰而望之，是這樣仔細描寫的：

「……廬山秀出南斗傍，屏風倒挂三石樑，香爐瀑布遙相望，迴崖沓障凌蒼蒼……」

接著他攀登上廬山，極目四望，又寫道：「登高壯觀天地間，大江茫茫去不還，黃雲萬里動色，白波九道流雪山。」

他描寫得如此動人，是因為深深地受廬山之美所感動，故曰：「好為廬山謠，興因廬山發」。最後，藉著廬山之高峻崴嵬，他「願接盧敖遊太清。」羽化而登仙矣！

但，廬山壯麗的容顏到底是個甚麼樣子，依然令我困惑不解。

去歲元月，我應邀在花城（Bloomington, Indiana）「眾藝畫廊」（Group Gallery），舉行了一場為期近兩月的「書畫個展」，展出了四十多幅作品。剛好二樓上有兩片長長的橫樑（東西向、南北向各一），是大好的額外展出空間。畫廊主持人John La Bella向我提出這項「挑戰」。返舍後，即在地下室乒乓桌上，把長卷宣紙拉開（寬十八吋），裁了兩段：一段長一百九十五吋，上面書寫了《老子道德經》第三十三節全文；另一段長一百六十八呎，以行草寫了上述陶淵明的詩句：「採菊東籬下，悠然見南山」十個大字。寫好之後，在該長卷右邊畫了一束菊花；在左邊則添了一幅我心目中的南山水墨畫，是以視覺藝術的方式把南山呈現在觀者眼前。從一個比南山還高的定點，俯視南山及其後之群巒疊嶂，浩浩蕩蕩，極目千里，一覽無遺。

同年九月，《故宮名畫精選》冊子裡，見到唐末五代後梁荊浩的名作《匡廬圖軸》。終於看到了約千年前荊浩眼裡筆下的廬山真面目啦！驚喜之餘，決心臨摹，勉力一試。

這是我生平第一次臨摹山水大師的作品，畫得戰戰兢兢，很是緊張，也很投入。前後大約花了兩個半月的時間，臨摹的工作才告一段落。

其實，我只臨完原畫的四分之三就停筆了，把剩餘的空間留著寫了下面這個跋：

仿五代後梁荊浩山水真蹟神品《匡廬圖軸》。圖中繪廬山之五老峰、爐峰、三峽、左蠡等景緻。作者荊浩，字浩然，沁水人，博通經史。唐末避亂，隱居太行之洪谷，自號洪谷子，以畫山水樹石自娛。畫法繼唐王維所用之「芝麻皴」，改為「小披麻皴」，有筆有墨，骨肉兼備。所繪山水，層次分明，浩氣氤氳，瀚暢淋漓。」

敏京臨於美國印州花城　辛卯六月

這便是我「廬山行」的前後經過，願與您分享。

廬山水墨畫臨習

山水偶得

常言道：「種瓜得瓜，種豆得豆」。又說：「若要功夫深，鐵杵磨成繡花針」。類此之言，雖係老生常談，其中也寓有顛撲不破的道理在。試問：誰能不勞而獲？孰可坐享其成？

大家多半都曾品嘗過苦盡甘來的滋味，曉得耕耘之後總會有收穫的一天。近年來我為了學習國畫，也確實按此理身體力行，一點一滴，努力以赴，絲毫不敢馬虎。

身邊既無師可以求教，只能就近從印地安那大學圖書館，把整套四冊《芥子園畫譜》（一九七二新版；吳蓮，楊為國編，湖邨王槩手題）借回，一冊一冊從中挑選出各式各樣的範例，日日臨習不輟。經過這樣一段艱困的摸索歲月，按圖索驥，依樣畫葫蘆，漸漸略有些端倪了。

又借到周千秋／梁粲纓夫婦畫家合著的《國畫進階》（一九七九）。此書的一大好處是，每幅畫作完成之前，都附有從無到有各個階段的步驟與過程。對我來說，這真是一大福音。因前述的《芥子園畫譜》裡，只見成品，不見過程，習者不知從何處啟手，先後不分，筆墨不明，習之非易。

《國畫進階》則不然。每一畫作之前，筆墨先後層次井然，習者可按之一步一步，逐漸完成，臨習的效果自然較好。習者對作畫的先後次序，漸漸有了一些較為清晰的概念，筆墨的輕重濃淡，也漸有了些體驗與瞭解。

之後，覺得還有進一步發展的空間，可以給自己作更上層樓的挑戰。於是便由台北故宮博物院印製的《故宮藏畫精選》裡，選定唐末後梁山水畫家荊浩的《匡廬圖軸》，加以臨摹，前後花了兩個多月方才畫成。接著，又選出北宋山水畫家郭熙的《早春圖》來臨摹，也花了近兩個多月方告完成。其後，在《山水述要》（梅墨生編著）這本書裡欣見明末清初詩、書、畫名家龔賢的長卷大作《溪山無盡圖》，愛不忍釋，又花了相當一段時間，奮力臨習。

接著，從印大圖書館再借到《龔賢山水畫專輯》。見其山高水長，雲霧飄渺，筆墨功夫真是了得！決心再努力以赴，深耕臨習，一幅一幅，跟著先賢亦步亦趨，相信只要多下一分功夫，必會有另一分收穫。

一天，正臨習到第八幅時，覺得筆下水墨有些濃濁，怕滲透到桌面上，便順手取了一張擦拭用的粗紙，墊在宣紙之下。過了一陣，待畫好的宣紙近乾時，便把墊在下面的粗紙取出來。

哇！奇蹟出現了。

眼前忽然呈現了一幅令人難以置信的畫面，似山又似水，群巒矗立，流水潺潺，看起來是那麼自然生動，這完全不是我意料之中的效果，比起上一層的宣紙原作，境界似乎高出許多，給我帶來了意料之外的驚喜。

這幅意外得來的山水畫，算是經我努力而獲的成果嗎？好像不是。那麼是不勞而獲囉？似乎也未必然。無以名狀，遂以「山水偶得」冠之。剛好山水之間有一片空地，便提筆書曰：「看山是山，看水是水」。稍後，在其左又題曰：「看山不是山，看水不是水」。

我非常珍愛這幅偶得的作品，將之裝裱入框（見圖），懸掛壁上，時時觀覽，日日把翫，作為自己「種豆得瓜」的紀念。

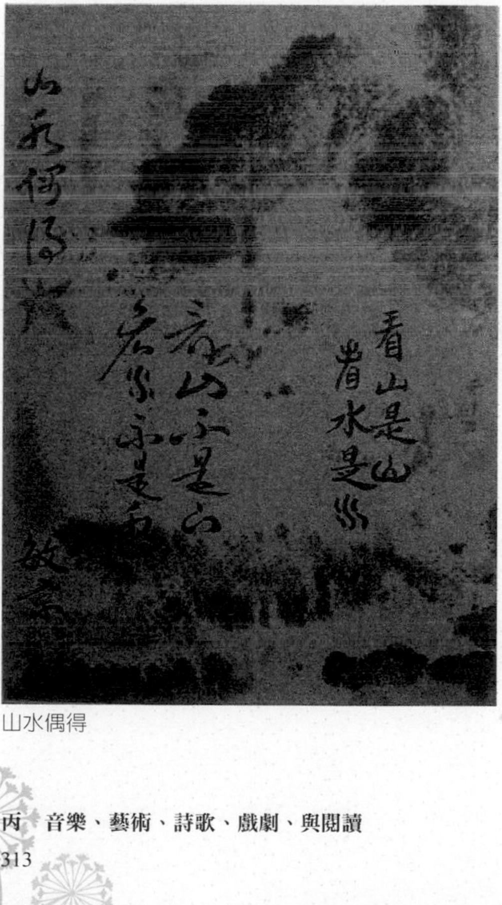

山水偶得

相見恨晚：龔賢與孔尚任

龔賢（一六一七～一六八九）與孔尚任（一六四八～一七一八），都是明末清初的人物。前者是書畫家兼詩人；後者是鼎鼎有名的戲曲大家《桃花扇》的作者。兩人年齡相差三十一歲。一個在南京，揚州一帶活動；一個在山東曲阜石門山中長期隱居，研讀自娛。南轅北轍，各行其是。按常理，兩人應無緣交集。

筆者首次見到龔賢的畫作還是前年（二〇一一）的事。七月間某日，從印大總圖八樓，借到梅墨生編著的《山水述要》。書中簡約地一一介紹中國古今山水畫家及其作品，龔賢的橫式長卷《溪山無盡圖》（27.7 cm×726.7 cm, 1680）也在其中。我見了書中縮小的龔氏長卷圖，左看右看，愛不忍釋，很想臨摹，但見其山高水長，樹石綿綿壘壘，一時不知從何處下手。提筆試了幾次都不得要領。九月初，奮力一搏，前後花了八個多小時，終於粗臨其半。次日再努力了一整天，才把長卷勉強畫完，並寫了這樣一個跋：「仿清龔賢《溪山無盡圖》橫式長卷。梅墨生介紹之為『動點視覺構圖法之傑作』。二〇一一年辛卯九月初試臨於印州花城玉園。楊敏京」（見下圖，四吋×七十五吋）

仿清龔賢
溪山無盡圖橫
式長卷
九月初試
楊敘京

為了多瞭解龔賢其人，又從圖書館借到他的書畫專集，這才欣賞到他山水創作的全豹，及附在畫裡的詩與書，都非常精彩又很有見地。

明清交替時（一六四四），龔氏已二十五歲，深感亡國遺民之痛，亟欲反清復明，恢復故國，但見大勢已去，回天乏術，於是隱居南京，以繪畫為業，並結交同道之士（「金陵八家」，龔為首），並組「復社」，時而去揚州，論畫談詩，廣交志友。

而孔尚任呢？

他是山東曲阜人，係孔子第六十四代孫。生於清王朝登基後第四年。在三十七歲之前，幾乎全隱居故鄉，以讀書和研究音律為主，對官方在孔廟所用的禮樂尤其熟知，過著「養親不仕」的生活。此時他已開始醞釀寫作《桃花扇》，以抒發思念故國的情懷。

一六八五年，康熙南巡，路過曲阜，祭祀孔子。孔尚任被荐舉在「御前」講經，頗受康熙賞識，被任命為國子監博士，後累官至戶部廣東司員外郎。

孔尚任棄隱為官，基本上是違背其意願的，（後在《桃花扇》裡藉著「老贊禮」這個串連全劇的角色之口說：「惹的俺哭一回，笑一回，怒一回，罵一回。那滿座賓客怎曉得老夫就是戲中之人！」）。但假四出遊歷巡視的機會，他廣交明末「野遺」之英雄豪傑，凝聚這一股渙散的力量。他奔波於江淮之間，駐留過揚州，遊歷過金陵，憑弔過史可法葬在梅嶺的衣冠塚，……。

一六八七年四月，他巡遊到揚州，以詩畫為題，邀約當時一批名流雅士，參加「春江社雅集」於祕園。赴會者包括石濤，龔賢等高僧雅士三十多人。龔、孔二人一見如故，惺惺相惜，娓娓長談甚契。不數月，龔賢因病歸南京，孔尚任賦詩惜別，曰：「野遺自是古靈光，文采風流老更強，幅幅江山臨北苑，年年筆硯選中唐，短歌肯贈將軍操，長紙還書急就章，**萍水逢君非偶事，扁舟一夜聚維揚**。」詩中最後兩句，頗能顯露兩人之間的情誼：「萍水相逢，相見恨晚」。至於兩人一夜都談論了些啥事兒？除了書藝詩畫之外，其他的就心照不宣了。

三年後，兩人又在揚州相會，小聚不數月，於中秋前，龔賢又抱病回南京，孔尚任去函相問，關懷之情溢於言表，說：「前枉小寓，又匆匆而去，蓋行往來酬答之禮也，以野遺而拘世法，我等又當如何呼！昨聞貴門人所言，不勝駭異，……。求教諸件，皆望隨意揮洒，大小縱橫，無之不可，譬之造物者，因物賦形，而飛潛動植，總無有不是處耳。」孔尚任相求的是「石門山圖」畫作，龔賢為酬答知己，抱病為之。

不料，是年（一六八九）秋之半，畫未作完而龔氏已卒，享年七十二。孔尚任痛失知友，親往理其後事，撫其孤子，收其遺書，鄰里父老深為感動，傳為文苑佳話。

十年後（一六九九）優美、悲壯的詩劇《桃花扇》寫成。孔尚任揮舞其春秋褒貶之筆，陳述明末亂軍之中，一位風塵歌妓李香君的感人故事。她聰明、伶俐、勇敢、專情、有氣節、貧賤不移、威武不屈，痛斥一群亂臣賊子，揉碎了自己的花容，鮮血濺汙了團扇，化（也是「畫」）

成朵朵艷麗的桃花。再加上史可法死守揚州的忠烈事蹟等等，孔尚任終於合盤托出多年來隱藏心底，不可宣示的悲憤與喪國之痛。

此劇一出，舉國譁然，龍顏大不悅，孔尚任隨即丟官（幸未釀成文字獄，猜想可能因係孔門之後故也），他在北京閒滯了兩年，經朋友勸告，於一七〇二年歸隱曲阜，以迄於終，享年七十。

深藏龔、孔二氏心底多年的悲憤與復國之夢，終於補圓了。

覽之弗晚

常聽人用「相見恨晚」一詞來表達人與人，在某種機緣下，突然相遇結識時那種難得的契合感，亦所謂「一見如故」，「惺惺相惜」。彼此覺得非常投緣，情趣洽合，相晤甚歡。

最近我讀了《文心雕龍》這本書，突然也有些類似上述的感覺。當然，人與人，人與書，兩者之間的關係有點兒不同。前者重機緣，而且是雙向交集的；後者靠時緣，一予一取。也就是說，兩人不期而遇又能相互合契，除了雙方都應具備類似的涵養與才情之外，多少是由某種機緣促成，缺之不可。人和書呢？則要看在何時讀才能奏效。

前一陣子，整理書架，無意間找出南朝齊梁劉勰所著《文心雕龍》這本古書。此書問世迄今已有一千五百多年，由李農編註（台南大夏出版社印行，一九八五初版）。翻開一看，是一九八七年購買的，算算在書架上已靜躺了二十六年。當然，此書風聞已久，但一直為別事忙著，無緣拜讀，遲至今日，時緣終於到了。

近幾年來，忽然心血來潮，又開始舞文弄墨，前後寫了多篇短文，記述退休十餘年身在海外的生活片段。寫著寫著，忽然覺得有點兒身處異域，人單勢孤的淒涼，亟需一些「外援」來支持，以壯行色。正於此時，《文心雕龍》出現了！

開卷靜心一讀，不禁拍案叫絕！拜服得五體投地，好像書中每一句話都是針對著我的需要而寫的。一千多年前的劉先生似有未卜先知之能，曉得若干年後，有個楊某人，遊落異鄉，伶仃孤苦，亟需他來拯救。拜讀再四，識其精華，驗之吾言吾行，無不契合中的，深覺鼓舞有嘉，頓感氣壯山河，吾道不孤矣！

《文心雕龍》是我國古典文學批評的權威著作。書中很多評鑑的觀點，都是千古不易，歷久彌新的。該書原本五十篇，經編註者李農先生精選其中二十篇成書：一，原道。二，宗經。三，辨騷。四，明詩。五，論說。六，神思。七，體性。八，骨風。九，通變。十，定勢。十一，情采。十二，鎔裁。十三，夸飾。十四，練字。十五，養氣。十六，附會。十七，時序。十八，物色。十九，知音。二十，序志。

上列諸篇，篇篇精彩，言之有理有物，都值得細讀精究。其中我最欣賞「神思」篇，是描繪進行構思和想像時的精神狀態，並闡揚了在何種條件之下，才能使構思和想像落筆成文，匯聚成章，鮮活鏗鏘，若有神助。且聽劉勰說道：「故寂寞凝慮，思接千載；悄然動容，視通萬里，吟咏之間，吐納珠玉之聲，眉睫之前，卷舒風雲之色，其思理之致乎！」

李農先生為編註本書，煞費苦心，用力極深。每一篇宏文之前，他均作短序，精簡扼要地介紹該篇內容。文中每一段落之後，附加「譯文」，並對書中提及之人物與作品詳加「註釋」，又有國語注音。對初讀者幫助不小。

據《梁書劉勰傳》中所載：「勰早孤，篤志好學。家貧不婚娶，依沙門僧祐。與之居處積十餘年，遂博通經論，……。」他在《文心雕龍》裡，依章節主題，暢述為文用心之道，從「心原」，「宗經」，「神思」，「養氣」，「情采」，「夸飾」，「練字」……一一詳加論述，旁徵博引，以漢之前的文學作品為例，仔細評介，有承先啟後之志（且聽他在〈序志〉篇結尾處述曰：「茫茫往代，既沉予聞，眇眇來世，儻塵彼觀也」），真是精彩至極。

喜好藝文創作的朋友，不妨人手一冊，將《文心雕龍》置之案頭，時時覽誦，擷取滋養，調和心志，開展胸懷，養氣物色，通變定勢，馭字煉句，則無往而弗利也。

「貝多芬」音樂中心

一提到「聖荷西」（San Jose），大家立刻就會聯想到「矽谷」，接著又再想到「電腦」科技……。大概很少人會料想到，在那兒會突然目睹一綹貝多芬額前的「頭髮」，獲得一份貝多芬作品*Les Adieux*初版的影印拷背，或聆賞專家如何演奏「貝多芬」鋼琴奏鳴奏曲*Waldstein*中的顫音……。

前一陣，我們去家住「聖荷西」的大女兒「若雲」馬府作客，專程去市內「聖荷西州立大學」的「貝多芬音樂中心」參觀，並聆賞了一場「貝多芬鋼琴／小提琴二重奏」音樂會，見識了這座西半球唯一的「貝多芬」專屬研究中心，品嚐了其豐碩多姿的內涵，大開眼界，嘆為觀止！

該「中心」成立於一九八五年，目標在興建一所美國境內，與貝多芬音樂和生活、歷史和文化有關資料最完整的機構。並鼓勵音樂家使用貝氏時代的樂器來演奏，又協助鋼琴家，如何在現代樂器上，尋回貝氏當時的演奏韻味。

請看該「中心」何所有？

典藏包括：二百九十一冊第一版貝氏樂譜；一千八百三十七冊早期版（從貝氏時代到十九世紀初）樂譜；還有一些手稿，計有書信、草稿、及一張十九世紀初的家用賬頁；三千五百多本書籍；八千多筆有關貝氏的文章。其中還有貝氏鋼琴演奏專家兼學者「紐門」先生（William S. Newman）的專書——《貝多芬如何演奏自己的作品》。

來「中心」參觀的人，在陳列室裡，可以見到兩台古式鋼琴：一台是一七九五維也納型（Dulcken）的複製品（由Janine Johnson及Paul Poletti兩人合作製成）；另一台則是由Mathiaas Jakesch在一八二七年製成的原件。前者沒有腳踏板，只有用膝蓋來控制的兩根槓桿，見之不免令觀者小吃一驚。後者，則有六個腳踏板，其中包括：一個巴松（bassoon）踏板、一個雙重調節器（double moderator）踏板、及一個土耳其式（Turkish）的踏板（運作的方式是：以兩根會鳴響的鋼絲，垂直捶擊鋼琴的低音弦，發出鼓聲、鐘鳴）。另外，還有許多藝術品，包括，圖畫、版畫、獎牌、雕朔、郵票、瓷器、及面具等等。

「中心」還擁有四千張錄影帶及錄音帶，一綹貝多芬去世之後剪下來的頭髮（一九八四年購得），作為貝氏喪禮及兩度掘墓的信物。時至今日，據醫學界對該綹頭髮的研究顯示，貝氏去世前半年裡，並未服用鴉片，來減輕身體上的疼痛。他死時倒是患有嚴重鉛中毒，鉛毒來源則不詳。

誰是該「中心」的締造者？

在美西「鳳凰城」經商的白（Ira F. Brilliant）先生，是一位貝多芬迷。他個人收集了七十五冊第一版貝氏樂譜，想要把它們捐贈給某個大學，以利研究之用。捐贈的唯一條件是：該大學應開設貝多芬課程，善加利用這些珍貴的資料。白先生的第一選擇是他子女就讀的Arizona州立大學，可惜該大學興趣缺缺。白先生只好另謀他途。一九八三年，他無意間幸運地與「聖荷西」州立大學人文藝術學院何院長（Arlene Okerlund）相遇，何院長想以這些貝氏初版樂譜作基礎，成立一個研究中心，並獲得校方的支持。一切都順利如願，董事會成立，與白先生及夫人合作，成立了「貝多芬音樂中心」，並研聘專人，主持其事。

如今，「聖荷西」大學為「中心」提供空間及人員薪資。「美國貝多芬協會」贊助許多活動。基金會（David and Lucile Packard Foundation）出資發展「貝多芬」電腦資料庫。從一九九〇年迄今，庫內已存有超過一萬七千項資料；並贊助一項小學四、五年級的教育活動：「小學裡的貝多芬」。

該「中心」如何聯絡使用？

凡是有意研究「貝多芬生平」的人，都可免費使用「中心」的電腦資料庫（www.sjsu.edu/depts/beethoven/），其中也包括「美國貝多芬協會」為會員彙編的一年兩期之「貝多芬期刊」資料。二〇〇一年，「中心」與「帝國廣播公司」成立了全方位貝多芬網路電台（www.everybodymusic.com）。

「Ira F. Brilliant中心」的通訊聯絡處為：Beethoven Studies, San Jose State University, 1 Washington Square, San Jose, California，電話：408-924-4590。

古典音樂之家

吾友江君夫婦，深好西洋古典音樂，頗具真知卓見，又有「獨樂樂不若與眾」的非凡胸襟。於是，每年春秋兩季，從美國俄亥俄州寓所，千里迢迢，僕僕風塵，趕回臺北老家，主持免費「古典音樂之家」教學活動，亟欲嘉惠鄉里學子，早早啟開愛樂之門。

前不久，一個週四午後，我們呼朋喚友，結伴同行，慕名而去，拜望江君夫婦，並一窺其「家」中盛況。

「古典音樂之家」址設臺北萬華「龍山寺」附近的「康定街」。下了公車，一問，街邊小販說：「向前走走，右轉便是。」

「康定街」，熙熙攘攘，很是熱鬧，店鋪節毗林立，有賣香火蠟燭的，賣雜貨乾糧的，賣背包皮箱的，賣小吃土產的，還有拉客按摩的……。走著走著，忽然眼前閃出一家明晃晃的大玻璃店面，裡面掛著「古典音樂之家」幾個大字。我們異口同聲說：「找著了！」

屋主夫婦立即開門相迎，眾人魚貫而入，賓主久不相見，其樂何似。即圍坐几旁，添椅上茶，共賞「家」內陳設。主人說：「這是一棟祖傳的百年老屋，上下四層，目前三、四層儲藏舊物，二層為起居間，一層則用來作音樂教室……。」

音樂教室看起來相當寬暢，縱深也夠，挑高不錯，音響必佳。靠裡面樓梯口旁安置了一架豎立式鋼琴，上面放著小提琴匣，右邊順牆則是一排半人高的書架，陳列著滿架各種書籍。書架之上，沿牆豎懸著「古典音樂之家」幾個大字，旁邊附有整套各種西洋樂器的圖表說明，琳琅滿壁，煞是好看！教室中間有五、六排小型長桌木椅，專供小朋友上課之用。屋左壁上，則懸掛著四位西洋音樂名家的彩色半身畫像：巴哈、貝多芬、莫札特、與舒伯特、一字橫排，甚是亮麗壯觀。

一會兒，女主人搬出幾盤切好的時菓餉客，大家邊吃邊聊，其樂融融。江先生語重心長地對我們說：「萬華是臺北的老舊社區，民情保守，發展緩慢，一切條件都差，在這裡舉辦『古典音樂之家』教學活動，本來就困難重重，想來學音樂的孩子少之又少，免費也難請來。不過，今下午倒是來了好幾個小朋友，都由阿嬤伴著來的，有的玩了一陣卻想往樓上跑……。」

內人便建議說：「何不先舉辦小型的家庭音樂會，打響知名度？」

「是噢！」江先生繼續說，「你們看！對面便是臺北歷史最悠久的『老松國小』。曾去找該校的音樂老師來協助，一同推展社區音樂活動，但久等也無下文。現在正與我的母校『台北建國中學』聯絡，邀請該校的音樂社團來幫忙……。」

哎！赤手空拳，單槍匹馬，想在這種蕪雜的環境裡舉辦「古典音樂」教學，真是不容易喔！江君夫婦，苦心孤詣，滿懷赤子之心，愛人如己，願將美樂與人分享。其情真、其意濃、其志潔、其願芳！驗之當今人人為己的世風，其人其行，浩浩乎淤泥不染，巍巍乎卓然不群。

願「古典音樂之家」，在江君夫婦盡心努力之下，終能喚起鄉里好樂的迴響，進而響徹雲霄，將美樂散佈人間。

後記

江君夫婦回美後來信報安，並附有兩張「建中吉他社」來「家」作惜別音樂會的照片，濟濟一堂，見之欣然，開展在望矣！

後又得江君來信，告知正在轉錄幾張古典音樂CD唱片，其中有莫札特、海頓等名家的樂章。今春返台時，將贈送給來「家」玩耍的小朋友，特此預告。

印大五午樂會

印州偏南的小鎮花城（Bloomington, Indiana），與座落在該城東郊的印第安那大學，可說是唇齒相依，互為表裡，是一個典型的大學城。

凡是住在城裡又經常在校園上參加活動的人都知道，該校的文化活動特別豐富活潑，多彩多姿，諸如，戲劇、歌劇、電影、畫展、演講、舞蹈、音樂……，應有盡有，令人目不暇給。其中最引人矚目的莫過於音樂這一項，其表演場次之多（每年都在千場以上，且多是免費入場），演出水平之高（往往都是國際級的人物），在在都令聆者神往。

但甚麼是「五午樂會」？

我敢用一塊錢打賭，你想必是沒聽過這個辭兒，對吧？

說穿了，一毛錢都不值。它的英文全名是：「IU Leo R. Dowling International Center Friday Noon Concert」

「五午樂會」在春秋兩季裡，每週五中午十二點起舉行，為時約半個小時，演出場地就在「國際中心」的一樓小廳，演出者幾乎清一色都是音樂學院的青年才俊（我說「幾乎」是因為一年多之前曾偶然打破了這個「清一色」的紀錄。請容後略作說明）。

因為「五午樂會」表演水平頗高，演出場地小巧玲瓏，演與聆之間的距離又近，覺得異常親切宜人。除此之外，表演完畢，隨即有簡便午餐供應，聽眾與演出者邊吃邊聊，對話討論音樂裡的種種感受。聽眾之間也藉此互相認識，交換聆賞心得，互道自家民族文化特色，其樂融融，快活何似！

「五午樂會」就在這樣溫馨舒適的氣氛中順利地進行著，直到二〇一一年元月下旬，剛聆罷一場精彩的鋼琴獨奏，主持人忽然匆匆向大家宣布說，下週五的演出尚無人應卯，正在設法覓求人選中。說時遲那時快，我的老伴兒立刻舉手指著我向主持人推薦說，他可以拉二胡！於是不由分辯，二胡表演就這麼簡單又迅速地敲定了，時間就在七天後。

你或可想見那七天我是怎麼度過來的，說是不眠不休，也不為過。幸有好友女高音林芳瑜小姐（她於會後不久，完成了音樂博士學位，已返國在台北任教）慨允鼎力相助，吾心稍安。我們選定了六首中國歌曲（計有：蘇武牧羊、踏雪尋梅、杜鵑花、小黃鸝鳥、茉莉花、及紅豆詞），我再選定三首二胡獨奏曲（計有：良宵、賽馬、及拉駱駝）。相約三天後在音樂院的琴房預習一次。就這樣我們在元月二十八日中午順利登場。

芳瑜本事真大，又唱又彈（鋼琴），緊緊伴著我的琴聲，時而齊唱，時而合唱，左飛右舞，上盤下旋，表現得極為精彩動人。隨後我的三首獨奏曲，也都拉得差強人意，平穩順暢。「駱駝」奏畢，掌聲四起，叫好不絕。我們也就歡歡喜喜地鞠躬下台了。

如果您錯過了那場罕見的「五午樂會」，只能說沒運氣。以後還有機會嗎？抱歉！本人因種種個人因素的考量，決心要封琴，從此淡出江湖矣！

不過，您還是千萬不要錯過其他五午精彩的表演囉！

我們在五午聽眾席上見！

胡琴演奏

莎士比亞的音樂世界

一、序言

內心沒有音樂的人，他若再不受美妙音樂的感動，這人最宜於做賣國陰謀，掠奪的事；他心情的動作必如夜一般的黑暗，他的感情必如地獄一般的幽鬱。這樣的人是不可靠的。（《威尼斯商人》[1]，第五幕，第一景）

凡是喜歡莎劇的人，讀到上面這段出現在《威尼斯商人》中、頗具「判決」口脗的劇詞時，恐怕都難免不為之大吃一驚。驚悸之餘，又會意識到，這位胸襟遼闊、有容乃大的劇作家對音樂似也頗有偏好，而且體認匪淺。的確，若再稍細讀莎劇，則不難發現，在其作品中，與音樂有關的用語、引申、意象、歌曲等等，真是俯拾皆是，令人目不暇給。在其幾乎包羅萬象的大千世界裡，音樂的指涉與運用極為繁複多變，生動有緻，為其劇作的開展，平添了多彩多姿的風貌。

本文正是就個人能力所及，將莎劇中一些常見易悉的音樂資料加以整理，編

1 本書所引《莎士比亞全集》均為梁實秋翻譯版本。

彙成篇，願為對文學與音樂兩者皆有所鍾的讀者，提供一些粗淺的看法，冀能得拋磚引玉之效。

二、時代背景

歐洲的文藝復興，眾所周知，是一個由中世紀宗教桎梏的陰影裡突圍而出、綻放新枝、縱情高歌的時代。羈絆既解，束縛漸除，人們遂將潛藏已久的心思與才情抒放展現，作多樣之發揮與表現，不論在宗教、政治、外交、軍事、拓疆、文學、及藝術各方面，都有令人耳目一新的成就。

莎翁所處的十六、十七世紀之交的英倫，正是這樣一個人人爭先、活力充沛的時代，表現在他作品中的也正是這樣一個生意盎然的新世紀，人物栩栩如生，境況千奇萬化，互相交錯輝映，呈現一繁複多彩的現世景觀。

其時，音樂此一環的開展與成長亦如前述。莎翁時代，不論英倫或其他歐陸各地，音樂已達到一極高的藝術境界，非但歐洲各地作曲人才輩出，同時音樂也普遍受大眾喜好，並爭相究習（Edward J. Dent, *Shakespeare and Music*, 137）。所以致之者，除了教會的影響而外，宮廷王后對音樂的愛好與重視也具有推波助瀾之功。遠者暫且不表，單由英王亨利八世至女王伊利莎白一世，王侯貴妃無不好樂成習，且不乏演奏之高手。

上行下效，當時的英倫遂成了一個萬戶笙管、弦歌不輟、美樂飄飄的世界。生活其中，耳濡目染，莎翁以其敏銳的感受力，及明察秋毫的觀察力，遂將這五光十色絲竹合鳴的世界表現在他的作品中。

三、音響的世界

這島上竟是聲音、音樂，很好聽的，不傷害人。有時候有千種的樂器在我的耳畔錚錚的響；有時候，我恰從長睡醒來，有些聲音能使我又磕睡起來」（《暴風雨》，第三幕，第二景）

《暴風雨》裡，卡力班所描述之音響回鳴的島國，正具體而微地顯露了劇作家本人對他周遭音響世界的一些反映，各樣自然及人為的音響紛至沓來，聆者感受之餘，又將之一一盡收其劇作之中。

在這些紛呈並蓄的音響中，最明顯易聞的莫過於英倫城裡的鐘聲。據最早討論莎劇意象運用的學者史白金所載：「倫敦全城有一百四十餘所教堂，鐘樓塔頂林立，鐘聲相傳，時有所聞。」（*Spurgeon*, 382）鳴鐘的目的，或為報時，或為傳訊，或為鳴喪，不一而足。

《馬克白》裡就有運用鳴鐘的佳例：「聽！別響！原來是梟鳥的一聲銳叫，恰似那兇兆的更夫來說了一聲最慘澹的夜安。」（第三幕，第二景）

按《莎劇全集》（*Riverside*, 1319）註釋指出：更夫在死囚牢外鳴鐘，預示次日清晨死刑之執行。此項音響對劇中氣氛之營造極有稗益，處此殺機四伏的黑夜，偶爾一聲鐘鳴，敲響了馬克白心中弒君之念：〔鐘響〕「我去，這事成了。鐘聲在喚我。別聽它，鄧肯。因為這是喪鐘響，要喚你下地獄，或是送你上天堂。」（第二幕，第一景）

前面這種鳴鐘與死亡相繫的運用在《羅密歐與茱麗葉》中，又有更深入的表現。羅劇一開始即呈現出全劇發展的基調：「殉情」（Death-Marked Love）（序詩），此一基調在劇中一再出現，頗似音樂中一再重現之主題動機，兩個家族之紛爭火拼，也只是為劇終男女兩人的殉情在作預示，在此劇中鐘聲也代表著悲慟與死亡。

卡帕萊嘆道：「我們為喜慶準備的一切，全都改派為喪事的用場，我們的樂器作為愁慘的喪鐘，我們的喜筵變成喪席。」（第四幕，第五景）

稍後卡夫人也說：「哎呀！這死亡的景象就像是喪鐘一般，召喚我這老年人進入墳墓。」（第五幕，第三景）

在《哈姆雷特》裡最著名的獨白之後，奧菲利亞驚見王子言行怪異，於是呼曰：「啊！何等高貴的天才竟這般的毀了⋯⋯。我是最苦命的一個女子，曾吸取他音樂般誓言中的蜜，如今竟看著這聰明絕頂的頭腦像是悅耳的金鐘，忽然啞不成聲。」（第三幕，第一景）原是悅耳的鐘聲，因走調而不再悅耳動聽，進而預示不祥之兆。

鐘聲之外，莎劇另一最常聞的便是鳥鳴了。一般說來，鳥鳴常象徵著自由喜悅之情。這在莎翁「十四行詩」之二十九首末最為一目了然：

> 想到了你，於是我的心懷
> 就像雲雀在破曉從陰鬱的大地，
> 衝上天門，高唱讚美詩來。

但對兩個即將於破曉之前分手的戀人來說，黎明時分的雀鳴則難起歡愉的聯想了，正於此兩情纏綿、曙光在即之際，忽聞屋外隱隱雀鳴之聲，茱麗葉驚悉來時苦短，分手在即，於是自欺欺人地說：

> 你聽到刺耳的聲音是夜鶯，不是雲雀。（第三幕，第五景）

羅密歐則不存幻想，願意接受事實，便回說：「是雲雀來報曉，不是夜鶯。」稍後茱麗葉終於也接受了黎明在即的事實，說：「亮了，亮了，快離開此地，走，走開，發出這樣刺耳的銳音，唱得這樣難聽的，正是雲雀。」

雲雀的鳴聲喚醒了昏暗的大地，帶來了兩人都不願一見的曙光，於是「天越來越亮」，一對情人就「越來越悲傷。」這是色調（由暗漸明）與音響（陣陣雀鳴）兩者之間極為精緻的結合運用，手法高妙，不作第二人想。

若鳥鳴喚起自由與歡愉之情，籠中之鳥則楚楚可憐，其啼聲則是一片悲戚之情。《李爾王》劇末便有此一景，李爾向小女兒考地利亞說：「不，不，不，不！來，我們到監牢去，只我們兩個要像籠裡鳥一般歌唱。」（第五幕，第二景）

鐘聲與鳥鳴之外，劇中最突出的音響效果莫過於對樂器的描述和運用，充分顯示了劇作家對音樂之喜好與修養。

《奧賽羅》中，奧賽羅與德斯底蒙娜之間的感情，由最初的相愛至最後的失和，其中之變化猶如原為諧和的樂器，忽然荒腔走板。而這種走板失和的情況，正是劇中另一人物依阿高亟欲達成的目標。此劇劇情的主題也正是建立於樂器上和諧音韻之流失。在依阿高看見奧賽羅與妻子親吻，他旁白說：「啊！你們現在是琴瑟調和了，但是我要在你們的樂器上給你們鬆幾條弦，否則

誓不為人。」（第一幕，第一景）

此一弦樂失和的基調稍後又再度重提，在夫婦倆因手絹之爭而失和後，卡希歐不明就裡，仍苦苦央求德斯底蒙娜鼎力相助，代向奧賽羅說情，以重獲其信任，德斯底蒙娜則說：「唉呀！最溫文的卡希歐，我的懇求沒能奏出和諧的調子……。」（第三幕，第四景）全劇由男女的琴瑟和鳴到後來的反目，是以錯了音階，岔了調子等音樂的意象來敘述的。

《李爾王》一開始，李爾聽完長、次二女的甜言蜜語之後，對小女兒之不願讚一辭甚為憤怒，於是寸土不分以罰。忠心耿耿的坎特深知小女兒一片赤誠不善美言，遂向李爾進諫：「你的小女兒並非是愛你獨薄。樸實的言辭是毫無矯飾的，其衷心亦非虛偽。」（第一幕，第一景）

另外在同一劇第四幕裡，李爾在受盡人世的風雨摧殘，已近瘋狂狀態，病臥床頭，小女兒考地利亞在旁向天祈求：「啊！慈悲的天神，救治他精神受虐的重創！這個被女兒氣瘋了的父親，他的神經都錯亂失諧了，啊，快給調整了罷！」（第四幕，第七景）其中之「錯亂失諧」（the untuned and jarring）及「調整」（wind up）都是弦樂器上的現象，用得極為貼切傳神，妙不可言。

四、劇中的歌曲

在莎劇裡，共有二十二齣內附有歌曲，總數為五十首，為數不可謂不多，充分顯示了當時的英國是一個尚樂的社會。提到歌曲，立刻就會想到文學與音樂相互結合的問題。

有關文學與音樂之間的關係，大致有兩種看法：其一，認為文學重在闡理述事，而音樂則旨在抒情宣感，是故兩者的結合，音樂可以加強文學中原已有之但不甚彰明的情懷。易言之，主此說者以為文以載道，應為主流，音樂乃具輔佐之功。其二，認為人之初也，語言乃「意」與「聲」之完整結合，無主從之分，更不容分割，歌曲則是此二者完滿結合的實例，「意」與「聲」作天衣無縫的結合，完成了整體的效果。

莎翁對前述二說的看法如何，並無明文可茲佐證。但不可諱言，他是一個對歌曲既好之、又知之、且用之的人，歌曲在他的戲劇中站有舉足輕重的地位，促成了許多令人嘆為觀止的戲劇效果。

五十首歌曲，按其性質來看，大體可分成兩類：（一）應邀而唱的歌曲，（二）自發即興而唱的歌曲。前者多由職業歌手為之，應邀在劇中引吭高歌，旨在娛人，表演時，其他一切活動暫告停止，唱者為局外人，故對劇情之發展影響較小。後者多由劇中重要人物為之，因一時情不自禁，放聲而歌。這種歌曲之出現對劇情之發展、氣氛之營造，都有極重要的關係。下面想就第二類的歌曲略舉數例以明之。

在即興而歌中，《哈姆雷特》裡，奧菲里阿所唱的歌曲應算是一個佳例，充分顯示了劇作家對音樂運用之獨到，旨在加強悲劇中女主角的瘋狂悲感之情。

首先，要明白一項當時的社會習俗，方能充分體會此歌曲之內涵。據悉，當時的貴族高雅之士是不應在公眾場合展示個人才藝的，女性更應嚴守此習俗。鑒此，奧菲里阿未經邀約，即自行在宮中人前，放聲而歌。此一行跡立即顯示其言行失態，乖離常情矣！因此聽者必為之驚恐失據，深知大勢不妙。果然，國王為之驚慌，賴爾蒂斯（奧菲里阿之兄）為之震恐，決心不惜一切欲為妹妹復仇。莎翁有意在歌曲中表示她零亂的思緒，一會兒想到和王子的愛情，一會兒又為父喪而悲慼。且聽：

奧：（歌唱）我將怎樣去辨別，
誰是你的真情郎？
記取他的海扇帽，
拐杖，和草鞋一雙。

后：哎呀，好姑娘，這歌兒是什麼意思？

奧：你說什麼？別說，請你聽著吧。

〔歌唱〕他已經死了，姑娘，
他死了不能再來，
他頭上有青草皮，
腳底下有塊石碑
啊，啊！

奧菲里阿就這樣時續時斷地唱著，間或又和旁聆者有一句沒一句地說著話，悲慼之情疊疊昇高，幾至讓聆者不堪負荷之境。歌曲到末了，她再唱：

他不再回來了嗎？
他不再回來了嗎？
不，不，他死了。
到你的死床上去。

他再也不回來了。
他的鬍鬚白似雪，
他的頭頂黃似麻；
他走了，他走了，
我們不必再呻吟；
願上帝憐憫他的靈魂吧！

聽到此地，賴爾蒂斯身心具碎地喊道：「你看見這個樣子沒有？啊，上帝呀！」的確，這樣斷斷續續地唱，有一句沒一句地唱，給悲劇平添了無限的感苦與悲愁，這正是莎翁處理音樂手法高妙之處。

再看《奧賽羅》中的「青柳」之歌，也是一首處理得宜、益增悲愴氣氛的佳例。在女主角德斯底蒙娜起齒而歌之前，她先說了一段與歌曲有關的故事：

我母親有一個女僕名叫巴巴拉，她有了情事，她的愛人發了瘋拋棄了她；她有一曲〈青柳歌〉，那原是舊調子，卻能抒發她的命薄，於是她歌唱而死；今晚這隻歌總是不離我的心頭；我不自禁的要把頭側向一邊，像可憐的巴巴拉那樣歌唱。（第四幕，第三景）

由上述劇詞得悉，〈青柳歌〉是一首舊曲，此曲係由一古民謠改編而成（見*Noble & Sternfeld*）。既是舊曲，則在未聆賞之前，觀眾已有知悉該曲的可能。因此，這首舊曲可能會減損許多悲慼的氣氛，而成為一闋嘩眾取寵的娛悅之歌。莎翁想必也深知舊曲新用的危險性，因而小心翼翼，唯恐有失。德斯底蒙娜所欲表達的衷心慼苦之情，因〈青柳歌〉之助，效果益增（第四幕，第三景，見*Sternfeld*, 34）

可憐的人坐在花果樹邊嘆氣，
唱啊，所有的青柳；
她的手撫著胸，他的頭垂到膝，
唱啊青柳，青柳，青柳；
青溪在她身邊流過，低訴她的苦痛。
唱啊青柳，青柳，青柳。
他的酸淚下落，把石頭泡得軟鬆；
把這些收起來。

唱啊青柳，青柳，青柳；
請你去吧，他就要來了。
唱著青柳必要成為我的花冠。
誰也不要怪罪他，他的傲慢
我該當，
不，不是這樣的一句。聽！誰敲門？

莎翁也正是為了避免前述舊調重彈的困擾，於是來個「舊曲新編」，將原曲中許多段落省略刪除，編成的歌曲則以一新穎之貌呈現於觀眾之前（*Sternfeld, 34*）。就歌曲內容而論，正符合劇情的需要，「青柳」代表了失戀的心情，而德斯底蒙娜正墜入此一感情的漩渦中而不能自解，她太真純，不願為自己的清白辯解，「青柳歌」正宣洩了她心中這一份悲愴之情。

五、結語

研讀莎劇猶如面臨浩瀚無垠的海洋，不論你喜好如何，只要一俯身，一凝神，都能有所獲。在海上一望無際的排天巨浪中，海濱綿延無盡的沙灘亂石間，時時閃爍著誘人的寶藏，待您去發掘蒐集，但真能攜回的也只是小小的一袋卵石。

這篇以「莎士比亞的音樂世界」為題的小文，也只能略舉數端，作一抽樣式的介紹，充其量我只作了一些舉隅的工作，該寫的尚多，暫都無能為力，望洋興嘆之餘，尚祈方家見諒、斧正。

結語　鴻雁傳訊

嘎嘎！嘎嘎！嘎嘎！
高空傳浩鳴，
群雁正南行，
人字排齊整，
拍展著雙翼，
朝前猛跟進，
衝破了秋寒意。
即興《天鵝湖》
匆匆上映。
仰 望 蒼 空，
陣 陣 欣 喜
掠過了俺心頭……
是捎來了屈原《天問》
百七十多疑問的答案？
或蘇武在飢寒交迫中，
由北海傳回了消息

噢！原來是——
朋友從冰雪封凍的北國山城小屋
傳來了電訊。

那麼，噢！
這G（oose）mail
一隻就好！

釀文學194　PG1462

春天裡的人與鳥
——楊敏京散文集

作　　者	楊敏京
責任編輯	辛秉學
圖文排版	周政緯
封面設計	楊廣榕

出版策劃	釀出版
製作發行	秀威資訊科技股份有限公司 114 台北市內湖區瑞光路76巷65號1樓 電話：+886-2-2796-3638　傳真：+886-2-2796-1377 服務信箱：service@showwe.com.tw http://www.showwe.com.tw
郵政劃撥	19563868　戶名：秀威資訊科技股份有限公司
展售門市	國家書店【松江門市】 104 台北市中山區松江路209號1樓 電話：+886-2-2518-0207　傳真：+886-2-2518-0778
網路訂購	秀威網路書店：http://www.bodbooks.com.tw 國家網路書店：http://www.govbooks.com.tw
法律顧問	毛國樑　律師
總 經 銷	聯合發行股份有限公司 231新北市新店區寶橋路235巷6弄6號4F 電話：+886-2-2917-8022　傳真：+886-2-2915-6275

出版日期	2016年4月　BOD一版
定　　價	480元

Printed in Taiwan

國家圖書館出版品預行編目

春天裡的人與鳥:楊敏京散文集 / 楊敏京著. -- 一版. -- 臺北市 : 釀出版, 2016.04
面； 公分
BOD版
ISBN 978-986-445-099-2(平裝)

855 105003741

讀者回函卡

感謝您購買本書，為提升服務品質，請填妥以下資料，將讀者回函卡直接寄回或傳真本公司，收到您的寶貴意見後，我們會收藏記錄及檢討，謝謝！如您需要了解本公司最新出版書目、購書優惠或企劃活動，歡迎您上網查詢或下載相關資料：http:// www.showwe.com.tw

您購買的書名：________________________________

出生日期：________年________月________日

學歷：□高中（含）以下　□大專　□研究所（含）以上

職業：□製造業　□金融業　□資訊業　□軍警　□傳播業　□自由業
　　　□服務業　□公務員　□教職　□學生　□家管　□其它____

購書地點：□網路書店　□實體書店　□書展　□郵購　□贈閱　□其他

您從何得知本書的消息？

□網路書店　□實體書店　□網路搜尋　□電子報　□書訊　□雜誌
□傳播媒體　□親友推薦　□網站推薦　□部落格　□其他__________

您對本書的評價：（請填代號　1.非常滿意　2.滿意　3.尚可　4.再改進）

封面設計____　版面編排____　內容____　文／譯筆____　價格____

讀完書後您覺得：

□很有收穫　□有收穫　□收穫不多　□沒收穫

對我們的建議：________________________________

____

____

____

請貼
郵票

11466
台北市內湖區瑞光路 76 巷 65 號 1 樓
秀威資訊科技股份有限公司 收
BOD 數位出版事業部

（請沿線對折寄回，謝謝！）

姓　名：＿＿＿＿＿＿＿＿　年齡：＿＿＿＿　性別：□女　□男

郵遞區號：□□□□□

地　址：＿＿＿＿＿＿＿＿＿＿＿＿＿＿＿＿＿＿

聯絡電話：(日)＿＿＿＿＿＿＿＿＿＿(夜)＿＿＿＿＿＿＿＿＿＿

E-mail：＿＿＿＿＿＿＿＿＿＿＿＿＿＿＿＿＿＿